Soldados de Salamina

Javier Cercas

Soldados de Salamina

Edición preparada
por
Ana Martínez-Lage

Ernst Klett Sprachen
Stuttgart

Javier Cercas

Soldados de Salamina

Edición preparada por Ana Martínez-Lage

1. Auflage 1 4 3 2 1 | 2012 11 10 09

Alle Drucke dieser Auflage sind unverändert und können im Unterricht nebeneinander verwendet werden.
Die letzte Zahl bezeichnet das Jahr des Druckes.

www.klett.de
www.lektueren.com

Redaktion: Marcelo Rodríguez
Gestaltung und Satz: Satzkasten, Stuttgart
Umschlaggestaltung: Carolin Schneider, Thomas Gremmelspacher
Titelbild: José Carlos Gómez, © 2004
Bild S. 198: © Mercè Mas
Druck und Bindung: AZ Druck und Datentechnik GmbH, Kempten
Printed in Germany

ISBN 978-3-12-535587-3

Índice

Prólogo

Soldados de Salamina, publicada en 2001, es la tercera novela del escritor español Javier Cercas y la que le ha llevado al éxito tanto de ventas como de crítica. Con ella, el escritor ha recibido numerosos premios dentro y fuera de España, entre otros el premio *Ciutat de Barcelona.* En 2001 los críticos de *Babelia,* suplemento literario del periódico español *El País,* lo escogieron como mejor libro del año. El texto ha vendido más de 400.000 ejemplares y ha sido traducido a numerosas lenguas. La traducción al alemán se publicó en 2002.

El personaje principal de *Soldados de Salamina,* que no por casualidad se llama también Javier Cercas, es un escritor fracasado que ha abandonado para siempre su sueño de volver a crear una novela. Sin embargo, mientras trabaja para un periódico tiene la oportunidad de entrevistar a un escritor, Rafael Sánchez Ferlosio, el cual comparte con él un relato que le devuelve a Cercas (personaje) el deseo de escribir otro libro, aunque esta vez no se trata de una "novela," sino de un "relato real." Así es como el personaje-narrador escribe la historia de Rafael Sánchez Mazas, fundador e ideólogo de Falange Española , el partido fascista español. En ella nos cuenta cómo éste escapó a su propio fusilamiento al final de la guerra, en enero de 1939, y pudo sobrevivir, primero gracias a la ayuda de un soldado republicano, y más tarde a la de otros tres soldados republicanos que habían desertado del ejército.

Soldados de Salamina gira a primera vista en torno a este episodio puntual de la historia de España: el fusilamiento fallido de Sánchez Mazas. Sin embargo, el objetivo fundamental de la obra es cuestionar conceptos de gran amplitud y dificultad como son el significado de la historia, la memoria, el recuerdo, la realidad, la verdad y la literatura misma. El autor lleva a cabo estas reflexiones tomando como excusa hechos históricos, personajes y espacios geográficos concretos: la Guerra Civil Española (1936-1939), nombres ilustres (y algunos no tan ilustres) del ámbito político y cultural español, y lugares específicos del territorio español, en particular de la geografía catalana.

En *Soldados de Salamina,* bajo una estructura aparentemente simple, se esconde una compleja organización narrativa siempre circular: la escritura una y otra vez regresa a espacios y palabras que se repiten a lo largo del libro. Estas repeticiones deber verse como una invitación al lector a adentrarse en los cuestionamientos que el autor pretende que nos hagamos al leer el texto.

Soldados de Salamina se inserta por tanto en dos corrientes literarias. Por una parte, es una novela perteneciente al fenómeno actual conocido como *Literatura de la Memoria,* es decir, literatura cuyo objetivo es sacar del olvido y reevaluar la historia reciente de España, desde la Guerra Civil hasta la Transición. Por otra, este "relato real" forma parte de la literatura que cuestiona el fin del arte de contar (Walter Benjamin). Por esto *Soldados de Salamina* debe leerse como un comentario metaliterario, ya que el texto constituye una reflexión, dentro de la novela, sobre el propio proceso de la creación literaria. A través de la historia de Cercas-personaje el autor comparte con el lector la dificultad que significa escribir, al tiempo que cuestiona la distinción entre realidad y ficción. *Soldados de Salamina* está divida en tres partes, cada una de las cuales representa una fase diferente de la escritura literaria. En la primera parte, *Los amigos del bosque,* descubrimos cómo surge un texto literario; en la segunda, *Soldados de Salamina,* nos encontramos cara a cara con "la novela" que el personaje-narrador ha escrito; en la tercera, *Cita en Stockton,* Cercas revela cómo sólo la imaginación puede salvar un relato, sea este real o ficticio.

Javier Cercas crea con este texto una especie de fórmula para convocar el pasado. Es decir, él quiere contar la historia de Sánchez Mazas como pretexto para hablar de la aparición de una ideología que arrastró a España a la Guerra Civil- y lo que consigue es crear una "trampa" para atrapar otra historia que había escapado tanto de la historiografía oficial como de la misma narrativa literaria. En este sentido, el libro le da al escritor un papel fundamental. Es una especie de héroe, un héroe anónimo como Miralles, que da su vida (literalmente el personaje destruye su vida por escribir el libro) por crear esta fórmula que detecta las historias que han sido olvidadas.

Soldados de Salamina cuenta pues con todos los elementos necesarios para atraer de inmediato la atención del estudiante en cursos avanzados de español. En primer lugar, es una novela que narra una parte esencial de la historia de España, pero al hacerlo desde el presente, los personajes y situaciones son fácilmente identificables y cercanos. Desde el primer momento el lector simpatiza con el personaje Cercas y se deja llevar de la mano a través de su investigación periodística para reconstruir juntos una parte del pasado reciente español. *Soldados de Salamina* es una novela enigmática, inteligente, emotiva, que reúne todas las características de las buenas novelas de misterio, de crimen, y de enigma.

En la tendencia didáctica actual se espera que el estudiante de español se meta de lleno en la lectura de textos originales completos. Esta es, sin duda, la manera más lúdica y sabia de transmitir conocimiento. Es decir, no dando el saber digerido, sino proporcionando al aprendiz las herramientas necesarias para descifrar un texto por sí mismo, y experimentar así el placer que supone participar en el proceso de creación del saber. La presente edición hace esto posible al incluir múltiples notas de vocabulario con explicaciones claras y concisas, y abundantes notas sobre el trasfondo histórico-político-cultural de la época.

Ana Martínez-Lage

Para Raül Cercas y Mercè Mas

Los dioses han ocultado lo que hace vivir a
los hombres.

Hesíodo, *Los trabajos y los días*

NOTA DEL AUTOR

Este libro es fruto de numerosas lecturas y de largas conversaciones. Muchas de las personas con las que estoy en deuda aparecen en el texto con sus nombres y apellidos; de entre las que no lo hacen, quiero mencionar a Josep Clara, Jordi Gracia, Eliane y Jean-Marie Lavaud, José-Carlos Mainer, Josep Maria Nadal y Carlos Trías, pero especialmente a Mónica Carbajosa, cuya tesis doctoral, titulada *La prosa del 27: Rafael Sánchez Mazas,* me ha sido de gran utilidad. A todos ellos, gracias.

Primera parte

Los amigos del bosque

Fue en el verano de 1994, hace ahora más de seis años, cuando oí hablar por primera vez del fusilamiento de Rafael Sánchez Mazas. Tres cosas acababan de ocurrirme por entonces: la primera es que mi padre había muerto; la segunda es que mi mujer me había abandonado; la tercera es que yo había abandonado mi carrera de escritor. Miento. La verdad es que, de esas tres cosas, las dos primeras son exactas, exactísimas; no así la tercera. En realidad, mi carrera de escritor no había acabado de arrancar nunca, así que difícilmente podía abandonarla. Más justo sería decir que la había abandonado apenas iniciada. En 1989 yo había publicado mi primera novela; como el conjunto de relatos aparecido dos años antes, el libro fue acogido con notoria indiferencia, pero la vanidad y una reseña elogiosa de un amigo de aquella época se aliaron para convencerme de que podía llegar a ser un novelista y de que, para serlo, lo mejor era dejar mi trabajo en la redacción del periódico y dedicarme de lleno a escribir. El resultado de este cambio de vida fueron cinco años de angustia económica, física y metafísica, tres novelas inacabadas y una depresión espantosa que me tumbó durante dos meses en una butaca, frente al televisor. Harta de pagar las facturas, incluida la del entierro de mi padre, y de verme mirar el televisor apagado y llorar, mi mujer se largó de casa apenas empecé a recuperarme, y a mí no me quedó otro remedio que olvidar para siempre mis ambiciones literarias y pedir mi reincorporación al periódico.

Acababa de cumplir cuarenta años, pero por fortuna –o porque no soy un buen escritor, pero tampoco un mal periodista, o, más probablemente, porque en el periódico no contaban con nadie que quisiera hacer mi trabajo por un sueldo tan exiguo como el mío– me aceptaron. Se me adscribió a la sección de cultura, que es donde se adscribe a la gente a la que no se sabe dónde adscribir. Al principio, con el fin no declarado pero evidente de castigar mi deslealtad –puesto que, para algunos periodistas, un compañero que deja el periodismo para pasarse a la novela no deja de ser poco menos que un traidor–, se me obligó a hacer de todo, salvo traerle

2 **un fusilamiento** matanza en grupo – 3 **Rafael Sánchez Mazas** uno de los fundadores de Falange, padre del escritor Rafael Sánchez Ferlosio, al que casi fusilaron los soldados republicanos – 9 **arrancar** empezar – 11 **apenas** kaum – 13 **acogido** recibido por el público – 14 **una reseña** crítica de un texto que se publica en una revista o en un periódico – 20 **me tumbó** me dejó tirado – 21 **harto** muy cansado – 23 **largarse** irse – 24 **un remedio** *aquí*: opción – 30 **exiguo** insignificante, pequeño – 32 **adscribir** asignar (zuteilen) – 36 **salvo** excepto.

cafés al director desde el bar de la esquina, y sólo unos pocos compañeros no incurrieron en sarcasmos o ironías a mi costa. El tiempo debió de atenuar mi infidelidad: pronto empecé a redactar sueltos, a escribir artículos, a hacer entrevistas. Fue así como en julio de 1994 entrevisté a Rafael Sánchez Ferlosio, que en aquel momento estaba pronunciando en la universidad un ciclo de conferencias. Yo sabía que Ferlosio era reacio en extremo a hablar con periodistas, pero, gracias a un amigo (o más bien a una amiga de ese amigo, que era quien había organizado la estancia de Ferlosio en la ciudad), conseguí que accediera a conversar un rato conmigo. Porque llamar a aquello entrevista sería excesivo; si lo fue, fue también la más rara que he hecho en mi vida. Para empezar, Ferlosio apareció en la terraza del Bistrot envuelto en una nube de amigos, discípulos, admiradores y turiferarios; este hecho, unido al descuido de su indumentaria y a un físico en el que inextricablemente se mezclaban el aire de un aristócrata castellano avergonzado de serlo y el de un viejo guerrero oriental –la cabeza poderosa, el pelo revuelto y entreverado de ceniza, el rostro duro, demacrado y difícil, de nariz judía y mejillas som- breadas de barba–, invitaba a que un observador desavisado lo tomara por un gurú religioso rodeado de acólitos. Pero es que, además, Ferlosio se negó en redondo a contestar una sola de las preguntas que le formulé, alegando que en sus libros había dado las mejores respuestas de que era capaz. Esto no significa que no quisiera hablar conmigo; al contrario: como si buscara desmentir su fama de hombre huraño (o quizás es que ésta carecía de fundamento), estuvo cordialísimo, y la tarde se nos fue charlando. El problema es que si yo, tratando de salvar mi entrevista, le preguntaba (digamos) por la diferencia entre personajes de carácter y personajes de destino, él se las arreglaba para contestarme con una disquisición sobre (digamos) las causas de la derrota de las naves persas en la batalla de Salamina, mientras que

2 **no incurrieron en sarcasmos** no me hicieron bromas – 4 **un suelto** breve nota en un periódico, por lo general anónima – 6 **Rafael Sánchez Ferlosio** escritor español, nacido en Roma en 1927. Recibió el premio Cervantes en 2005 – 8 **ser reacio a uc** no le gusta nada uc – 14 **envuelto en una nube** rodeado – 15 **turiferario** admirador – 16 **la indumentaria** ropa – 17 **un aire** *aquí:* aspecto, apariencia – 18 **guerrero** (guerra) – 20 **la ceniza** Asche – 22 **desavisado** poco atento – 23 **en redondo** por completo – 24 **alegar** decir, asegurar – 27 **desmentir** negar (verleugnen) – 28 **huraño** poco sociable – 28 **carecer de** no tener – 32 **personajes de destino** *en literatura* personajes de acción (≠ personajes de carácter) – 33 **la disquisición** comentario sobre uc que no está relacionada con el tema central de un texto o una conversación – 34 **La batalla de Salamina** enfrentamiento en el mar entre griegos y persas en el año 480 a. C. (ganaron los griegos)

cuando yo trataba de extirparle su opinión sobre (digamos) los fastos del quinto centenario de la conquista de América, él me respondía ilustrándome con gran acopio de gesticulación y detalles acerca de (digamos) el uso correcto de la garlopa. Aquello fue un tira y afloja agotador, y no fue hasta la última cerveza de aquella tarde cuando Ferlosio contó la historia del fusilamiento de su padre, la historia que me ha tenido en vilo durante los dos últimos años. No recuerdo quién ni cómo sacó a colación el nombre de Rafael Sánchez Mazas (quizá fue uno de los amigos de Ferlosio, quizás el propio Ferlosio). Recuerdo que Ferlosio contó:

–Lo fusilaron muy cerca de aquí, en el santuario del Collell. –Me miró–. ¿Ha estado usted allí alguna vez? Yo tampoco, pero sé que está junto a Banyoles. Fue al final de la guerra. El 18 de julio le había sorprendido en Madrid, y tuvo que refugiarse en la embajada de Chile, donde pasó más de un año. Hacia finales del treinta y siete escapó de la embajada y salió de Madrid camuflado en un camión, quizá con el propósito de llegar hasta Francia. Sin embargo, lo detuvieron en Barcelona, y cuando las tropas de Franco llegaban a la ciudad se lo llevaron al Collell, muy cerca de la frontera. Allí lo fusilaron. Fue un fusilamiento en masa, probablemente caótico, porque la guerra ya estaba perdida y los republicanos huían en desbandada por los Pirineos, así que no creo que supieran que estaban fusilando a uno de los fundadores de Falange, amigo personal de José Antonio Primo de Rivera por más señas. Mi padre conservaba en casa la zamarra y el pantalón con que lo fusilaron, me los enseñó muchas veces, a lo mejor todavía andan por ahí; el pantalón estaba agujereado, porque las balas sólo lo rozaron y él aprovechó la confusión del momento para correr a esconderse en el bosque. Desde allí, refugiado en un agujero, oía los ladridos de los perros y los disparos y las voces

1 **extirpar** sacar, obtener – 2 **fastos** *pl* celebraciones – 4 **una garlopa** Langhobel (Sánchez Ferlosio respondía a las preguntas del periodista con información sobre cualquier cosa) – 5 **un tira y afloja agotador** una situación tensa – 7 **en vilo** inquieto, preocupado – 9 **sacar a colación** tocar un tema en una conversación – 12 **Santuario del Collell** santuario situado en el municipio de Cornellà de Terri donde ocurrió el fusilamiento del que escapó Sánchez Mazas – 14 **Banyoles** pueblo de Cornellà de Terri – 14 **Guerra Civil Española** (1936-1939) entre los nacionales y los republicanos. Comenzó el 18 de julio de 1936 con un golpe militar contra el gobierno de la II República. – 24 **en desbandada** de forma desordenada y caótica – 25 **la Falange** partido fascista español fundado por José Antonio Primo de Rivera en 1932 a imagen del fascismo italiano. El nombre completo es Falange Española de las J.O.N.S (Juntas de Ofensiva Nacional Sindicalista). – 26 **José Antonio Primo de Rivera** fundador de Falange. Fue fusilado por los republicanos el 20 de noviembre de 1936 – 27 **una zamarra** tipo de abrigo 29 **andar** *aquí:* estar – 29 **agujereado** con agujeros (Löcher) – 29 **balas** *aquí:* disparos (Schüsse)

de los milicianos, que lo buscaban sabiendo que no podían perder mucho tiempo buscándolo, porque los franquistas les pisaban los talones. En algún momento mi padre oyó un ruido de ramas a su espalda, se dio la vuelta y vio a un miliciano que le miraba. Entonces se oyó un grito: «¿Está por ahí?». Mi padre contaba que el miliciano se quedó mirándole unos segundos y que luego, sin dejar de mirarle, gritó: «¡Por aquí no hay nadie!», dio media vuelta y se fue.

Ferlosio hizo una pausa, y sus ojos se achicaron en una expresión de inteligencia y de malicia infinitas, como los de un niño que reprime la risa.

–Pasó varios días refugiado en el bosque, alimentándose de lo que encontraba o de lo que le daban en las masías. No conocía la zona, y además se le habían roto las gafas, de manera que apenas veía; por eso decía siempre que no hubiera sobrevivido de no ser porque encontró a unos muchachos de un pueblo cercano, Cornellà de Terri se llamaba o se llama, unos muchachos que le protegieron y le alimentaron hasta que llegaron los nacionales. Se hicieron muy amigos, y al terminar todo se quedó varios días en su casa. No creo que volviera a verlos, pero a mí me habló más de una vez de ellos. Me acuerdo de que siempre les llamaba con el nombre que se habían puesto: «Los amigos del bosque».

Ésa fue la primera vez que oí contar la historia, y así la oí contar. En cuanto a la entrevista con Ferlosio, conseguí finalmente salvarla, o quizás es que me la inventé: que yo recuerde, ni una sola vez se aludía en ella a la batalla de Salamina (y sí a la distinción entre personajes de destino y personajes de carácter), ni al uso exacto de la garlopa (y sí a los fastos del quinto centenario del descubrimiento de América). Tampoco se mencionaba en la entrevista el fusilamiento del Collell ni a Sánchez Mazas. Del primero yo sólo sabía lo que acababa de oírle contar a Ferlosio; del segundo, poco más: en aquel tiempo no había leído una sola línea de Sánchez Mazas, y su nombre no era para mí más que el nombre brumoso de uno más de los muchos políticos y escritores falangistas que

1 **milicianos** soldados del ejército de la República – 3 **pisarle a up los talones** estar muy cerca de up – 4 **un miliciano** soldado del ejército de la República – 9 **achicarse** hacerse más pequeño – 10 **con malicia** con mala intención – 11 **reprimir** contener, no dejar salir – 13 **una masía** casa de campo en Cataluña – 17 **Cornellà deTerri** Municipio de Gerona, cerca de los Pirineos y de la frontera con Francia, en Cataluña – 19 **los nacionales** soldados del ejército de Franco – 26 **conseguir** + INF finalmente poder – 27 **aludir** hacer referencia – 35 **brumoso** oscuro, poco conocido

los últimos años de la historia de España habían enterrado aceleradamente, como si los enterradores temiesen que no estuvieran del todo muertos.

De hecho, no lo estaban. O por lo menos no lo estaban del todo. Como la historia del fusilamiento de Sánchez Mazas en el Collell y las circunstancias que lo rodearon me habían impresionado mucho, tras la entrevista con Ferlosio empecé a sentir curiosidad por Sánchez Mazas; también por la guerra civil, de la que hasta aquel momento no sabía mucho más que de la batalla de Salamina del uso exacto de la garlopa, y por las historias tremendas que engendró, que siempre me habían parecido excusas para la nostalgia de los viejos y carburante para la imaginación de los novelistas sin imaginación. Casualmente (o no tan casualmente), por entonces se puso de moda entre los escritores españoles vindicar a los escritores falangistas. La cosa, en realidad, venía de antes, de cuando a mediados de los ochenta ciertas editoriales tan exquisitas como influyentes publicaron algún volumen de algún exquisito falangista olvidado, pero, para cuando yo empecé a interesarme por Sánchez Mazas, en determinados círculos literarios ya no sólo se vindicaba a los buenos escritores falangistas, sino también a los del montón e incluso a los malos. Algunos ingenuos, como algunos guardianes de la ortodoxia de izquierdas, y también algunos necios, denunciaron que vindicar a un escritor falangista era vindicar (o preparar el terreno para vindicar) el falangismo. La verdad era exactamente la contraria: vindicar a un escritor falangista era sólo vindicar a un escritor; más exactamente: era vindicarse a sí mismos como escritores vindicando a un buen escritor. Quiero decir que esa moda surgió, en los mejores casos (de los peores no merece la pena hablar), de la natural necesidad que todo escritor tiene de inventarse una tradición propia, de un cierto afán de provocación, de la certidumbre problemática de que una cosa es la literatura y otra la vida y de que por tanto se puede ser un buen escritor siendo una pésima persona (o una persona que apoya y fomenta causas pésimas), de la convicción de que se estaba siendo literariamente injusto con ciertos escritores falangistas, quienes, por decirlo

2 **enterrar aceleradamente** *aquí:* hacer desaparecer rápidamente – 2 **enterrador** *aquí fig:* Totengräber – 5 **del todo** completamente – 11 **el uso exacto...** = el narrador sabía muy poco sobre la guerra civil española – 11 **tremendo** terrible – 11 **engendrar** producir, provocar – 13 **carburante** *aquí:* ideas o material novelístico para escritores sin ideas – 21 **determinados** algunos – 23 **un montón** Haufen – 25 **un necio** persona ignorante – 33 **un afán** necesidad, deseo – 35 **pésimo** muy malo

con la fórmula acuñada por Andrés Trapiello, habían ganado la guerra, pero habían perdido la historia de la literatura. Sea como fuere, Sánchez Mazas no escapó a esta exhumación colectiva: en 1986 se publicaron por vez primera sus poesías completas; en 1995 se reeditó en una colección muy popular la novela *La vida nueva de Pedrito de Andía;* en 1996 se reeditó también *Rosa Krüger,* otra de sus novelas, que de hecho había permanecido inédita hasta 1984. Por entonces leí todos esos libros. Los leí con curiosidad, con fruición incluso, pero no con entusiasmo: no necesité frecuentarlos mucho para concluir que Sánchez Mazas era un buen escritor, pero no un gran escritor, aunque apuesto a que no hubiera sabido explicar con claridad qué diferencia a un gran escritor de un buen escritor. Recuerdo que en los meses o años que siguieron fui recogiendo también, al azar de mis lecturas, alguna noticia dispersa acerca de Sánchez Mazas e incluso alguna alusión, muy sumaria e imprecisa, al episodio del Collell.

Pasó el tiempo. Empecé a olvidar la historia. Un día de principios de febrero de 1999, el año del sesenta aniversario del final de la guerra civil, alguien del periódico sugirió la idea de escribir un artículo conmemorativo del final tristísimo del poeta Antonio Machado, que en enero de 1939, en compañía de su madre, de su hermano José y de otros cientos de miles de españoles despavoridos, empujado por el avance de las tropas franquistas huyó desde Barcelona hasta Collioure, al otro lado de la frontera francesa, donde murió poco después. El episodio era muy conocido, y pensé con razón que no habría periódico catalán (o no catalán) que por esas fechas no acabara evocándolo, así que ya me disponía a escribir el consabido artículo rutinario cuando me acordé de Sánchez Mazas y de que su frustrado fusilamiento había ocurrido más o menos al mismo tiempo que la muerte de Machado, sólo que del lado español de la frontera. Imaginé entonces que la simetría y el contraste entre esos dos hechos terribles –casi un quiasmo de la historia– quizá no era casual y que, si conseguía contarlos sin pérdida en un mismo artículo, su extraño paralelismo acaso

1 expresión de Andrés Trapiello, escritor español nacido en 1956 – 9 **fruición** placer – 12 **apostar** *aquí:* estar casi seguro de que – 15 **al azar de mis lecturas** durante mis lecturas – 15 **disperso** zerstreut – 22 **Antonio Machado** poeta español, nacido en Sevilla en 1875. Murió exiliado en Collioure en febrero de 1939, meses antes del fin de la guerra. Es uno de los poetas españoles más importantes. – 24 **despavorido** muy asustado, lleno de terror – 25 **Collioure** pueblo francés a pocos kilómetros de la frontera con España – 29 **no habría ... que no acabara evocándolo** tenía que haber algún periódico que recordara este hecho – 29 **consabido** ya conocido, típico – 36 **acaso** tal vez

podía dotarlos de un significado inédito. Esta superstición se afianzó cuando, al empezar a documentarme un poco, di por casualidad con la historia del viaje de Manuel Machado hasta Collioure, poco después de la muerte de su hermano Antonio. Entonces me puse a escribir. El resultado fue un artículo titulado «Un secreto esencial». Como a su modo también es esencial para esta historia, lo copio a continuación:

«Se cumplen sesenta años de la muerte de Antonio Machado, en las postrimerías de la guerra civil. De todas las historias de aquella historia, sin duda la de Machado es una de las más tristes, porque termina mal. Se ha contado muchas veces. Procedente de Valencia, Machado llegó a Barcelona en abril de 1938, en compañía de su madre y de su hermano José, y se alojó primero en el Hotel Majestic y luego en la Torre de Castañer, un viejo palacete situado en el paseo de Sant Gervasi. Allí siguió haciendo lo mismo que había hecho desde el principio de la guerra: defender con sus escritos al gobierno legítimo de la República. Estaba viejo, fatigado y enfermo, y ya no creía en la derrota de Franco; escribió: "Esto es el final; cualquier día caerá Barcelona. Para los estrategas, para los políticos, para los historiadores, todo está claro: hemos perdido la guerra. Pero humanamente, no estoy tan seguro... Quizá la hemos ganado". Quién sabe si acertó en esto último; sin duda lo hizo en lo primero. La noche del 22 de enero de 1939, cuatro días antes de que las tropas de Franco tomaran Barcelona, Machado y su familia partían en un convoy hacia la frontera francesa. En ese éxodo alucinado los acompañaban otros escritores, entre ellos Corpus Barga y Carles Riba. Hicieron paradas en Cervià de Ter y en Mas Faixat, cerca de Figueres. Por fin, la noche del 27, después de caminar seiscientos metros bajo la lluvia, cruzaron la frontera. Se habían visto obligados a abandonar sus maletas; no tenían dinero. Gracias a la ayuda de Corpus Barga, consiguieron llegar a Collioure e instalarse en el hotel Bougnol Quintana. Menos de un mes más tarde moría el poeta; su madre le sobrevivió tres días. En el bolsillo del gabán de

1 **dotar** dar – 1 **inédito** nuevo – 6 **modo** manera – 9 **en las postrimerías** al final – 15 **Sant Gervasi** calle de Barcelona – 18 **La República** desde 1931 hasta 1939 el sistema de gobierno en España fue republicano. La Segunda República tuvo tres etapas: 1931-1933: gobierno de izquierdas (socialista) presidido por Azaña; 1933-1936: gobierno de derechas, conservador; 7/1/1936-1/4/1939: gobierno de izquierdas (partido Frente Popular). 18/7/1936: el General Francisco Franco da un golpe de estado (Putsch) contra el gobierno que había sido elegido por votación en 1936. Comienzo de la Guerra Civil Española (hasta abril del 36 con la victoria de Franco). – 23 **acertar** tener razón – 27 **alucinado** confuso – 28 Escritores de ideología izquierdista, defensores de la república, que tuvieron que salir de España exiliados – 35 **un gabán** abrigo

Antonio, su hermano José halló unas notas; una de ellas era un verso, quizás el primer verso de su último poema: “Estos días azules y este sol de la infancia”.

»La historia no acaba aquí. Poco después de la muerte de Antonio, su hermano el poeta Manuel Machado, que vivía en Burgos, se enteró del hecho por la prensa extranjera. Manuel y Antonio no sólo eran hermanos: eran íntimos. A Manuel la sublevación del 18 de julio le sorprendió en Burgos, zona rebelde; a Antonio, en Madrid, zona republicana. Es razonable suponer que, de haber estado en Madrid, Manuel hubiera sido fiel a la República; tal vez sea ocioso preguntarse qué hubiera ocurrido si Antonio llega a estar en Burgos. Lo cierto es que, apenas conoció la noticia de la muerte de su hermano, Manuel se hizo un salvoconducto y, tras viajar durante días por una España calcinada, llegó a Collioure. En el hotel supo que también su madre había fallecido. Fue al cementerio. Allí, ante las tumbas de su madre y de su hermano Antonio, se encontró con su hermano José. Hablaron. Dos días más tarde Manuel regresó a Burgos.

»Pero la historia –por lo menos la historia que hoy quiero contar– tampoco acaba aquí. Más o menos al mismo tiempo que Machado moría en Collioure, fusilaban a Rafael Sánchez Mazas junto al santuario del Collell. Sánchez Mazas fue un buen escritor; también fue amigo de José Antonio, y uno de los fundadores e ideólogos de Falange. Su peripecia en la guerra está rodeada de misterio. Hace unos años, su hijo, Rafael Sánchez Ferlosio, me contó su versión. Ignoro si se ajusta a la verdad de los hechos; yo la cuento como él me la contó. Atrapado en el Madrid republicano por la sublevación militar, Sánchez Mazas se refugió en la embajada de Chile. Allí pasó gran parte de la guerra; hacia el final trató de escapar camuflado en un camión, pero le detuvieron en Barcelona y, cuando las tropas de Franco llegaban a la ciudad, se lo llevaron camino de la frontera. No lejos de ésta se produjo el fusilamiento; las balas, sin embargo, sólo lo rozaron, y él aprovechó la confusión y corrió a esconderse en el bosque.

6 **enterarse de** uc tener noticia de uc – 8 **Burgos** ciudad española situada en la comunidad de Castilla. Fue una de las ciudades que apoyaron desde un principio el levantamiento militar de Franco – 10 **de haber estado** si hubiera estado – 11 **ocioso** *aquí:* innecesario – 13 **apenas** *aquí:* en cuanto, tan pronto como – 14 **salvoconducto** documento necesario para viajar, especialmente en situación de guerra – 15 **calcinado** quemado, destruido – 25 **peripecias** *pl* experiencias – 28 **ajustarse** reflejar bien (wiederspiegeln) – 35 **rozar** tocar ligeramente

Desde allí oía las voces de los milicianos, acosándole. Uno de ellos lo descubrió por fin. Le miró a los ojos. Luego gritó a sus compañeros: "¡Por aquí no hay nadie!". Dio media vuelta y se fue.

»"De todas las historias de la Historia", escribió Jaime Gil, "sin duda la más triste es la de España, / porque termina mal." ¿Termina mal? Nunca sabremos quién fue aquel miliciano que salvó la vida de Sánchez Mazas, ni qué es lo que pasó por su mente cuando le miró a los ojos; nunca sabremos qué se dijeron José y Manuel Machado ante las tumbas de su hermano Antonio y de su madre. No sé por qué, pero a veces me digo que, si consiguiéramos desvelar uno de esos dos secretos paralelos, quizá rozaríamos también un secreto mucho más esencial».

Quedé muy satisfecho del artículo. Cuando se publicó, el 22 de febrero de 1999, exactamente sesenta años después de la muerte de Machado en Collioure, exactamente sesenta años y veintidós días después del fusilamiento de Sánchez Mazas en el Collell (pero la fecha exacta del fusilamiento sólo la conocí más tarde), me felicitaron en la redacción. En los días que siguieron recibí tres cartas; para mi sorpresa –nunca fui un articulista polémico, de esos cuyos nombres menudean en la sección de cartas al director, y nada invitaba a pensar que unos hechos acaecidos sesenta años atrás pudieran afectar demasiado a nadie– las tres se referían al artículo. La primera, que imaginé redactada por un estudiante de filología en la universidad, me reprochaba haber insinuado en mi artículo (cosa que yo no creía haber hecho, o más bien no creía haber hecho del todo) que, si Antonio Machado se hubiera hallado en el Burgos sublevado de julio del 36, se hubiera puesto del lado franquista. La segunda era más dura; estaba escrita por un hombre lo bastante mayor para haber vivido la guerra. Con jerga inconfundible, me acusaba de «revisionismo», porque el interrogante del último párrafo, el que seguía a la cita de Jaime

1 **acosar** bedrängen – 5 **Jaime Gil de Biedma** poeta español de la postguerra, crítico con la dictadura de Franco. Murió en 1990 de SIDA – 12 **desvelar** dar a conocer, descubrir – 13 **rozar** *aquí*: estaríamos más cerca de conocer – 20 **la redacción** oficinas del periódico – 22 **un articulista** escritor de artículos periodísticos – 22 **menudear** *aquí*: aparecer, verse – 24 **acaecido** ocurrido – 27 **reprochar** quejarse de uc, *aquí*: de que el narrador hubiera insinuado en el artículo que Antonio Machado pudiera haber aceptado el golpe militar si hubiera estado en Burgos cuando ocurrió – 33 **una jerga** tipo de lenguaje característico de una disciplina o de un grupo de gente. *Aquí*: lenguaje político – 33 **revisionismo** término que en historia se usa para referirse a la reinterpretación de los hechos históricos

Gil («¿Termina mal?»), sugería de forma apenas velada que la historia de España termina bien, cosa a su juicio rigurosamente falsa. «Termina bien para los que ganaron la guerra», decía. «Pero mal para los que la perdimos. Nadie ha tenido ni siquiera el gesto de agradecernos que lucháramos por la libertad. En todos los pueblos hay monumentos que conmemoran a los muertos de la guerra. ¿En cuántos de ellos ha visto usted que por lo menos figuren los nombres de los dos bandos?» El texto acababa de esta forma: «¡Y una gran mierda para la Transición! Atentamente: Mateu Recasens».

La tercera carta era la más interesante. La firmaba un tal Miquel Aguirre. Aguirre era historiador y, según decía, llevaba varios años estudiando lo ocurrido durante la guerra civil en la comarca de Banyoles. Entre otras cosas, su carta daba cuenta de un hecho que en aquel momento me pareció asombroso: Sánchez Mazas no había sido el único superviviente del fusilamiento del Collell; un hombre llamado Jesús Pascual Aguilar también había escapado con vida. Más aún: al parecer, Pascual había referido el episodio en un libro titulado *Yo fui asesinado por los rojos*. «Me temo que el libro es casi inencontrable», concluía Aguirre, con inconfundible petulancia de erudito. «Pero, si le interesa, yo tengo un ejemplar a su disposición.» Al final de la carta Aguirre había anotado sus señas y un número de teléfono.

Llamé de inmediato a Aguirre. Después de algunos malentendidos, de los que deduje que trabajaba en alguna empresa u organismo público, conseguí hablar con él. Le pregunté si tenía información acerca de los fusilamientos del Collell; me dijo que sí. Le pregunté si seguía en pie la oferta de prestarme el libro de Pascual; me dijo que sí. Le pregunté si le apetecía que comiéramos juntos; me dijo que vivía en Banyoles, pero que cada jueves venía a Gerona para grabar un programa de radio.

8 **figurar** *aquí:* aparecer, estar representado – 8 **bandos** los dos grupos que se enfrentaron en la guerra, los republicanos y los nacionales – 9 **la Transición** período de la historia de España de transición de la dictadura a la democracia (1975 a 1982), desde la muerte de Franco hasta los segundas elecciones generales. Se establece en España una monarquía constitucional y un sistema político democrático. El autor de la carta se despide de esta manera porque en ese momento los políticos optaron por establecer un pacto por el "olvido" de los crímenes y abusos que habían ocurrido durante la guerra y los casi 40 años de dictadura franquista – 15 **dar cuenta** *aquí:* mencionar – 19 **referir** contadar, narrar – 22 **petulancia** tono de superioridad – 23 **tener uc a disposición de up** tener uc que se puede dejar, *aquí:* un ejemplar de un libro, es decir una copia de un libro – 26 **un malentendido** confusión, información mal interpretada – 26 **deducir** suponer, concluir – 29 **seguir en pie** seguir siendo válido

–Podemos quedar el jueves –dijo.

Estábamos a viernes y, con el fin de ahorrarme una semana de impaciencia, a punto estuve de proponerle que nos viéramos esa misma tarde, en Banyoles.

–De acuerdo –dije, sin embargo. Y en ese momento recordé a Ferlosio, con su aire inocente de gurú y sus ojos ferozmente alegres, hablando de su padre en la terraza del Bistrot. Pregunté–: ¿Quedamos en el Bistrot?

El Bistrot es un bar del casco antiguo, de aspecto vagamente modernista, con sus mesas de mármol y hierro forjado, sus ventiladores de aspas, sus grandes espejos y sus balcones saturados de flores y abiertos a la escalinata que sube hacia la plaza de Sant Domènech. El jueves, mucho antes de la hora acordada con Aguirre, ya estaba yo sentado a un velador del Bistrot, con una cerveza en la mano; a mi alrededor hervían las conversaciones de los profesores de la Facultad de Letras, que suelen comer allí. Mientras hojeaba una revista pensé que, al citarnos para esa comida, ni a Aguirre ni a mí se nos había ocurrido que, puesto que ninguno de los dos conocía al otro, alguno debía llevar una señal identificatoria, y ya estaba empezando a esforzarme en imaginar cómo sería Aguirre, con la sola ayuda de la voz que una semana atrás había oído al teléfono, cuando se detuvo ante mi mesa un individuo bajo, cuadrado y moreno, con gafas, con una carpeta roja bajo el brazo; una barba de tres días y una perilla de malvado parecían comerle la cara. Por alguna razón yo esperaba que Aguirre fuera un anciano calmoso y profesoral, y no el individuo jovencísimo y de aire resacoso (o quizás excéntrico) que tenía ante mí. Como no decía nada, le pregunté si él era él. Me dijo que sí. Luego me preguntó si yo era yo. Le dije que sí. Nos reímos. Cuan- do vino la camarera, Aguirre pidió arroz a la cazuela y un entrecot al roquefort; yo pedí una ensalada y conejo. Mientras esperábamos la comida Aguirre me dijo que

1 **quedar con up** reunirse – 3 **con el fin de ahorrarse una semana de impaciencia** con el deseo de no tener que esperar una semana entera sin noticias – 9 **el casco antiguo** barrio antiguo, la parte de la ciudad con más historia – 10 **vagamente modernista** ligeramente modernista, es decir, con decoración del siglo XIX – 11 **un aspa** *f* cada uno de los cuatro "brazos" del ventilador, que sirve para dar aire fresco – 12 **saturado** lleno – 12 **una escalinata** escalera elegante – 14 **un velador** mesa de un café – 15 **hervir** reacción del agua cuando está a más de 100 grados. *Aquí fig* había muchas conversaciones en el bar y hacían mucho ruido – 17 **hojear** pasar las páginas – 23 **detener** parar – 24 **cuadrado** *aquí:* fuerte físicamente – 25 **una perilla** un tipo de barba que no cubre toda la cara, solo la barbilla – 28 **aire resacoso** aspecto que tiene una persona al día siguiente de haber bebido demasiado.

me había reconocido por la foto de la contraportada de uno de mis libros, que había leído hacía tiempo. Superado el primer espasmo de vanidad, rencorosamente comenté:

–¿Ah, fuiste tú?

–No entiendo.

Me vi obligado a aclarar:

–Era una broma.

Yo estaba deseoso de entrar en materia, pero, porque no quería parecer descortés o demasiado interesado, le pregunté por el programa de radio. Aguirre soltó una risotada nerviosa, que desnudó sus dientes: blancos y desiguales.

–Se supone que es un programa de humor, pero en realidad es una gilipollez. Yo interpreto a un comisario fascista que se llama Antonio Gargallo y que redacta informes sobre los entrevistados. La verdad: creo que me estoy enamorando de él. Naturalmente, de todo esto en el ayuntamiento no saben nada.

–¿Trabajas en el ayuntamiento de Banyoles?

Aguirre asintió, entre avergonzado y pesaroso.

–De secretario del alcalde –dijo–. Otra gilipollez. El alcalde es un amigote, me lo pidió y no supe negarme. Pero en cuanto acabe esta legislatura me largo.

Desde hacía poco tiempo el ayuntamiento de Banyoles estaba en manos de un equipo de gente muy joven, de Esquerra Republicana de Catalunya, el partido nacionalista radical. Aguirre dijo:

–No sé qué opinará usted, pero a mí me parece que un país civilizado es aquel en que uno no tiene necesidad de perder el tiempo con la política.

Acusé el «usted», pero no me descompuse, sino que me lancé sobre el cable que me tendía Aguirre y lo cogí al vuelo:

–Exactamente lo contrario de lo que pasaba en el 36.

–Ni más ni menos.

1 **una contraportada** parte trasera de un libro – 3 **rencorosamente** con antipatía, con cierto enfado – 7 **era una broma** *aquí:* el narrador le pregunta a Aguirre si fue él el único que había comprado y leído su libro – 9 **descortés** maleducado – 13 **una gilipollez** *fam vulg* una tontería – 16 **un ayuntamiento** órgano administrativo de un pueblo o ciudad. Lugar en que trabaja Aguirre – 20 **un alcalde** persona que preside el ayuntamiento – 21 **un amigote** *fam* buen amigo – 22 **largarse** irse – 25 **Ezquerra Republicana de Catalunya** partido de izquierda nacionalista, independentista, fundado en 1931. Busca la independencia de Cataluña con respecto a España. – 30 **acusé ...** noté que me trataba de usted pero no dejé que esto me afectara. – 31 **lanzarse sobre uc** sich stürzen auf – 31 **tender un cable** fam indica el interés por establecer comunicación entre dos personas. – 31 **coger** *Esp* **al vuelo**: expresión metafórica, *aquí:* reaccionar con rapidez.

Trajeron la ensalada y el arroz. Aguirre señaló la carpeta roja.

–Le he fotocopiado el libro de Pascual.

–¿Conoces bien lo que pasó en el Collell?

–Bien no –dijo–. Fue un episodio confuso.

Mientras engullía grandes bocados de arroz empujados por vasos de tinto, Aguirre me habló, como si considerara indispensable ponerme en antecedentes, de los primeros días de la guerra en la comarca de Banyoles: del fracaso previsible del golpe de Estado, de la revolución consiguiente, del salvajismo sin control de los comités, de la quema masiva de iglesias y la masacre de religiosos.

–Aunque ya no esté de moda, yo sigo siendo anticlerical; pero aquello fue una locura colectiva –apostilló–. Claro que es fácil encontrar las causas que la explican, pero también es fácil encontrar las causas que explican el nazismo... Algunos historiadores nacionalistas insinúan que los que quemaban iglesias y mataban curas eran gente de fuera, inmigrantes y así. Mentira: eran de aquí, y tres años después más de uno recibió a los nacionales dando vivas. Claro que, si preguntas, nadie estaba allí cuando pegaban fuego a las iglesias. Pero eso es otro tema. Lo que me jode son esos nacionalistas que todavía andan por ahí intentando vender la pamema de que esto fue una guerra entre castellanos y catalanes, una película de buenos y malos.

–Creí que eras nacionalista.

Aguirre dejó de comer.

–Yo no soy nacionalista –dijo–. Soy independentista.

–¿Y qué diferencia hay entre las dos cosas?

–El nacionalismo es una ideología –explicó, endure- ciendo un poco la voz, como si le molestara tener que aclarar lo obvio–. Nefasta a mi juicio. El independentismo es sólo una posibilidad. Como es una creencia, y sobre las creencias no se discute, sobre el nacionalismo no se puede discutir; sobre el independentismo sí. A usted le puede parecer razonable o no. A mí me lo parece.

6 **engullir** comer rápidamente – 7 **un tinto** vino tinto – 10 **fracaso previsible ...** en la zona de Cataluña, el golpe militar de Franco fracasó. Barcelona fue la ciudad española que más tiempo resistió al avance de los nacionales, después de Madrid – 12 **salvajismo ..., quema ... , masacre ...** actos de violencia de grupos anarquistas en la zona de Cataluña contra la iglesia y personas religiosas – 13 **anticlerical** contrario a la iglesia y a su intervención en asuntos de estado o asuntos civiles – 22 **joder** *fam vulg* molestar, fastidiar – 23 **una pamema** idea absurda, tontería – 32 **nefasta ...** en su opinión el nacionalismo es una ideología detestable

No pude soportarlo más.

–Preferiría que me llamases de tú.

–Perdona –dijo: sonrió y continuó comiendo–. A las personas mayores estoy acostumbrado a tratarlas de usted.

Aguirre continuó hablando de la guerra; se detuvo con detalle en sus últimos días, cuando, inoperantes desde hacía meses los ayuntamientos y la Generalitat, reinaba en la comarca un desorden de estampida: carreteras invadidas por interminables caravanas de fugitivos, soldados con uniformes de todas las graduaciones vagando por los campos y entregados a la desesperación y la rapiña, montones ingentes de armas y pertrechos abandonados en las cunetas... Aguirre explicó que en aquel momento había recluidos en el Collell, que desde el principio de la guerra había sido convertido en cárcel, cerca de mil presos, y que todos o casi todos procedían de Barcelona: habían sido trasladados hasta allí, ante el avance imparable de las tropas rebeldes, por tratarse de los más peligrosos o los más implicados con la causa franquista. A diferencia de Ferlosio, Aguirre pensaba que los republicanos sí sabían a quién estaban fusilando, porque los cincuenta que eligieron eran presos muy significados, gente que estaba destinada a desempeñar cargos de relevancia social y política después de la guerra: el jefe provincial de Falange en Barcelona, dirigentes de grupos quintacolumnistas, financieros, abogados, sacerdotes, la mayoría de los cuales había padecido cautiverio en las checas de Barcelona y más tarde en barcos-prisión como el *Argentina* y el *Uruguay*.

Trajeron el entrecot y el conejo y se llevaron los platos (el de Aguirre tan limpio que relucía). Pregunté:

–¿Quién dio la orden?

–¿Qué orden? –preguntó a su vez Aguirre, examinando con avidez su enorme entrecot, con el cuchillo de carnicero y el tenedor en ristre, listo para atacarlo.

1 **soportar** tolerar, *aquí:* el narrador no puede tolerar que Aguirre le trate de "usted" porque le hace sentirse más viejo – 7 **inoperantes ...** en los últimos días de la guerra las instituciones políticas de Cataluña ya no funcionaban – 8 **una estampida** huída (Flucht) desesperada – 10 **vagar** caminar sin dirección – 11 **rapiña** robo – 12 **montones ...** grandes cantidades de armas (fusiles, etc.) y materiales abandonados en los lados de las carreteras – 17 **tropas rebeldes** tropas nacionales, de Franco – 24 **quintacolumnista** grupo militar partidario de Franco – 25 **cautiverio en una checa** prisión en una cárcel – 29 **relucir** brillar (glänzen) – 33 **en ristre** bien agarrado

–La de fusilarlos. Aguirre me miró como si por un momento hubiera olvidado que estaba ante él. Se encogió de hombros y aspiró, honda y ruidosamente.

–No lo sé –contestó, espirando mientras cortaba un trozo de carne–. Creo que Pascual insinúa que la dio un tal Monroy, un tipo joven y duro que quizá dirigía la cárcel, porque en Barcelona había dirigido también checas y campos de trabajo, en otros testimonios de la época se habla también de él... En todo caso, si fue Monroy lo más probable es que no actuase por su cuenta, sino obedeciendo órdenes del SIM.

–¿El SIM?

–El Servicio de Información Militar –aclaró Aguirre–. Uno de los pocos organismos del ejército que a esas alturas todavía funcionaba como es debido. –Fugazmente dejó de masticar; luego siguió comiendo mientras hablaba –: Es una hipótesis razonable: el momento era desesperado, y desde luego los del SIM no se andaban con chiquitas. Pero hay otras.

–¿Por ejemplo?

–Líster. Estuvo por allí. Mi padre lo vio.

–¿En el Collell?

–En Sant Miquel de Campmajor, un pueblo que queda muy cerca. Mi padre era entonces un niño y estaba refugiado en una masía del pueblo. Me ha contado muchas veces que un día irrumpieron en la masía un puñado de hombres, entre los que estaba Líster, exigieron que les dieran de comer y de dormir y se pasaron la noche discutiendo en el comedor. Durante mucho tiempo creí que esta historia era un invento de mi padre, sobre todo cuando comprobé que la mayoría de los viejos que estaban vivos entonces decían haber visto a Líster, un personaje casi legendario desde que se puso al mando del Quinto Regimiento; pero con los años he ido atando cabos y he llegado a la conclusión de que quizá sea verdad. Verás –me preparó Aguirre, empapando golosamente un trozo de pan en el charco de salsa en que nadaba el entrecot. Imaginé que se había recuperado de la resaca, y me pregunté si estaba disfrutando más de la comida que de la exhibición de sus

2 **encogerse de hombros** levantar los hombros, *aquí:* para indicar que no sabía la respuesta – 10 **actuar por su cuenta** actuar independientemente – 17 **no andarse con chiquitas** *fam fig aquí:* actuar con decisión – 19 **Enrique Líster** dirigente comunista y oficial del ejército de la República – 24 **irrumpir** entrar – 24 **un puñado** grupo – 31 **Quinto Regimiento** grupo militar formado por voluntarios creado con el apoyo del Partido Comunista de España – 31 **atar cabos** *fam* conectar información para llegar a una conclusión – 33 **empapar** mojar – 34 **charco** *(Pfütze)* **de salsa ...** el plato tiene tanta salsa que parece que el entrecot (la carne) está "nadando"

conocimientos de guerra–. A Líster acababan de nombrarle coronel a finales de enero del 39. Lo habían puesto al mando del V Cuerpo del Ejército del Ebro, o, mejor dicho, de lo que quedaba del V Cuerpo: un puñado de unidades deshechas que se retiraban sin presentar apenas batalla en dirección a la frontera francesa. Durante varias semanas los hombres de Líster estuvieron por la comarca y es seguro que algunos de ellos se instalaron en el Collell. Pero a lo que iba. ¿Has leído las memorias de Líster? Dije que no.

–Bueno, no son exactamente unas memorias –continuó Aguirre–. Se titulan *Nuestra guerra,* y están muy bien, aunque dicen una cantidad tremenda de mentiras, como todas las memorias. El caso es que allí cuenta que la noche del 3 al 4 de febrero del 39 (o sea: tres días después del fusilamiento del Collell) se celebró en una masía de un pueblo cercano una reunión del Buró Político del partido comunista, a la que, entre otros jefes y comisarios, asistieron él mismo y Togliatti, que por entonces era delegado de la Internacional Comunista. Si no recuerdo mal, en la reunión se discutió la posibilidad de organizar una última resistencia al enemigo en Cataluña, pero da lo mismo: lo que cuenta es que esa masía bien pudo ser la masía donde estaba refugiado mi padre; por lo menos los protagonistas, las fechas y los lugares coinciden, así que…

Insensiblemente, Aguirre se me enredó entonces en una abstrusa digresión filial. Recuerdo que en aquel momento pensé en mi padre, y que el hecho me extrañó, porque hacía mucho tiempo que no pensaba en él; sin saber por qué, sentí un peso en la garganta, como una sombra de culpa.

–¿Entonces fue Líster quien dio la orden de que los fusilaran? –atajé a Aguirre.

–Pudo serlo –dijo, recobrando sin dificultad el hilo perdido, mientras rebañaba su plato–. Pero también pudo no serlo. En *Nuestra guerra* dice que él no fue, ni él ni sus hombres. Qué va a decir. Pero, la verdad, yo le creo: no era su estilo, era un tipo demasiado obsesionado por continuar como fuese una guerra que tenía perdida. Además, la mitad de las cosas que

2 **poner al mando** poner al frente, en la dirección – 9 **memorias** tipo de autobiografía – 12 **cantidad tremenda** gran cantidad – 16 **Buró político** dirección política de un partido – 17 **Palmiro Togliatti** líder del Partido Comunista italiano en los años 30 – 18 **Internacional Comunista** organización comunista internacional fundada en 1919 y formada por partidos comunistas de diferentes países – 25 **se me enredó …** Aguirre se puso a hablar, sin conexión con el tema de la conversación, sobre su padre – 28 **sentí un peso …** al oír a Aguirre, el narrador piensa en su padre y tiene sentimientos de culpa – 30 **atajar** interrumpir

se atribuyen a Líster es pura leyenda, y la otra mitad…, bueno, supongo que la otra mitad es verdad. En fin, quién sabe. Lo que a mí me parece indudable es que quienquiera que dio la orden sabía perfectamente a quién estaba fusilando y, desde luego, quién era Sánchez Mazas. Mmmmm –gimió, rebañando la salsa roquefort con un pedazo de miga–, ¡qué hambre tenía! ¿Quieres un poquito más de vino?

Se llevaron los platos (el mío con restos abundantes de conejo; el de Aguirre tan limpio que relucía). Pidió otro frasco de vino, un pedazo de tarta de chocolate y café; pedí café. Pregunté a Aguirre qué sabía acerca de Sánchez Mazas y de su estancia en el Collell.

–Poco –contestó–. Su nombre aparece un par de veces en la Causa General, pero siempre en relación al juicio que le formaron en Barcelona, cuando le detuvieron al escapar de Madrid. Pascual también cuenta alguna cosa. Que yo sepa, el único que puede saber algo más es Trapiello, Andrés Trapiello. El escritor. Ha editado a Sánchez Mazas y ha escrito cosas muy buenas sobre él; además, en sus diarios siempre está hablando de la familia de Sánchez Mazas, de manera que debe de estar en contacto con ella. Me suena incluso que en algún libro suyo he leído la historia del fusilamiento… Es una historia que corrió mucho después de la guerra, todo el que conoció por entonces a Sánchez Mazas la cuenta, supongo que porque él se la contaba a todo el mundo. ¿Sabías que mucha gente pensó que era mentira? Y en realidad todavía hay quien lo piensa.

–No me extraña.

–¿Por qué?

–Porque es una historia muy novelesca.

–Todas las guerras están llenas de historias novelescas.

–Sí, pero ¿no te sigue pareciendo increíble que un hombre que ya no era joven, porque tenía cuarenta y cinco años, y que además era miope…?

–Claro. Y que encima estaría en unas condiciones de lástima.

–Exacto. ¿No te parece increíble que un tipo como él consiguiera escapar de una situación así?

3 **quienquiera** cualquier persona – 6 **rebañando …** mojando un trozo de pan en la salsa de roquefort – 10 **un frasco** jarra – 14 **Causa General** juicio después de la guerra para castigar todos los crímenes de guerra cometidos bajo el gobierno de la República – 33 **un miope** persona que no ve bien – 35 **condiciones de lástima** físicamente muy mal

–¿Por qué increíble? –La llegada del vino y la tarta de chocolate y los cafés no interrumpió su razonamiento–. Asombroso sí. Pero no increíble. ¡Pero si eso lo contabas muy bien en tu artículo! Recuerda que fue un fusilamiento en masa. Recuerda al soldado que tenía que delatarle y no lo delató. Recuerda, además, que estamos hablando del Collell. ¿Has estado allí alguna vez?

Dije que no, y Aguirre evocó entonces una enorme mole de piedra asediada por bosques espesísimos de pinos y tierra caliza, un territorio montañoso, agreste y muy extenso, sembrado de masías y pueblecitos aislados (El Torn, Sant Miquel de Campmajor, Fares, Sant Ferriol, Mieres) en los que, durante los tres años de guerra, operaron numerosas redes de evasión que, a cambio de dinero (a veces también por amistad o incluso por afinidades políticas), ayudaban a cruzar la frontera a víctimas potenciales de la represión revolucionaria, así como a jóvenes en edad militar que deseaban eludir el reclutamiento forzoso ordenado por la República. Según Aguirre, en la zona abundaban también los emboscados, gente que, porque no podía costearse los gastos de la huida o no acertaba a entrar en contacto con las redes de evasión, permaneció oculta en el bosque durante meses o años.

–De modo que era un lugar ideal para esconderse –arguyó–. A esas alturas de la guerra los campesinos estaban más que acostumbrados a tratar con fugitivos, y a echarles una mano. ¿Te habló Ferlosio de «Los amigos del bosque»?

Mi artículo concluía en el momento en que el miliciano no delataba a Sánchez Mazas; para nada se mencionaba en él a «Los amigos del bosque». Me atraganté con el café.

–¿Conoces la historia? –inquirí.

–Conozco al hijo de uno de ellos.

–No jodas.

–No jodo. Se llama Jaume Figueras, vive aquí al lado. En Cornellà de Terri.

–Ferlosio me dijo que los muchachos que ayudaron a Sánchez Mazas eran de Cornellà de Terri.

5 **delatar** descubrir, contar a otros que up ha hecho uc mal – 8 **una mole** gran masa – 9 **asediado** rodeado (umgeben) – 14 **redes de evasión** grupos que ayudaban a la gente a escapar de España a cambio de dinero – 18 **reclutamiento forzoso** obligación de formar parte del ejército. Ocurre en períodos de guerra – 20 **costear** pagar – 25 **echar una mano** ayudar – 29 **atragantarse** sensación de ahogo cuando algo de comida o bebida se queda interrumpido en la garganta – 32 **joder** *fam vulg* fastidiar, molestar, *aquí:* no tomar el pelo

Aguirre se encogió de hombros mientras recogía con los dedos las últimas migas del pastel de chocolate.

–Hasta ahí no llego –admitió–. Figueras me contó la historia muy por encima; tampoco me interesaba demasiado. Pero si quieres puedo darte su número de teléfono y le pides a él que te la cuente.

Aguirre acabó de tomarse el café y pagamos. Nos despedimos en la Rambla, frente al puente de Les Peixeteries Velles. Aguirre repitió que me llamaría al día siguiente, para darme el número de teléfono de Figueras y, mientras le estrechaba la mano, advertí que una mancha de chocolate oscurecía las comisuras de sus labios.

–¿Qué piensas hacer con esto? –preguntó.

A punto estuve de decirle que se limpiara los labios.

–¿Con qué? –dije, sin embargo.

–Con la historia de Sánchez Mazas.

Yo no pensaba hacer nada (simplemente sentía curiosidad por ella), así que dije la verdad.

–¿Nada? –Aguirre me miró con sus ojos pequeños, nerviosos, inteligentes–. Creía que estabas pensando escribir una novela.

–Yo ya no escribo novelas –dije–. Además, esto no es una novela, sino una historia real.

–También lo era el artículo –dijo Aguirre–. ¿Te dije que me gustó mucho? Me gustó porque era como un relato concentrado, sólo que con personajes y situaciones reales... Como un relato real.

Al día siguiente Aguirre me llamó y me dio el número de teléfono de Jaume Figueras. Era el número de un móvil. No me contestó Figueras, sino la voz de Figueras, invitándome a grabar un recado; lo grabé: dije mi nombre, mi profesión, que conocía a Aguirre, que estaba interesado en hablar con él acerca de su padre, de Sánchez Mazas y de «Los amigos del bosque»; también le dejé mi teléfono y le pedí que me llamara.

Durante los días que siguieron estuve esperando con impaciencia una llamada de Figueras, que no se produjo. Volví a llamarle yo, volví a dejar otro recado, volví a esperar. Mientras tanto leí *Yo fui asesinado por los rojos*, el libro de Pascual Aguilar. Era un recordatorio truculento de los horrores

2 **migas ...** trocitos de pastel – 3 **llegar a algún sitio** *fig* tener información sobre uc – 10 **estrechar la mano** dar la mano – 11 **una comisura** parte de la boca en la que se unen los labios en los dos lados – 26 **relato real** el autor de *Soldados de Salamina* ha dicho que esta novela es un relato real, combinación de realidad y de ficción – 30 **grabar un recado** dejar un mensaje – 38 **truculento** cruel, terrible

vividos en la retaguardia republicana, uno más de los muchos que aparecieron en España al término de la guerra, sólo que éste se había publicado en septiembre de 1981. La fecha, me temo, no es casual, pues cabe leer el relato como una suerte de justificación de los golpistas de opereta del 23 de febrero de ese año (Pascual anota varias veces una frase reveladora que José Antonio Primo de Rivera repetía como si fuera suya: «A última hora siempre ha sido un pelotón de soldados el que ha salvado la civilización ») y como un aviso de las catástrofes que se avecinaban con el ascenso inminente del partido socialista al poder y el final simbólico de la Transición; el libro, sorprendentemente, es muy bueno. Pascual, a quien ni el tiempo ni los cambios operados en España habían erosionado ni una sola de sus convicciones de camisa vieja falangista, refiere con soltura su peripecia de la guerra, desde el momento en que la sublevación militar le sorprende de vacaciones en un pueblo de Teruel, que cae en zona republicana, hasta pocos días después del fusilamiento del Collell –un hecho al que dedica muchas páginas de encarnizado detallismo, así como a los días que lo precedieron y lo siguieron–, cuando es liberado por el ejército de Franco después de haber llevado durante la guerra una vida mezclada de Pimpinela Escarlata y Enrique de Lagardère, primero como miembro activo y luego como dirigente de un grupo de la quinta columna barcelonesa, y de haber padecido más tarde una temporada de reclusión en la checa de Vallmajor. El libro de Pascual era una edición de autor; en él se menciona varias veces a Sánchez Mazas, con quien Pascual pasó las horas previas al fusilamiento. Siguiendo la sugerencia de Aguirre, leí asimismo a Trapiello, y en uno

1 **retaguardia** parte de un ejército que está más lejos del frente de batalla – 6 **23 de febrero de 1981** intento de golpe militar en España. Un grupo de militares, dirigidos por el teniente coronel Tejero, entró en el Congreso de los Diputados en Madrid, disparando sus armas. Querían poner fin a la democracia implantada tras la muerte de Franco (1975). El Rey Juan Carlos I, mando supremo de las Fuerzas Armadas, impidió que el golpe triunfara – 8 **un pelotón** grupo de soldados – 11 **fin de la Transición** en las elecciones generales de 1982 ganó el Partido Socialista Obrero Español (PSOE). Con estas elecciones el proceso de la transición de la dictadura de Franco a la democracia se da por terminado. La victoria del PSOE se vio como una amenaza por parte de las personas más conservadoras y partidarias del régimen franquista – 14 **un camisa vieja** se refiere a los falangistas que eran parte de La Falange antes del año 1936. Por el contrario, camisas nuevas es el término que se usó para referirse a aquellas personas que se incorporaron a La Falange después de la guerra – 19 **encarnizado detallismo** relata los hechos con muchos detalles violentos y crueles – 23 **Pimpinela y Enrique de Lagardere** personajes de novelas de aventuras. Pimpinela es un héroe enmascarado que se dedica a salvar a aristócratas después de la revolución francesa. Enrique de Lagardere, uno de los hombres más hábiles con la espada de todo su tiempo, adopta una identidad falsa para poder conseguir sus fines – 28 **previo** anterior

de sus libros descubrí que él también contaba la historia del fusilamiento de Sánchez Mazas, y casi exactamente en los mismos términos en que yo se la había oído contar a Ferlosio, salvo por el hecho de que, igual que había hecho yo en mi artículo o relato real, él tampoco mencionaba a «Los amigos del bosque». La similitud puntualísima entre el relato de Trapiello y el mío me sorprendió. Pensé que Trapiello se lo habría oído contar al propio Ferlosio (o a alguno de los demás hijos de Sánchez Mazas, o a su mujer) e imaginé que, de tanto contar la historia Sánchez Mazas en su casa, ésta había adquirido para la familia un carácter casi formulario, como esos chistes perfectos de los que no se puede omitir una sola palabra sin aniquilar su gracia.

Conseguí el número de teléfono de Trapiello y le llamé a Madrid. En cuanto le expuse el motivo de mi llamada, estuvo amabilísimo y, aunque según dijo hacía años que no se ocupaba de Sánchez Mazas, se mostró encantado de que alguien se interesara por él, a quien yo sospecho que no consideraba un buen escritor, sino un gran escritor. Conversamos durante más de una hora. Trapiello me aseguró que de lo ocurrido en el Collell no conocía más que la historia que había contado en su libro y confirmó que, sobre todo inmediatamente después de la guerra, la había contado mucha gente.

–En los periódicos de la Barcelona recién ocupada por los franquistas apareció a menudo, y también en los de toda España, porque fue uno de los últimos coletazos de violencia en la retaguardia catalana y había que aprovecharlo propagandísticamente –me explicó Trapiello–. Si no me engaño, Ridruejo menciona el episodio en sus memorias, y también Laín. Y por ahí debo de tener un artículo de Montes donde habla también del asunto... Me imagino que durante una época Sánchez Mazas se lo contó a todo el que se le ponía por delante. Claro que era una historia brutal, pero, en fin, no sé... Supongo que era tan cobarde (y todo el mundo sabía que era tan cobarde) que debió de pensar que ese episodio tremendo le redimía de algún modo de su cobardía.

Le pregunté si había oído hablar de «Los amigos del bosque». Me dijo que sí. Le pregunté quién le había contado la historia

6 **puntualísimo** exacto – 13 **aniquilar** eliminar – 25 **a menudo** con frecuencia – 27 **últimos coletazos** una de las últimas acciones violentas realizadas por el ejército republicano, ya casi preparado para abandonar la guerra y huir a Francia – 31 **Dionisio Ridruejo, Pedro Laín Entralgo y Eugenio Montes** escritores españoles de la época de Franco

que contaba en el libro. Me dijo que Liliana Ferlosio, la mujer de Sánchez Mazas, a la que al parecer había frecuentado mucho antes de su muerte.

–Es curiosísimo –comenté–. Salvo en un detalle, la historia coincide punto por punto con la que a mí me contó Ferlosio, como si, en vez de contarla, los dos la hubieran recitado.

–¿Qué detalle es ése?

–Un detalle sin importancia. En su relato (es decir, en el de Liliana), al ver a Sánchez Mazas el miliciano se encoge de hombros y luego se va. En cambio, en el mío (es decir, en el de Ferlosio), antes de irse el miliciano se queda unos segundos mirándole a los ojos.

Hubo un silencio. Creí que la comunicación se había cortado.

–¿Oiga?

–Tiene gracia –reflexionó Trapiello–. Ahora que lo dice, es verdad. No sé de dónde saqué lo del encogimiento de hombros, debió de parecerme más novelesco, más barojiano. Porque yo creo que lo que Liliana me contó es que el miliciano le miró antes de marcharse. Sí. Incluso recuerdo que una vez me dijo que, cuando volvió a encontrarse con Sánchez Mazas después de los tres años de separación de la guerra, éste le hablaba a menudo de esos ojos que le miraban. De los ojos del miliciano, quiero decir.

Antes de colgar todavía seguimos hablando un rato de Sánchez Mazas, de su poesía y de sus novelas y artículos, de su carácter imposible de sus amistades y de su familia («En esa casa todos hablan mal de todos, y todos tienen razón», me dijo Trapiello que decía González-Ruano); como si descontara que yo iba a escribir algo sobre Sánchez Mazas, pero por un escrúpulo de pudor no quisiera preguntarme qué, Trapiello me dio algunos nombres y algunas indicaciones bibliográficas y me invitó a visitar su casa de Madrid, donde guardaba manuscritos y artículos fotocopiados de la prensa y otras cosas de Sánchez Mazas.

A Trapiello no lo visité hasta unos meses más tarde, pero de inmediato me puse a seguir las pistas que me había

2 **frecuentar a up** visitar, tener amistad con up – 15 **oiga** del verbo oír, forma usada en conversaciones telefónicas para llamar la atención del interlocutor. – 18 **barojiano** de Pío Baroja, escritor español de finales del siglo XIX y principios del siglo XX – 29 **González-Ruano** periodista y escritor de la época – 29 **descontar** *aquí:* dar por sentado, dar por hecho – 31 **por un escrúpulo** el narrador piensa que Trapiello no quiere preguntarle qué es lo que va a escribir sobre Sánchez Mazas por temor a meterse en sus asuntos

facilitado. Así descubrí que, en efecto, sobre todo recién acabada la guerra, Sánchez Mazas le había contado la historia de su fusilamiento a todo el que aceptaba escucharla. Eugenio Montes, uno de los amigos más fieles con que contó nunca, escritor como él, como él falangista, lo retrató el 14 de febrero de 1939, justo dos semanas después de los hechos del Collell, «con pelliza de pastor y pantalón agujereado de balazos», llegando «casi resurrecto del otro mundo» después de tres años de clandestinidad y cárceles en la zona republicana. Sánchez Mazas y Montes se habían reencontrado eufóricamente pocos días antes, en Barcelona, en el despacho del que era a la sazón Jefe Nacional de Propaganda de los sublevados, el poeta Dionisio Ridruejo. Muchos años más tarde, en sus memorias, éste todavía recordaba la escena, igual que la recordaba en las suyas, algo después, Pedro Laín Entralgo, por entonces otro joven e ilustrado jerarca falangista. Las descripciones que los dos memorialistas hacen de aquel Sánchez Mazas –a quien Ridruejo conocía un poco, pero a quien Laín, que luego le odiaría a muerte, no había visto nunca– son llamativamente coincidentes, como si les hubiese impresionado tanto que la memoria hubiera congelado su imagen en una instantánea común (o como si Laín hubiera copiado a Ridruejo; o como si los dos hubieran copiado a una misma fuente): también para ellos tiene un aire resurrecto, flaco, nervioso y desconcertado, con el pelo cortado al rape y la nariz corvina monopolizando su rostro famélico; los dos recuerdan también que Sánchez Mazas contó en aquel mismo despacho la historia de su fusilamiento, pero quizá Ridruejo no le concedió demasiado crédito (y por eso menciona los «detalles un poco novelescos» con que aliñó para ellos el relato), y sólo Laín no ha olvidado que vestía una «tosca zamarra parda».

Porque, según averigüé por azar y, después de algunos trámites inusitadamente ágiles, pude comprobar sentado en un cubículo del archivo de la Filmoteca de Cataluña, con esa misma tosca zamarra parda y ese mismo aire resurrecto –flaco y con el pelo al rape– Sánchez Mazas también contó ante una

1 **facilitar** dar – 7 **una pelliza** abrigo que usan los pastores (personas que cuidan ovejas, cabras, vacas...) – 10 **eufóricamente** con gran alegría – 12 **a la sazón** en ese momento – 21 **congelar** *aquí:* conservar de manera intacta, sin cambiar – 22 **una instantánea** *aquí:* una fotografía instantánea – 25 **al rape** muy corto – 25 **corvino** como un cuervo (Rabe) – 26 **un rostro famélico** una cara esquelética, muy delgada – 28 **conceder crédito** creer – 29 **aliñar** *aquí:* decorar – 31 **pardo** marrón – 32 **averiguar** *aquí:* descubrí por casualidad – 33 **trámites ...** gestiones increíblemente rápidas

cámara la historia de su fusilamiento, sin duda por las mismas fechas de febrero del 39 en que se lo contó, en el despacho de Ridruejo en Barcelona, a sus camaradas falangistas. La filmación –una de las pocas que se conservan de Sánchez Mazas– apareció en uno de los primeros noticiarios de posguerra, entre imágenes marciales del Generalísimo Franco pasando revista a la Armada en Tarragona e imágenes idílicas de Carmencita Franco jugando en los jardines de su residencia de Burgos con un cachorro de león, regalo de Auxilio Social. Durante todo el relato Sánchez Mazas permanece de pie y sin gafas, la mirada un poco perdida; habla, sin embargo, con un aplomo de hombre acostumbrado a hacerlo en público, con el gusto de quien disfruta escuchándose, en un tono extrañamente irónico en el inicio –cuando alude a su fusilamiento– y previsiblemente exaltado en la conclusión –cuando alude al final de su odisea–, siempre un tanto campanudo, pero sus palabras son tan precisas y los silencios que las pautan tan medidos que él también da a ratos la impresión de que, en vez de contar la historia, la está recitando, como un actor que interpreta su papel en un escenario; por lo demás, esa historia no difiere en lo esencial de la que me refirió su hijo, así que mientras le escuchaba contarla, sentado en un taburete frente a un aparato de vídeo, en el cubículo de la Filmoteca, no pude evitar un estremecimiento indefinible, porque supe que estaba escuchando una de las primeras versiones, todavía tosca y sin pulimentar, de la misma historia que casi sesenta años más tarde había de contarme Ferlosio, y tuve la certidumbre sin fisuras de que lo que Sánchez Mazas le había contado a su hijo (y lo que éste me contó a mí) no era lo que recordaba que ocurrió, sino lo que recordaba haber contado otras veces. Añadiré que no me sorprendió en absoluto que ni Montes ni Ridruejo ni Laín (suponiendo que llegaran a saber de su existencia), ni por supuesto el propio Sánchez Mazas en aquel noticiario dirigido a una masa numerosa y anónima de espectadores aliviados por el fin reciente de la guerra, mencionaran el gesto de aquel soldado

6 **marcial** militar – 7 **pasar revista** inspeccionar a los soldados – 8 **Carmencita Franco** hija de Franco y Carmen Polo, su esposa – 9 **Auxilio Social** Institución del régimen franquista supuestamente dedicada a ayudar a los pobres y a los necesitados – 12 **aplomo** seguridad – 14 **aludir** mencionar, hacer referencia. – 17 **tono campanudo** lenguaje exageradamente solemne (feierlich) – 18 **pautar** rodear, limitar – 23 **un taburete** silla sin parte de atrás para la espalda – 28 **una fisura** fractura – 36 **el gesto** *aquí:* la mirada del soldado que le salvó la vida a Sánchez Mazas

sin nombre que tenía orden de matarle y no le mató; el hecho se explica sin necesidad de atribuirle olvido o ingratitud a nadie: basta recordar que por entonces la doctrina de guerra de la España de Franco, como todas las doctrinas de todas las guerras, dictaba que ningún enemigo había salvado nunca una vida: estaban demasiado ocupados quitándolas. Y en cuanto a «Los amigos del bosque»...

Pasaron todavía algunos meses antes de que consiguiera hablar con Jaume Figueras. Después de haber grabado varios mensajes en su teléfono móvil y de no haber obtenido respuesta a ninguno de ellos, yo ya casi había descartado la posibilidad de que se pusiera en contacto conmigo, y alternativamente conjeturaba que Figueras era sólo una figura de la nerviosa inventiva de Aguirre, o que simplemente, por motivos que ignoraba pero que no era difícil imaginar, a Figueras no le apetecía rememorar para nadie la aventura de guerra de su padre. Es curioso (o por lo menos me parece curioso ahora): desde que el relato de Ferlosio despertara mi curiosidad nunca se me había ocurrido que alguno de los protagonistas de la historia pudiera estar todavía vivo, como si el hecho no hubiera ocurrido apenas sesenta años atrás, sino que fuera tan remoto como la batalla de Salamina.

Un día me encontré por casualidad con Aguirre. Fue en un restaurante mexicano adonde yo había ido a entrevistar a un vomitivo novelista madrileño que estaba pro- mocionando en la ciudad su última flatulencia, cuyo argumento transcurría en México; Aguirre estaba con un grupo de gente, supongo que celebrando algo, porque todavía recuerdo sus risotadas de júbilo y su aliento de tequila abofeteándome la cara. Se acercó y, acariciándose con nerviosismo su perilla de malvado, me preguntó a bocajarro si estaba escribiendo (lo que quería decir que si estaba escribiendo un libro: como para casi todo el mundo, para Aguirre escribir en el periódico no es escribir); un poco molesto, porque nada irrita tanto a un escritor que no escribe como que le pregunten por lo que está escribiendo, le dije que no. Me preguntó qué se había hecho de Sánchez Mazas y de mi relato real; más molesto todavía, le dije que nada. Entonces me preguntó si había hablado con Figueras.

11 **descartar** eliminar – 13 **conjeturar** imaginar, suponer – 16 **rememorar** recordar – 25 **vomitivo** asqueroso, que da ganas de vomitar; *fig* horrible. *Aquí*: un novelista malísimo – 26 **una flatulencia** gas abdominal; *fig* algo espantoso; *aquí:* novela ilegible – 29 **júbilo** alegría – 29 **abofetear** dar bofetadas (Ohrfeigen) – 30 **perilla ...** pequeña barba típica de hombres con malas intenciones – 31 **a bocajarro** de repente, sin previo aviso – 34 **irritar** molestar, desagradar

Yo también debía de estar un poco borracho, quizás es que el vomitivo novelista madrileño ya había conseguido sacarme de mis casillas, porque contesté que no, furiosamente añadí:

–Si es que existe.

–Si es que existe quién.

–¿Quién va a ser? Figueras.

El comentario le borró la sonrisa de los labios; dejó de acariciarse la perilla.

–No seas idiota –dijo, enfocándome con sus ojos atónitos, y sentí unas ganas tremendas de pegarle un guantazo, a lo mejor a quien de verdad quería pegar era al novelista de Madrid–. Claro que existe.

Me contuve.

–Entonces es que no quiere hablar conmigo.

Casi compungido, excusándose casi, Aguirre explicó que Figueras era constructor o contratista de obras (o algo así), y que además era concejal de urbanismo de Cornellà de Terri (o algo así), que era en todo caso una persona muy ocupada y que eso explicaba sin duda que no hubiera atendido a mis recados; luego prometió que hablaría con él. Cuando regresé a mi asiento me sentía fatal: con toda mi alma odié al novelista madrileño, que seguía perorando.

Tres días más tarde me llamó Figueras. Se disculpó por no haberlo hecho antes (su voz sonaba lenta y remota al teléfono, como si el propietario fuera un hombre muy mayor, quizás enfermo), me habló de Aguirre, me preguntó si aún quería hablar con él. Dije que sí; pero concertar una cita no fue fácil. Finalmente, después de repasar todos los días de la semana, quedamos para la semana siguiente; y después de repasar todos los bares de la ciudad (empezando por el Bistrot, que Figueras no conocía), quedamos en el Núria, en la plaza Poeta Marquina, muy cerca de la estación.

Allí estaba yo una semana después, casi con un cuarto de hora de adelanto sobre la hora convenida. Me acuerdo muy bien de esa tarde porque al día siguiente me marchaba de vacaciones a Cancún con una novia que me había echado tiempo atrás (la tercera desde mi separación: la primera fue

3 **sacar a up de sus casillas** aus dem Häuschen bringen – 8 **acariciar** streicheln – 9 **atónito** muy sorprendido – 10 **un guantazo** golpe fuerte con la mano – 13 **contenerse** reprimirse, no reaccionar – 17 **concejal** persona que forma parte del ayuntamiento; en este caso, el encargado de la sección de urbanismo – 20 **un recado** mensaje – 22 **perorar** hablar formalmente, como dando un discurso – 27 **concertar una cita** encontrar un día y una hora para reunirse – 36 **echarse novio** empezar una relación amorosa

una compañera del periódico; la segunda, una chica que trabajaba en un Pan's and Company). Se llamaba Conchi y su único trabajo conocido era el de pitonisa en la televisión local: su nombre artístico era Jasmine. Conchi me intimidaba un poco, pero sospecho que a mí siempre me han gustado las mujeres que me intimidan un poco, y desde luego procuraba que ningún conocido me sorprendiera con ella, no tanto porque me diera vergüenza que me vieran saliendo con una conocida pitonisa, cuanto por su aspecto un tanto llamativo (pelo oxigenado, minifalda de cuero, tops ceñidos y zapatos de aguja); y también porque, para qué mentir, Conchi era un poco especial. Recuerdo el primer día que la llevé a mi casa. Mientras yo forcejeaba con la cerradura del portal dijo:

–Menuda mierda de ciudad.

Le pregunté por qué.

–Mira –dijo y, con un mueca de asco infinito, señaló una placa que anunciaba: «Avinguda Lluís Pericot. Prehistoriador»–. Podían haberle puesto a la calle el nombre de alguien que por lo menos hubiera terminado la carrera, ¿no?

A Conchi le encantaba estar saliendo con un periodista (un intelectual, decía ella) y, aunque tengo la seguridad de que nunca acabó de leer ninguno de mis artículos (o sólo alguno muy corto), siempre fingía leerlos y, en el lugar de honor del salón de su casa, escoltando a una imagen de la Virgen de Guadalupe encaramada en una peana, tenía un ejemplar de cada uno de mis libros primorosamente encuadernado en plástico transparente. «Es mi novio», me la imaginaba diciéndoles a sus amigas semianalfabetas, sintiéndose muy superior a ellas, cada vez que alguna ponía los pies en su casa. Cuando la conocí, Conchi acababa de separarse de un ecuatoriano llamado Dos-a-Dos González, cuyo nombre de pila, al parecer, se lo había puesto su padre en recuerdo de un partido de fútbol en que su equipo de toda la vida ganó por primera y última vez la liga de su país. Para olvidar a Dos-a-Dos –a quien había conocido en un gimnasio, haciendo culturismo,

3 **una pitonisa** persona que adivina o predice el futuro – 9 **aspecto ...** apariencia física que llama la atención – 10 **oxigenado** *aquí:* de color rubio artificial – 13 **forcejear** intentar abrir por la fuerza (Gewalt) la puerta de entrada al edificio – 14 **una mierda** *fam vulg aquí:* qué asco de ciudad – 16 **una mueca** Grimasse – 19 **podían haberle ...** Conchi cree que un *prehistoriador* es una persona que no ha terminado sus estudios de historia en vez de un especialista en prehistoria – 23 **fingir** + INF so tun als ob – 27 **escoltando...** Conchi tenía cada uno de los libros del narrador, cubiertos en plástico, junto a una imagen de la virgen de Guadalupe (de México) subida a una pequeña plataforma – 32 **nombre de pila** nombre de una persona

y a quien en los buenos momentos llamaba cariñosamente Empate y, en los malos, Cerebro, Cerebro González, porque no lo consideraba muy inteligente–, Conchi se había mudado a Quart, un pueblo cercano donde había alquilado por muy poco dinero un caserón destartalado, casi en medio del bosque. De forma sutil pero constante, yo insistía en que volviera a vivir en la ciudad; mi insistencia se apoyaba en dos argumentos: uno explícito y otro implícito, uno público y otro secreto. El público decía que esa casa aislada era un peligro para ella, pero el día en que dos individuos intentaron asaltarla y Conchi, que para su desgracia se hallaba dentro, acabó persiguiéndolos a pedradas por el bosque, tuve que admitir que esa casa era un peligro para todo aquel que intentara asaltarla. El argumento secreto decía que, puesto que yo no tenía el carnet de conducir, cada vez que fuéramos de mi casa a casa de Conchi o de casa de Conchi a mi casa, tendríamos que hacerlo en el Volkswagen de Conchi, un cacharro tan antiguo que bien hubiera podido merecer la atención del prehistoriador Pericot y que Conchi conducía siempre como si todavía estuviera a tiempo de evitar un asalto inminente a su casa, y como si todos los coches que circulaban a nuestro alrededor estuvieran ocupados por un ejército de delincuentes. Por todo ello, cualquier desplazamiento en coche con mi amiga, a quien por lo demás le encantaba conducir, entrañaba un riesgo que yo sólo estaba dispuesto a correr en circunstancias muy excepcionales; éstas debieron de darse a menudo, por lo menos al principio, porque por entonces me jugué muchas veces el pellejo yendo en su Volkswagen de su casa a mi casa y de mi casa a su casa. Por lo demás, y aunque me temo que no estaba muy dispuesto a reconocerlo, yo creo que Conchi me gustaba mucho (más en todo caso que la compañera del periódico y que la chica del Pan's and Company; menos, quizá, que mi antigua mujer); tanto, en todo caso, que, para celebrar que llevábamos ya nueve meses saliendo juntos, me dejé convencer de que pasáramos juntos dos semanas en Cancún, un lugar que yo imaginaba verdaderamente espantoso, pero que (esperaba) el agrado de estar junto a Conchi y su despampanante alegría

2 **un empate** resultado de un partido con el mismo número de puntos para cada equipo – 5 **un caserón** casa grande – 12 **el día en que dos individuos ...** un día, cuando intentaron robarle en su casa, Cochi corrió detrás de los ladrones (Diebe), tirándoles piedras – 17 **un cacharro** objeto normalmente viejo y de poco uso. – 22 **Conchi conducía ...** conducía mal y a mucha velocidad – 24 **entrañar** in sich bergen – 27 **jugarse el pellejo** ponerse en peligro – 37 **agrado** placer

volverían por lo menos soportable. Así que la tarde en que por fin conseguí una cita con Figueras yo ya tenía las maletas hechas y el corazón impaciente por emprender un viaje que a ratos (pero sólo a ratos) juzgaba temerario.

Me senté a una mesa del Núria, pedí un gin-tonic y esperé. Aún no eran las ocho de la tarde; frente a mí, al otro lado de las paredes de cristal, la terraza estaba llena de gente y más allá cruzaban de vez en cuando convoyes de viajeros por el paso elevado del tren. A mi izquierda, en el parque, niños acompañados de sus madres jugaban en los columpios, bajo la sombra declinante de los plátanos. Recuerdo que pensé en Conchi, que no hacía mucho me había sorprendido diciéndome que no pensaba morirse sin tener un hijo, y luego en mi antigua mujer, que muchos años atrás había rechazado juiciosamente mi propuesta de tener un hijo. Pensé que, si la declaración de Conchi era también una insinuación (y ahora creí comprender que lo era), entonces el viaje a Cancún era un error por partida doble, porque yo ya no tenía ninguna intención de tener un hijo; tenerlo con Conchi me pareció una ocurrencia chusca. Por algún motivo volví a pensar en mi padre, volví a sentirme culpable. «Dentro de poco», me sorprendí pensando, «cuando ya ni siquiera yo me acuerde de él, estará del todo muerto.» En ese momento, mientras veía entrar en el bar a un hombre de unos sesenta años, que imaginé que podía ser Figueras, me maldije por haber concertado en pocos meses dos citas con dos desconocidos sin haber acordado previamente una señal identificatoria, me levanté, le pregunté si era Jaume Figueras; me dijo que no. Volví a mi mesa: casi eran las ocho y media. Con la vista busqué por el bar a un hombre solo; luego salí a la terraza, también en vano. Me pregunté si Figueras habría estado todo ese tiempo en el bar, cerca de mí y, harto de esperar, se habría marchado: me contesté que eso era imposible. No llevaba conmigo el número de su móvil, así que, decidiendo que por algún motivo Figueras se había retrasado y estaba al llegar, opté por esperar. Pedí otro gin-tonic y me senté en la terraza. Nerviosamente miraba a un lado y a otro; mientras lo hacía, aparecieron dos gitanos jóvenes –un hombre y una mujer–, con un teclado eléctrico, un micrófono y un

1 **soportable** tolerable – 4 **juzgar uc temeraria** pensar que uc es una locura – 8 **un convoy** grupo – 10 **un columpio** Schaukel – 11 **un plátano** Platane – 18 **por partida doble** doblemente – 19 **chusco** gracioso, divertido – 25 **maldecirse** criticarse a uno mismo por hacer uc mal – 30 **en vano** sin obtener resultados – 32 **harto** cansado – 38 **un teclado ...** especie de piano portátil

alta- voz, y se pusieron a tocar frente a la clientela. El hombre tocaba y la mujer cantaba. Tocaban, sobre todo, pasodobles: lo recuerdo muy bien porque a Conchi le gustaban tanto los pasodobles que había intentado sin éxito que me inscribiera en un cursillo para aprender a bailarlos, y sobre todo porque fue la primera vez en mi vida que oí la letra de *Suspiros de España,* un pasodoble famosísimo del que yo ni siquiera sabía que tenía una letra:

Quiso Dios, con su poder,
fundir cuatro rayitos de sol
y hacer con ellos una mujer,
y al cumplir su voluntad
en un jardín de España nací
como la flor en el rosal.
Tierra gloriosa de mi querer,
tierra bendita de perfume y pasión,
España, en toda flor a tus pies
suspira un corazón.
Ay de mi pena mortal,
porque me alejo, España, de ti,
porque me arrancan de mi rosal.

Oyendo tocar y cantar a los gitanos pensé que ésa era la canción más triste del mundo; también, casi en secreto, que no me disgustaría bailarla algún día. Cuando acabó la actuación, eché veinte duros en el sombrero de la gitana y, mientras la gente abandonaba la terraza, acabé de beberme mi gin-tonic y me fui.

Al llegar a casa tenía en el contestador automático un recado de Figueras. Me pedía disculpas porque un imprevisto de última hora le había impedido acudir a la cita; me pedía que le llamase. Le llamé. Volvió a pedirme disculpas, volvió a sugerir una cita.

1 **clientela** los clientes – 2 **un pasodoble** tipo de música, muy popular en España, que se toca y se baila, en parejas. Esta música, sin baile, se toca con frecuencia en las corridas de toros – 4 **inscribirse** sich anmelden – 10 **fundir** unir, mezclar – 10 **un rayito de sol** Sonnenstrahl – 12 **voluntad** deseo – 14 **un rosal** planta de rosas – 15 **de mi querer** a la que quiero – 16 **bendito** gesegnet – 17 **en toda flor** en cada flor (*aquí:* en cada ciudadano) – 18 **suspira** seufzen – 21 **me arrancan ...** la persona que habla tiene que irse de España y siente por eso una gran tristeza – 24 **no me disgustaría ...** al oír el pasodoble, siente que le gustaría poder bailarlo algún día – 25 **veinte duros** 100 pesetas, moneda española anterior al euro (100 pesetas = aprox. € 0,60) – 25 **echar** *aquí:*dar – 28 **un contestador automático** máquina que contesta el teléfono y en el que se dejan mensajes – 29 **un imprevisto** uc no planeado – 30 **acudir** ir

–Tengo una cosa para usted –añadió.

–¿Qué cosa?

–Se la daré cuando nos veamos.

Le dije que al día siguiente me iba de viaje (me dio vergüenza decirle que iba a Cancún) y que no regresaba hasta al cabo de dos semanas. Concertamos una cita en el Núria para dos semanas más tarde y, después de acometer el ejercicio idiota de describirnos someramente para el otro, nos despedimos.

Lo de Cancún fue inenarrable. Conchi, que había sido la organizadora del viaje, me había ocultado que, salvo un par de excursiones por la península del Yucatán y muchas tardes de compras por el centro de la ciudad, todo él consistía en pasar dos semanas encerrados en un hotel en compañía de una pandilla de catalanes, andaluces y norteamericanos gobernados a golpe de silbato por una guía turística y dos monitores que ignoraban la noción de reposo y que, además, no hablaban una sola palabra de castellano; mentiría si no reconociera que hacía muchos años que no era tan feliz. Añadiré que, por extraño que parezca, yo creo que sin esa estancia en Cancún (o en un hotel de Cancún) nunca me hubiera decidido a escribir un libro sobre Sánchez Mazas, porque durante esos días tuve tiempo de poner en orden mis ideas acerca de él y de comprender que el personaje y su historia se habían convertido con el tiempo en una de esas obsesiones que constituyen el combustible indispensable de la escritura. Sentado en el balcón de mi habitación con un mojito en la mano, mientras veía cómo Conchi y su pandilla de catalanes, andaluces y norteamericanos eran perseguidos sin clemencia, a lo largo y a lo ancho de las instalaciones del hotel, por la vesania deportiva de los monitores («¡Now swimming-pool!»), yo no dejaba de pensar en Sánchez Mazas. Pronto llegué a una conclusión: cuantas más cosas sabía de él, menos lo entendía; cuanto menos lo entendía, más me

5 **me dio vergüenza ...** no quiere decirle que se va a Cancún (lugar turístico en México) porque le parece que no es un lugar apropiado – 5 **al cabo** al fin, después – 8 **después de acometer ...** hacer la tontería de describirse el uno al otro superficialmente – 9 **lo de ...** lo que ocurrió durante las vacaciones en Cancún fue increíble – 10 **ocultar** esconder – 10 **salvo** excepto – 11 **una excursión** viaje de un día para hacer turismo – 13 **encerrado** sin poder salir, *aquí*: del hotel – 14 **una pandilla** un grupo – 15 **gobernados ...** dirigidos de una actividad a otra por medio de un instrumento pequeño que hace ruido al soplar – 16 **ignoraban ...** no sabían lo que es descansar – 17 **mentir** no decir la verdad – 19 **por extraño que parezca** so seltsam es auch klingen mag – 20 **una estancia** visita, viaje – 25 **combustible indispensable** *fig aquí:* las ideas necesarias para escribir – 27 **un mojito** bebida alcohólica típica del Caribe. – 29 **clemencia** Mitleid – 30 **vesania** locura

intrigaba; cuanto más me intrigaba, más cosas quería saber de él. Yo había sabido –pero no lo entendía y me intrigaba– que aquel hombre culto, refinado, melancólico y conservador, huérfano de coraje físico y alérgico a la violencia, sin duda porque se sabía incapaz de practicarla, durante los años veinte y treinta había trabajado como casi nadie para que su país se sumergiera en una salvaje orgía de sangre. No sé quién dijo que, gane quien gane las guerras, las pierden siempre los poetas; sé que poco antes de mis vacaciones en Cancún yo había leído que, el 29 de octubre de 1933, en el primer acto público de Falange Española, en el Teatro de la Comedia de Madrid, José Antonio Primo de Rivera, que siempre andaba rodeado de poetas, había dicho que «a los pueblos no los han movido nunca más que los poetas ». La primera afirmación es una estupidez; la segunda no: es verdad que las guerras se hacen por dinero, que es poder, pero los jóvenes parten al frente y matan y se hacen matar por palabras, que son poesía, y por eso son los poetas los que siempre ganan las guerras, y por eso Sánchez Mazas, que estuvo siempre al lado de José Antonio y desde ese lugar de privilegio supo urdir una violenta poesía patriótica de sacrificio y yugos y flechas y gritos de rigor que inflamó la imaginación de centenares de miles de jóvenes y acabó mandándolos al matadero, es más responsable de la victoria de las armas franquistas que todas las ineptas maniobras militares de aquel general decimonónico que fue Francisco Franco. Yo había sabido –pero no había entendido y me intrigaba– que, al terminar la guerra que había contribuido como casi nadie a encender, Franco nombró a Sánchez Mazas ministro del primer gobierno de la Victoria, pero al cabo de

1 **intrigar** despertar curiosidad – 3 **refinado** bien educado – 4 **un huérfano** persona sin padres, *fig aquí:* sin valor físico, sin fuerza física – 5 **incapaz** que no puede hacer uc, *aquí*: no podía ser violento – 7 **sumergirse** meterse – 7 **una salvaje ...** en una fiesta terrible de sangre, de muerte. Es decir, la Guerra Civil Española. Sánchez Mazas, no era violento pero fue uno de los ideólogos de Falange que apoyó el golpe militar contra la República – 14 **a los pueblos ...** cita de José Antonio Primo de Rivera (Fundador de Falange) según la cual los poetas, con su poesía, son los que mueven a la gente a actuar – 15 **una estupidez** tontería – 17 **partir al frente** ir a la guerra – 17 **se hacen matar ...** por las ideas que las palabras representan – 20 **urdir** crear – 23 **una violenta poesía ...** Sánchez Mazas escribió poesía patriótica que incluía ideas de violencia y de guerra. **Yugos, flechas** símbolos usados en el escudo de la Falange que significan sumisión (Unterwerfung), obediencia (Gehorsam) y disposición para luchar. Con la poesía de Sánchez Mazas muchos jóvenes se exaltaron y acabaron participando en la guerra – 25 **ineptas ...** actuaciones militares ineficaces – 25 **decimonónico** ... del siglo XIX, *aquí*: anticuado, viejo – 28 **la guerra que ...** la guerra que Sánchez Mazas había promovido con su poesía – 29 **Gobierno de la Victoria** primer gobierno de Franco tras la guerra

muy poco tiempo le destituyó porque, según se contaba, ni siquiera asistía a las reuniones del consejo, y a partir de aquel momento abandonó casi por completo la política activa y, como si se sintiera satisfecho del régimen de pesadumbre que había ayudado a implantar en España y considerara que su trabajo había concluido, consagró sus últimos veinte años de vida a escribir, a dilapidar la herencia familiar y a entretener sus dilatados ocios con aficiones un poco extravagantes. Me intrigaba esa época final de retiro y displicencia, pero sobre todo los tres años de guerra, con su peripecia inextricable, su asombroso fusilamiento, su miliciano salvador y sus amigos del bosque, y un atardecer de Cancún (o del hotel de Cancún), mientras mataba el tiempo en el bar esperando la hora de la cena, decidí que, después de casi diez años sin escribir un libro, había llegado el momento de intentarlo de nuevo, y decidí también que el libro que iba a escribir no sería una novela, sino sólo un relato real, un relato cosido a la realidad, amasado con hechos y personajes reales, un relato que estaría centrado en el fusilamiento de Sánchez Mazas y en las circunstancias que lo precedieron y lo siguieron. De regreso de Cancún, la tarde acordada con Figueras me presenté en el Núria, como siempre antes de tiempo, pero aún no había pedido mi gin-tonic cuando me abordó un hombre macizo y cargado de hombros, de unos cincuenta y pico años, de pelo ensortijado, de ojos profundos y azules, de modesta sonrisa rural. Era Jaume Figueras. Sin duda porque yo esperaba a un hombre mucho mayor (como me había ocurrido con Aguirre), pensé: «El teléfono envejece». Pidió un café; pedí un gintonic. Figueras se disculpó por no haber comparecido a la cita anterior y por no disponer tampoco de mucho tiempo en ésta. Aseguró que en aquella época del año el trabajo se le acumulaba y que, como además había puesto en venta Can Pigem, la casa familiar de Cornellà de Terri, estaba muy ocupado ordenando los papeles de su padre, muerto diez años atrás. En este punto a Figueras

1 **destituir** quitar a up de su cargo – 2 **reunión del Consejo** reunión de todos los ministros con Franco – 4 **satisfecho** contento – 4 **pesadumbre** aburrimiento, tristeza – 6 **concluir** terminar – 6 **consagrar** dedicar – 7 **dilapidar** vergeuden – 7 **una herencia** los bienes de la familia – 8 **dilatados ocios** sus largos ratos de descanso – 9 **displicencia** indiferencia – 10 **peripecia inextricable** su confusa aventura durante la guerra – 13 **matar el tiempo** pasar el tiempo sin hacer nada – 17 **cosido** unido íntimamente – 17 **amasado** hecho – 23 **abordar a up** acercarse a up – 23 **macizo** fuerte – 24 **y pico** y unos pocos más – 24 **ensortijado** rizado – 25 **rural** del campo – 28 **el teléfono envejece** el teléfono hace viejas a las personas – 29 **comparecer** asistir – 30 **disponer** tener

se le quebró la voz; con un destello de humedad brillándole en los ojos, tragó saliva, sonrió como disculpándose de nuevo. El camarero alivió con su café y su gin-tonic la incomodidad del silencio. Figueras bebió un sorbo de café.

–¿Es verdad que va usted a escribir sobre mi padre y sobre Sánchez Mazas? –me espetó.

–¿Quién le ha dicho eso?

–Miquel Aguirre.

«Un relato real», pensé, pero no lo dije. «Eso es lo que voy a escribir.» También pensé que Figueras pensaba que, si alguien escribía acerca de su padre, su padre no estaría del todo muerto. Figueras insistió.

–Puede ser –mentí–. Todavía no lo sé. ¿Le hablaba su padre a menudo de su encuentro con Sánchez Mazas?

Figueras dijo que sí. Reconoció, sin embargo, que no tenía más que un conocimiento muy vago de los hechos.

–Entiéndalo –se disculpó otra vez–. Para mí era sólo una historia familiar. Se la oí contar tantas veces a mi padre... En casa, en el bar, solo con nosotros o rodeado de gente del pueblo, porque en Can Pigem tuvimos durante años un bar. En fin. Yo creo que nunca le hice mucho caso. Y ahora me arrepiento.

Lo que Figueras sabía era que su padre había hecho toda la guerra con la República, y que cuando volvió a casa, hacia el final, se había encontrado allí con su hermano menor, Joaquim, y con un amigo de éste, llamado Daniel Angelats, que acababan de desertar de las filas republicanas. También sabía que, dado que ninguno de los tres soldados quería partir al exilio con el ejército derrotado, decidieron aguardar la llegada inminente de los franquistas escondidos en un bosque cercano, y que un día vieron acercarse a un hombre medio ciego tanteando entre las breñas. Lo retuvieron a punta de pistola; le obligaron a identificarse: el hombre dijo que se llamaba Rafael Sánchez Mazas y que era el falangista más antiguo de España.

–Mi padre supo de inmediato quién era –dijo Jaume Figueras–. Era una persona muy leída, había visto fotos de

1 **en ese momento ...** se emocionó al hablar de su padre muerto – 2 **con un destello ...** con lágrimas en los ojos – 3 **aliviar** aligerar, *aquí*: hacer la situación más fácil – 6 **espetar** decir uc de pronto – 16 **vago** ligero, superficial – 21 **hacer caso** prestar atención – 22 **arrepentirse de uc** bereuen – 27 **desertar** abandonar el ejército – 28 **dado que** ya que, puesto que – 29 **derrotado** vencido – 29 **aguardar** esperar – 31 **ciego** que no puede ver – 32 **tanteando ...** tocando con las manos las plantas de alrededor – 32 **lo retuvieron ...** lo detuvieron apuntándole (zielend) con la pistola – 36 **era una persona ...** su padre leía mucho

Sánchez Mazas en los periódicos y había leído sus artículos. por lo menos eso era lo que él decía siempre. No sé si será verdad.

–Puede serlo –concedí–. ¿Y qué pasó luego?

–Estuvieron unos días refugiados en el bosque –prosiguió Figueras, después de beberse de un trago el resto del café–. Los cuatro. Hasta que llegaron los nacionales.

–¿No le contó su padre de qué habló con Sánchez Mazas durante los días que pasaron en el bosque?

–Supongo que sí –contestó Figueras–. Pero no lo recuerdo. Ya le he dicho que yo no prestaba mucha atención a esas cosas. Lo único que recuerdo es que Sánchez Mazas les contó lo de su fusilamiento en el Collell. Conoce la historia, ¿verdad?

Asentí.

–También les contó muchas otras cosas, eso es seguro –prosiguió Figueras–. Mi padre siempre decía que durante esos días Sánchez Mazas y él se hicieron muy amigos.

Figueras sabía que, al terminar la guerra, su padre había estado preso en la cárcel, y que su familia le rogó muchas veces en vano que escribiera a Sánchez Mazas, que por entonces era ministro, para que intercediera por él. Y sabía también que, una vez que su padre hubo salido de la cárcel, llegó a sus oídos que alguien de su mismo pueblo de algún pueblo vecino, sabedor de la amistad que los unía, había escrito a Sánchez Mazas una carta en la que, haciéndose pasar por uno de los amigos del bosque, solicitaba un favor de dinero en pago de la deuda de guerra que había contraído con ellos, y que su padre había escrito a Sánchez Mazas denunciando la suplantación.

–¿Le contestó Sánchez Mazas?

–Me suena que sí, pero no estoy seguro. De momento entre los papeles de mi padre no he encontrado ninguna carta suya, y me extrañaría que las hubiera tirado, era un hombre muy cuidadoso, lo conservaba todo. No sé, a lo mejor se traspapeló, o a lo mejor aparece un día de estos. –Figueras metió la mano en el bolsillo de su camisa: parsimoniosamente–. Lo que sí encontré fue esto.

5 **proseguir** continuar – 6 **de un trago** de una vez, todo entero – 14 **asentir** decir que sí – 19 **rogar** pedir – 21 **interceder por up** ein gutes Wort für jmdn. einlegen – 24 **sabedor** conocedor – 25 **hacerse pasar por up** fingir ser otra persona – 26 **solicitar** pedir – 27 **en pago de ...** esta persona que fingía ser uno de los amigos del bosque, le pedía a Sánchez Mazas dinero para pagarles por haberlo protegido de los republicanos – 28 **una suplantación** sustitución ilegal – 30 **sonar** resultar familiar – 33 **traspapelar** perder – 35 **parsimoniosamente** lentamente

Me alargó una libretita vieja, de tapas de hule ennegrecido, que alguna vez fue verde. La hojeé. La mayor parte estaba en blanco, pero varias hojas del principio y el final estaban garabateadas a lápiz, con una letra rápida, no del todo ilegible, que apenas resaltaba contra el crema sucio y cuadriculado del papel; el primer vistazo delataba también que varias de sus hojas habían sido arrancadas.

–¿Qué es esto? –pregunté.

–El diario que llevó Sánchez Mazas mientras anduvo huido por el bosque –contestó Figueras–. O eso es lo que parece. Quédese con él; pero no me lo pierda, es como un recuerdo de la familia, mi padre le tenía mucho aprecio. –Consultó su reloj de pulsera, hizo chasquear la lengua, dijo–: Bueno, ahora tengo que marcharme. Pero llámeme otro día.

Mientras se levantaba apoyando en la mesa sus dedos gruesos y encallecidos, añadió:

–Si quiere puedo enseñarle el lugar del bosque donde estuvieron escondidos, el Mas de la Casa Nova; ya no es más que una masía medio en ruinas, pero si va a contar esta historia seguro que le gustará verla. Claro que si no piensa contarla…

–Todavía no sé lo que haré –volví a mentir, acariciando las tapas de hule de la libreta, que me ardía en las manos como un tesoro. Con el fin de espolear el recuerdo de Figueras, sinceramente añadí–: Pero, la verdad, creí que usted me contaría más cosas.

–Le he contado todo lo que sé –se disculpó por enésima vez, pero ahora me pareció que un matiz de astucia recelo asomaba a la superficie lacustre de sus ojos azules –. De todas maneras, si de verdad se propone escribir sobre mi padre y Sánchez Mazas, con quien tiene que hablar es con mi tío. Él sí que conoce todos los detalles.

–¿Qué tío?

–Mi tío Joaquim. –Aclaró–: El hermano de mi padre. Otro de los amigos del bosque.

1 **alargar** *aquí:* dar – 1 **una libretita** un cuaderno pequeño – 1 **hule ennegrecido** plástico sucio – 4 **garabateado** lleno de letras mal hechas, que no se pueden leer bien – 5 **resaltar** ser más visible – 5 **cuadriculado** papel a cuadros – 6 **delatar** *aquí*: indicar, dejar ver – 7 **arrancar** eliminar – 9 **huido** escapado – 11 **quedarse con uc** guardar uc – 12 **aprecio** cariño, afecto – 13 **chasquear** schnalzen – 16 **encallecido** endurecido, con la piel áspera (rau), dura – 19 **una masía** casa de campo – 22 **arder** quemar – 23 **espolear** estimular, animar – 27 **enésima vez** número indeterminado de veces – 28 **un matiz de …** le pareció que veía en sus ojos azules un rasgo de desconfianza. Le pareció que tal vez no estaba diciendo todo lo que sabía

Incrédulo, como si acabaran de anunciarme la resurrección de un soldado de Salamina, pregunté:

–¿Está vivo?

–¡Ya lo creo! –se rió con desgana Figueras, y un ademán artificial de sus manos me hizo pensar que sólo fingía sorprenderse de mi sorpresa–. ¿No se lo había dicho? Vive en Medinyà, pero pasa mucho tiempo en la playa de Montgó, y también en Oslo, porque su hijo trabaja allí, en la OMS. Ahora no creo que le encuentre, pero en septiembre seguro que estará encantado de hablar con usted. ¿Quiere que se lo proponga?

Un poco aturdido por la noticia, dije que por supuesto que sí.

–De paso intentaré averiguar el paradero de Angelats –dijo Figueras sin ocultar su satisfacción–. Antes vivía en Banyoles, y a lo mejor todavía está vivo. Quien seguro que lo está es Maria Ferré.

–¿Quién es Maria Ferré?

Figueras reprimió visiblemente el impulso de desbrozar una explicación.

–Ya se lo contaré otro rato –dijo después de consultar de nuevo el reloj; me estrechó la mano–. Ahora tengo que irme. Le llamaré en cuanto le consiga una cita con mi tío; él se lo contará todo con pelos y señales, ya verá, tiene muy buena memoria. Mientras tanto, eche un vistazo a la libreta, creo que le interesará.

Le vi pagar, salir del Núria, meterse en un todoterreno polvoriento y mal aparcado frente a la entrada del bar y marcharse. Acaricié la libreta, pero no la abrí. Acabé de beberme el gin-tonic y, mientras me levantaba para irme, vi cruzar un Talgo por el paso elevado, más allá de la terraza llena de gente, y me acordé de los gitanos que dos semanas atrás tocaban pasodobles en la luz fatigada de un atardecer como ése y, al llegar a casa y ponerme a examinar con calma la libreta que me había confiado Figueras, aún no se me había desenredado de la memoria la melodía tristísima de *Suspiros de España*.

1 **incrédulo** que no cree – 2 **como si acabaran ...** la noticia de que el tío de Figueras estaba vivo le parece tan increíble como si un soldado de la batalla de Salamina hubiera resucitado – 5 **ademán** gesto, movimiento – 8 **OMS** Organización Mundial de la Salud – 11 **aturdido** confundido – 13 **averiguar** descubrir – 13 **un paradero** lugar en que está una persona – 19 **reprimió ...** detuvo el deseo de explicar quién era Maria Ferré – 21 **estrechar la mano** dar la mano – 23 **con pelos y señales** con todos los detalles – 24 **echar un vistazo** mirar – 27 **todoterreno ...** un coche grande, tipo Jeep, muy sucio – 30 **Talgo** tipo de tren – 32 **fatigado** cansado – 32 **un atardecer** puesta de sol, llegada de la tarde – 34 **confiar uc a up** dar, dejar – 35 **desenredar** desaparecer

Pasé la noche dándole vueltas a la libreta. Ésta contenía en su parte delantera, después de unas hojas arrancadas, un pequeño diario escrito a lápiz. Esforzándome por descifrar la letra, leí:

«... instalado casa bosque - Comida - Dormir pajar - Paso soldados.

3- Casa bosque - Conversación viejo - No se atreve a tenerme en casa - Bosque - Fabricación refugio.

4- Caída de Gerona - Conversación junto al fuego con los fugitivos - El viejo me trata mejor que la señora.

5- Día de espera - Continúo refugio - Cañones.

6- Encuentro en el bosque con los tres muchachos - Noche - Vigilancia [*palabra ilegible*] al refugio - Voladura de puentes - Los rojos se van.

7- Encuentro de mañana con los tres muchachos - Almuerzo medianamente de la cocina de los amigos.»

El diario se detiene ahí. Al final de la libreta, después de otras hojas arrancadas, escritos con una letra distinta, pero también a lápiz, figuran los nombres de los tres muchachos, de los amigos del bosque:

Pedro Figueras Bahí
Joaquín Figueras Bahí
Daniel Angelats Dilmé

Y más abajo:

Casa Pigem de Cornellà
(enfrente de la estación)

1 **darle vueltas a uc** pensar mucho en uc – 3 **descifrar** entziffern – 5 **un pajar** lugar en el campo en el que se guarda la comida para los animales – 7 **conversación ...** con un hombre viejo – 7 **atreverse** sich trauen – 8 **refugio** lugar seguro – 9 **Gerona** ciudad de Cataluña, es vencida por las tropas de Franco – 10 **tratar** behandeln – 13 **una voladura** explosión – 14 **los rojos** nombre que se dio a los republicanos. – 16 **medianamente** más o menos bien

Más abajo aún viene la firma, a tinta –no a lápiz, como lo escrito en el resto de la libreta– de los dos hermanos Figueras, y en la página siguiente se lee:

Palol de Rebardit
Casa Borrell
Familia Ferré

En otra página, también a lápiz y con la misma letra del diario, sólo que mucho más clara, figura el texto más extenso de la libreta. Dice así:

«El que suscribe, Rafael Sánchez Mazas, fundador de la Falange Española, consejero nacional, ex presidente de la Junta Política y a la sazón el falangista más antiguo de España y el de mayor jerarquía de la zona roja, declaro:

»1º que el día 30 de enero de 1939 fui fusilado en la prisión del Collell con otros 48 infelices prisioneros y escapé milagrosamente después de las dos primeras descargas, internándome en el bosque–

»2º que después de una marcha de tres días por el bosque, caminando de noche y pidiendo limosna en las masías, llegué a las proximidades de Palol de Rebardit, donde caí en una acequia perdiendo mis gafas, con lo cual me quedaba medio ciego…»

Aquí falta una hoja, que ha sido arrancada. Pero el texto sigue:

8 **figurar** *aquí* estar – 10 **suscribir** firmar un texto – 12 **Junta Política** grupo de personas dentro de la Falange encargados de elaborar el programa político – 13 **el falangista …** el falangista más importante en la zona controlada por los republicanos – 16 **milagrosamente** de milagro, de manera asombrosa. – 16 **una descarga** disparo de los fusiles – 17 **internarse** meterse – 19 **pedir limosna** betteln – 20 **la proximidad** lugar cercano – 21 **una acequia** pequeño canal con agua – 23 **faltar** no estar presente

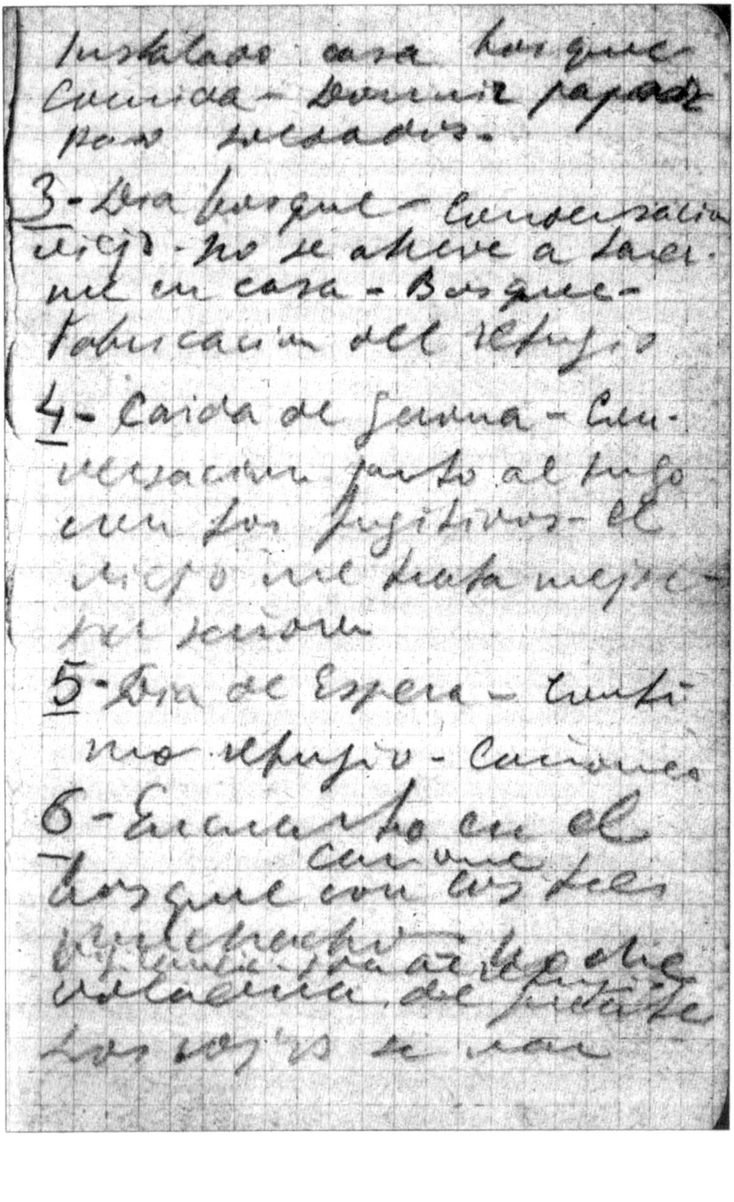

Instalados casa bosque- Comida - Dormir pagados por pescados.

3- Día bosque - Conversación viejo - No se atreve a tenerme en casa - Bosque - Fabricación del refugio

4- Caída de Jemma - Conversación junto al fuego con los fugitivos - El viejo me trata mejor - su señora

5- Día de Espera - Continúo refugio - Camiones

6- Encuentro en el bosque con los tres camino [illegible] [illegible] violación de Judith

Los rojos se van

«… proximidad de la línea de fuego me tuvieron oculto en su casa hasta que llegaron las tropas nacionales –

»4º que a pesar de la generosa oposición de los habitantes del mas Borrell quiero por medio de este documento ratificarles mi promesa de corresponderles con una fuerte recompensa metálica, proponer al propietario [aquí hay un espacio en blanco] para una distinción honorífica si así lo acepta el mando militar y testimoniarle mi gratitud inmensa a él y a los suyos durante toda mi vida, que todo ello será bien poco en comparación con lo que por mí ha hecho.

»Firmo el presente documento en el mas Casanova de un Pla cerca de Cornellà de Terri a 1…»

Hasta aquí, el texto de la libreta. Lo releí varias veces, tratando de dotar de un sentido coherente a aquellas anotaciones dispersas, y de ensamblarlas con los hechos que yo conocía. Para empezar, descarté la sospecha, que insidiosamente me asaltó mientras leía, de que la libreta fuera un fraude, una falsificación urdida por los Figueras para engañarme, o para engañar a alguien: en aquel momento me pareció que carecía de sentido imaginar a una modesta familia campesina tramando una estafa tan sofisticada. Tan sofisticada y, sobre todo, tan absurda. Porque, en vida de Sánchez Mazas, cuando podía ser un escudo de derrotados contra las represalias de los vencedores, el documento era fácilmente autentificable y, una vez muerto, carecía de valor. Sin embargo, pensé que de todas formas era conveniente cerciorarse de que la letra de la libreta (o una de las letras de la libreta, porque había varias) y la de Sánchez Mazas eran la misma. De ser así (y nada autorizaba a suponer que no lo fuera), Sánchez Mazas era el autor del pequeño diario, sin duda escrito durante los días en que anduvo errante por el bosque, o a lo sumo muy poco después. A juzgar por el último texto de la libreta, Sánchez Mazas sabía que la fecha de su fusilamiento había sido el 30

1 **línea de fuego** el frente, el lugar en el que están luchando los soldados – 1 **oculto** escondido (versteckt) – 4 **ratificar** confirmar – 5 **corresponder** recompensar, dar un regalo – 6 **metálico** de dinero – 7 **distinción honorífica** reconocimiento que le da honor al que lo recibe – 8 **testimoniar** bekunden – 9 **los suyos** sus familiares – 15 **disperso** suelto, desconectado – 15 **ensamblar** unir – 16 **descartar** eliminar – 17 **insidiosamente …** de manera maliciosa (arglistig) me vino a la cabeza – 17 **un fraude** engaño – 18 **urdir** planear – 21 **tramar** planear – 21 **una estafa** engaño – 23 **un escudo …** servir de protección para los que habían perdido la guerra – 23 **una represalia** venganza, forma de hacer pagar a los vencidos – 26 **cerciorarse** sich vergewissern – 29 **suponer** pensar – 31 **errante** perdido – 31 **a lo sumo** como máximo

de enero del 39; por otra parte, la numeración que precedía a cada entradilla del diario correspondía al número de día del mes de febrero del mismo año (los nacionales habían entrado en efecto en Gerona el 4 de febrero). Del texto del diario deduje que, antes de acogerse a la protección del grupo de los hermanos Figueras, Sánchez Mazas había hallado un refugio más o menos seguro en una casa de la zona, y que esa casa no podía ser otra que la casa o mas Borrell, a cuyos habitantes daba las gracias y prometía «una fuerte recompensa metálica» y «una distinción honorífica» en la extensa declaración final, y deduje también que esa casa o mas sólo podía estar en Palol de Rebardit –un municipio limítrofe del de Cornellà de Terri– y que sus habitantes sólo podían ser miembros de la familia Ferré, a la que por lo demás pertenecería con seguridad la Maria Ferré que, según me había anunciado Jaume Figueras en el final precipitado de nuestra entrevista en el Núria, todavía estaba viva. Todo lo anterior parecía evidente, igual que, una vez se ha dado con ella, parece evidente la correcta ubicación de las piezas de un puzzle. En cuanto a la declaración final, redactada en el Mas de la Casa Nova, el lugar del bosque donde los cuatro fugitivos habían permanecido ocultos –y sin duda cuando ya se sabían a salvo–, también parecía evidente que se trataba de un modo de formalizar la deuda que Sánchez Mazas tenía con quienes le habían salvado la vida, así como de un salvoconducto que podía permitirles cruzar las incertidumbres de la inmediata posguerra sin necesidad de padecer todos y cada uno de los ultrajes que ella reservaba a la mayoría de quienes, como los hermanos Figueras y Angelats, habían engrosado las filas del ejército republicano. Me extrañó, no obstante, que uno de los fragmentos arrancados de la libreta fuera precisamente el fragmento de la declaración en el que, según todo parecía indicar, Sánchez Mazas agradecía la ayuda de los hermanos Figueras y de Angelats. Me pregunté quién había arrancado esa hoja. Y para qué. Me pregunté quién y para qué había arrancado las primeras hojas del diario. Como una

1 **preceder** aparecer delante de uc – 2 **una entradilla** *aquí:* parte de un diario correspondiente a un día – 5 **deducir** concluir – 6 **hallar** encontrar – 10 **extensa** larga – 12 **limítrofe** fronterizo, cercano a – 16 **precipitado** hecho con prisa, rápidamente – 18 **dar con uc** encontrar – 18 **ubicación** posición – 21 **permanecer** estar – 22 **a salvo** fuera de peligro – 23 **un modo de ...** la declaración final de la libreta era una manera de pagarles por lo que habían hecho por él – 25 **un salvoconducto** Passierschein – 27 **un ultraje** ofensa, acción violenta – 29 **engrosado las filas ...** habían participado en el ejército republicano. – 33 **me extrañó ...** al narrador (Erzähler) le sorprende que la parte que falta sea la que les da las gracias a los amigos del bosque

pregunta lleva a otra pregunta, me pregunté también –pero esto en realidad ya llevaba mucho tiempo preguntándomelo– qué ocurrió en realidad durante aquellos días en que Sánchez Mazas anduvo vagando sin rumbo por tierra de nadie. Qué pensó, qué sintió, qué les contó a los Ferré, a los Figueras, a Angelats. Qué recordaban éstos que les había contado. Y qué habían pensado y sentido ellos. Ardía en deseos de hablar con el tío de Jaume Figueras, con Maria Ferré y con Angelats, si es que aún estaba vivo. Me decía que, si bien el relato de Jaume Figueras no podía ser fiable (o no podía serlo más que el de Ferlosio), pues su veracidad ni siquiera pendía de un recuerdo (el suyo), sino del recuerdo de un recuerdo (el de su padre), los relatos de su tío, de Maria Ferré y de Angelats, si es que todavía estaba vivo, eran, en cambio, relatos de primera mano y por tanto, al menos en principio, mucho menos aleatorios que aquél. Me pregunté si esos relatos se ajustarían a la realidad de los hechos o si, de forma acaso inevitable, estarían barnizados por esa pátina de medias verdades y embustes que prestigia siempre un episodio remoto y para sus protagonistas quizá legendario, de manera que lo que acaso me contarían que ocurrió no sería lo que de verdad ocurrió y ni siquiera lo que recordaban que ocurrió, sino sólo lo que recordaran haber contado otras veces.

Abrumado de interrogantes, seguro de que con suerte aún tendría que esperar un mes antes de hablar con el tío de Figueras, como si caminara por una zona de médanos y necesitara pisar tierra firme llamé a Miquel Aguirre. Era un lunes y era muy tarde, pero Aguirre todavía estaba despierto y, después de hablarle de mi entrevista con Jaume Figueras y de su tío y de la libreta de Sánchez Mazas, le pregunté si era posible cerciorarse documentalmente de que Pere Figueras, el padre de Jaume, había estado en efecto en la cárcel al terminar la guerra.

–Es facilísimo –contestó–. En el Archivo Histórico hay un catálogo que registra todos los nombres de los presos

4 **vagar sin rumbo** estar perdido sin dirección – 7 **arder en deseos** desear intensamente – 10 **fiable** zuverlässig, verlässlich – 11 **veracidad** autenticidad – 11 **pender** depender – 14 **relatos de ...** relatos de personas que habían vivido directamente los hechos – 15 **aleatorio** que cambia, que se puede modificar – 17 **se ajustarían a ...** contarían exactamente lo que ocurrió – 17 **barnizado** decorado, adornado – 18 **un embuste** mentira – 18 **prestigiar** dar prestigio, valor – 19 **remoto** pasado, ocurrido hace mucho tiempo – 20 **legendario** de leyenda – 23 **lo que acaso ...** importante reflexión del narrador. Se pregunta si lo que le cuentan es lo que de verdad ocurrió, o lo que recuerdan haber contado una y otra vez – 24 **abrumado ...** lleno de preguntas – 26 **un médano** banco de arena, duna, *fig* un lugar inseguro, por el que es difícil caminar

ingresados en la cárcel de la ciudad desde antes de la guerra. Si a Pere Figueras lo encarcelaron, su nombre aparecerá allí. Seguro.

–¿No pudieron haberle enviado a otra cárcel?

–Imposible. A los presos de la zona de Banyoles los destinaban siempre a la cárcel de Gerona.

Al día siguiente, antes de ir a trabajar al diario, me planté en el Archivo Histórico, que se halla en un viejo convento rehabilitado, en el casco antiguo. Guiándome por los letreros, subí unas escaleras de piedra y entré en la biblioteca, una sala espaciosa y soleada, con grandes ventanales y mesas de madera reluciente erizadas de lámparas, cuyo silencio sólo rompía el teclear de un funcionario casi oculto tras un ordenador. Le dije al funcionario –un hombre de pelo revuelto y mostacho gris– lo que buscaba; se levantó, fue hasta un anaquel y cogió una carpeta de anillas.

–Mire aquí –dijo, entregándomela–. Al lado de cada nombre está su número de expediente; si quiere consultarlo, pídamelo.

Me senté a una mesa y busqué en el catálogo, que abarcaba desde 1924 hasta 1949, algún Figueras que hubiese ingresado en prisión en 1939 ó 1940. Como el apellido es bastante común en la zona, había varios, pero ninguno de ellos era el Pere (o Pedro) Figueras Bahí que yo buscaba: nadie con ese nombre había estado en la cárcel de Gerona en 1939, ni en 1940, ni siquiera en 1941 ó 1942, que era cuando, de acuerdo con el relato de Jaume Figueras, su padre había estado preso. Alcé la vista de la carpeta: el funcionario seguía tecleando en el ordenador; la sala, desierta. Más allá de los ventanales inundados de luz había una confusión de casas decrépitas que, pensé, no ofrecería un aspecto muy distinto al de sesenta años y unos pocos meses atrás, cuando, en las postrimerías de la guerra, a pocos kilómetros de allí, tres muchachos anónimos y un cuarentón ilustre aguardaban emboscados el final de la pesadilla. Como asaltado por una súbita iluminación, pensé: «Todo es mentira». Razoné que, si el primer hecho que intentaba contrastar por

1 **ingresado** internado – 8 **plantarse en** ir – 9 **un convento ...** un antiguo edificio religioso ahora arreglado y reconstruido – 9 **casco antiguo** parte más antigua de la ciudad – 12 **reluciente** brillante – 12 **erizado** lleno de obstáculos (Hindernisse), *aquí:* mesas llenas de lámparas – 13 **un funcionario** Beamter – 15 **mostacho** bigote – 16 **un anaquel** estantería para libros y documentos – 16 **una carpeta de anillas** un tipo de cuaderno para guardar documentos – 18 **un expediente** conjunto de documentos relacionados con un caso – 26 **alzar** levantar – 28 **desierto** sin nadie más – 29 **decrépito** viejo, en mal estado – 31 **postrimerías** al final – 32 **cuarentón ...** hombre ilustre de 40 años, *aquí:* Sánchez Mazas – 33 **aguardaban ...** esperaban escondidos el fin de la guerra – 34 **como asaltado ...** al narrador se le ocurrió de repente una idea

mi cuenta con la realidad –la estancia de Pere Figueras en la cárcel– resultaba falso, nada impedía suponer que el resto de la historia igualmente lo fuera. Me dije que hubo sin duda tres muchachos que ayudaron a Sánchez Mazas a sobrevivir en el bosque tras su fusilamiento –una certeza avalada por diversas circunstancias, entre ellas la coincidencia entre las notas de la libreta de Sánchez Mazas y el relato que éste le hizo a su hijo–, pero determinados indicios autorizaban a pensar que no eran los hermanos Figueras y Angelats. Por de pronto, en la libreta de Sánchez Mazas sus nombres habían sido escritos a tinta y con una caligrafía diferente de la del resto del texto, que estaba escrito a lápiz; era indudable, pues, que una mano ajena a la de Sánchez Mazas los había añadido. Además, el fragmento mutilado de la declaración final, en el que, según yo había deducido al estudiar la libreta, debía de mencionarse a los Figueras y a Angelats, porque estaría destinado a agradecerles su ayuda, muy bien podía haber sido arrancado *precisamente* porque no se les mencionaba; es decir: para que alguien cediese a la deducción que yo había hecho. Y en cuanto a la falsa temporada en la cárcel de Pere Figueras, sin duda era una invención del propio Pere, o de su hijo, o de quién sabe quién; en todo caso, sumada a la orgullosa negativa de Pere a escapar del cautiverio apelando al favor de un alto dignatario franquista como Sánchez Mazas y a la carta en que denunciaba al desaprensivo que pretendía sacarle dinero a Sánchez Mazas haciéndose pasar por él, la historia constituía un cimiento ideal para edificar sobre ella una de esas brumosas leyendas de heroísmo paterno que, sin que nadie acierte a identificar nunca su origen, tanto prosperan a la muerte del padre en ciertas familias propensas a la mitificación de sí mismas. Más decepcionado que perplejo, me pregunté quiénes eran entonces los verdaderos amigos del bosque y quién y para qué había fabricado aquel fraude; más perplejo que decepcionado, me dije que quizá, como algunos habían sospechado desde el

1 **contrastar ...** confirmar por mí mismo – 5 **avalado** garantizado – 8 **un indicio** dato, prueba – 11 **la caligrafía** letra manuscrita – 12 **ajeno** distinto – 14 **mutilado** roto, arrancado – 18 **muy bien ...** el narrador está pensando que tal vez alguien arrancó la parte final de la declaración de Sánchez Mazas porque no aparecían los nombres de Figueras y Angelats – 19 **para que alguien ...** para que nadie llegase a la misma conclusión que él – 22 **sumado** unido – 23 **un cautiverio** Gefangenschaft – 23 **apelar** hacer uso de – 26 **desaprensivo ...** mala persona que intentaba conseguir dinero de Sánchez Mazas, pretendiendo ser Figueras – 28 **la historia constituía ...** esta información era perfecta para construir una leyenda que convierte al padre en héroe – 30 **familias propensas ...** estas leyendas tienen éxito al morir el padre en familias que tienden (neigen zu) a construir un mito sobre ellas mismas

principio, Sánchez Mazas ni siquiera había estado nunca en el Collell, y que acaso toda la historia del fusilamiento y de las circunstancias que lo rodearon no era más que una inmensa superchería minuciosamente urdida por la imaginación de Sánchez Mazas –con la colaboración voluntaria e involuntaria de parientes, amigos, conocidos y desconocidos para limpiar su fama de cobarde, para ocultar algún episodio deshonroso de su extraña peripecia de guerra y, sobre todo, para que algún investigador crédulo y sediento de novelerías la reconstruyese sesenta años después, redimiéndole para siempre ante la historia.

Devolví la carpeta de anillas a su lugar en el anaquel, y ya me disponía a salir de la biblioteca, anulado por una sensación de vergüenza y estafa, cuando, al pasar frente al ordenador, el funcionario me preguntó si había encontrado lo que buscaba. Le dije la verdad.

–Ah, pero no se me rinda tan pronto. –Se levantó y, sin darme tiempo de explicarle nada, fue de nuevo hasta el anaquel y volvió a sacar la carpeta–. ¿Cómo se llama la persona que busca?

–Pere o Pedro Figueras Bahí. Pero no se moleste: lo más probable es que no haya estado nunca en ninguna cárcel.

–Entonces no estará aquí –dijo, pero insistió–: ¿Tiene idea de cuándo pudo ingresar en prisión?

–En 1939 –cedí–. A lo sumo en 1940 o 1941.

Rápidamente el funcionario localizó la página.

–No figura nadie con ese nombre –constató–. Pero el funcionario de la prisión pudo equivocarse y transcribirlo mal. –Se atusó el mostacho, murmuró–: Vamos a ver…

Pasó varias veces atrás y adelante las hojas del catálogo, recorriendo las listas de nombres con un dedo inquisitivo, que por fin se detuvo.

–«Piqueras Bahí, Pedro» –leyó–. Seguro que es él. Haga el favor de esperar un momento.

Se perdió por una puerta lateral y regresó al rato, sonriente y provisto de un portafolios de tapas ajadas.

–Ahí tiene a su hombre –dijo.

4 **una superchería** engaño – 4 **urdido** construido – 7 **para limpiar …** para borrar la fama que tenía de no ser valiente – 9 **crédulo** que se cree todo fácilmente – 9 **sediento** con sed, *fig aquí:* con deseo de – 10 **reconstruir** *aquí:* volver a contar – 10 **redimir** salvar – 13 **anulado** *aquí:* desautorizado – 17 **rendirse** darse por vencido, abandonar – 29 **atusar** stutzen – 31 **inquisitivo** que busca información – 36 **provisto de** llevando consigo – 36 **un portafolios …** tipo de carpeta vieja

El portafolios contenía en efecto el expediente de Pere Figueras. Excitadísimo, recobrado de golpe el amor propio, diciéndome que, si la estancia de Pere Figueras en la cárcel no era una invención, tampoco lo era el resto de la historia, examiné el expediente. En él constaba que Figueras era natural de Sant Andreu del Terri, un municipio asimilado con el tiempo al de Cornellà de Terri. Que era agricultor y soltero. Que contaba veinticinco años. Que se ignoraban sus antecedentes. Que había ingresado en la cárcel, procedente del Gobierno Militar y sin que pesase sobre él acusación alguna, el 27 de abril de 1939 y que había salido de ella apenas dos meses después, el 19 de junio. También constaba que había sido puesto en libertad por el General Auditor de acuerdo con una orden incluida en el expediente de un tal Vicente Vila Rubirola. Busqué a Rubirola en el catálogo, lo encontré, le pedí su expediente al funcionario, me lo trajo. Militante de Esquerra Republicana, Rubirola había estado en la cárcel a raíz de la revolución de octubre del 34 y había vuelto a ella al terminar la guerra, justo el mismo día en que lo hicieron Pere Figueras y otros ocho vecinos de Cornellà de Terri; todos ellos también fueron puestos en libertad el 19 de junio, el mismo día que Figueras, de acuerdo con una orden del General Auditor en la que no se especificaba ninguno de los motivos que justificaban la toma de esa decisión, aunque Vila Rubirola había regresado a la cárcel en julio del mismo año y, después de haber sido juzgado y condenado, no había salido definitivamente de ella hasta al cabo de veinte años.

Di las gracias al funcionario del Archivo y, al llegar al periódico, me faltó tiempo para telefonear a Aguirre. A éste le sonaban muchos de los nombres de la gente que entró en prisión con Pere Figueras –la mayoría notorios activistas de partidos de izquierdas–, y sobre todo el de Vila Rubirola, que en los primeros días de la guerra había intervenido al parecer en

2 **recobrado de golpe ...** recuperada de pronto la confianza en sí mismo – 5 **constar** estar registrado – 8 **contar** *aquí:* tener – 9 **antecedentes** circunstancias anteriores – 10 **sin que pesase ...** sin que hubiese acusación contra él – 15 **una orden incluida ...** la orden de liberación de Figueras estaba en el expediente de otro preso – 16 **militante** miembro de un partido político – 17 **a raíz de** a causa de – 18 **Revolución de octubre del 34** en 1934 una revolución en Cataluña llevó a la declaración del Estado Catalán, independiente de España. Lluis Companys, dirigente de Ezquerra Republicana, hizo esta declaración El gobierno de Madrid reaccionó duramente y envió al ejército. Murieron alrededor de 40 personas – 24 **regresar** volver – 27 **no había salido ...** Rubirola pasó 20 años en la cárcel – 29 **me faltó tiempo ...** llamé a Aguirre por teléfono inmediatamente – 30 **sonar** *aquí*: resultar familiar – 31 **notorio** importante – 33 **intervenir** participar

el asesinato, en Barcelona, del secretario del Ayuntamiento de Cornellà de Terri. Según Aguirre, el hecho de que Pere Figueras y sus ocho compañeros ingresaran sin explicaciones en la cárcel entraba dentro de lo normal en aquel momento, cuando a todo aquel que había mantenido algún tipo de vinculación política o militar con la República se le sometía a un riguroso aunque arbitrario escrutinio de su pasado, durante el cual permanecía en la cárcel; tampoco juzgaba extraño que Pere Figueras estuviera en libertad al cabo de poco tiempo, pues ocurría a menudo con quienes la justicia del nuevo régimen consideraba que no constituían un peligro para él.

–Lo que sí me parece muy raro es que alguien tan conocido como Vila Rubirola, y como algún otro de los que entraron en la cárcel con Figueras, salieran con él –observó Aguirre–. Y lo que ya no puedo entender de ninguna manera es que salieran todos el mismo día y sin la menor explicación, y todo eso para que Vila Rubirola, y no me extrañaría que también algún otro, volviera a la cárcel al cabo de nada. No me lo explico. –Aguirre hizo un silencio–. A menos que…

–¿A menos que…?

–A menos que alguien interviniera –concluyó Aguirre, esquivando el nombre que los dos teníamos en mente–. Alguien con poder de verdad. Un jerarca. Esa misma noche, mientras cenaba con Conchi en un restaurante griego, le anuncié solemnemente, porque tenía necesidad de anunciárselo solemnemente, que, después de diez años sin escribir un libro, había llegado el momento de intentarlo de nuevo.

–¡De puta madre! –gritó Conchi, que estaba deseando añadir uno más a los libros que escoltaban en su salón a la Virgen de Guadalupe; con un pedazo de pan de pita untado de tzatziqui viajando hacia su boca, añadió–: Espero que no sea una novela.

–No –dije, muy seguro–. Es un relato real.

–¿Y eso qué es?

Se lo expliqué; creo que lo entendió.

–Será como una novela –resumí–. Sólo que, en vez de ser todo mentira, todo es verdad.

4 **entrar dentro de** formar parte – 5 **una vinculación** relación – 7 **se le sometía …** se examinaba su pasado de manera detallada – 8 **juzgar** considerar – 15 **de ninguna manera** absolutamente no – 18 **al cabo de nada** en poco tiempo – 22 **esquivar** evitar – 23 **un jerarca** persona de gran importancia – 28 **de puta madre** *fam vulg aquí:* estupendo, fenomenal – 29 **escoltar** proteger – 30 **pan de pita** pan griego

–Mejor que no sea una novela.

–¿Por qué?

–Por nada –contestó–. Es sólo que, en fin, querido, me parece que la imaginación no es tu fuerte.

–Eres un sol, Conchi.

–No te lo tomes así, chico. Lo que quiero decir es que… –Como no podía decir lo que quería decir, cogió otro trozo de pan de pita y dijo–: Por cierto, de qué va el libro.

–De la batalla de Salamina.

–¿De qué? –gritó.

Varios pares de ojos se volvieron a mirarnos, por segunda vez. Yo sabía que el argumento de mi libro no iba a gustarle a Conchi, pero, como tampoco quería que nos llamaran la atención por la escandalera, brevemente traté de explicárselo.

–Tiene miga –comentó en efecto Conchi, con un rictus de asco–. ¡Mira que ponerse a escribir sobre un facha, con la cantidad de buenísimos escritores rojos que debe de haber por ahí! García Lorca, por ejemplo. Era rojo, ¿no? Uyyyy –dijo sin esperar respuesta, metiendo la mano por debajo de la mesa: alarmado, levanté el mantel y miré–. Chico, qué manera de picarme el chocho.

–Conchi –le recriminé en un susurro, incorporándome rápidamente y esforzándome en sonreír mientras espiaba de reojo las mesas de al lado–, te agradecería que por lo menos cuando salgas conmigo te pongas bragas.

¡Menudo carrozón estás hecho! –dijo con su sonrisa más cariñosa, pero sin sacar a flote la mano sumergida: en ese momento noté los dedos de sus pies subiéndome por la pantorrilla–. ¿No ves que así es más sexy? Bueno, ¿cuándo empezamos?

–Te he dicho mil veces que no me gusta hacerlo en los lavabos públicos.

4 **la imaginación ...** no es una de tus mejores cualidades – 5 **ser un sol** *fam* ser un encanto, ser un amor, *aquí:* por el tono irónico significa lo contrario, es casi un insulto (Beleidigung) – 6 **no te lo tomes así** no reacciones tan mal, no te enfades – 12 **un agumento** historia, contenido de un relato – 14 **una escandalera** escándalo – 15 **tener miga** *fig* es interesante, sorprende, llama la atención – 15 **un rictus** gesto – 16 **un facha** *fam* fascista – 18 **Federico García Lorca** poeta español, uno de los más importantes del siglo XX, fusilado por los fascistas al principio de la guerra – 21 **un chocho** *fam vulg* órgano genital femenino – 24 **de reojo** de lado – 25 **bragas** ropa interior femenina – 26 **carrozón** *fam* viejo, anticuado – 27 **sin sacar ...** sin poner la mano encima de la mesa – 29 **una pantorrila** Wade – 31 **que no me gusta hacerlo** *aquí:* hacer el amor, tener relaciones sexuales

–No me refiero a eso, capullo. Me refiero a cuándo empezamos el libro.

–Ah, eso –dije mientras una llamarada me subía por la pierna y otra me bajaba por la cara–. Pronto –balbuceé –. Muy pronto. En cuanto acabe de documentarme.

Pero lo cierto es que tardé todavía algún tiempo en terminar de reconstruir la historia que quería contar y en llegar a conocer, si no todos y cada uno de sus entresijos, sí por lo menos los que juzgaba esenciales. De hecho, durante muchos meses invertí tiempo que me dejaba libre mi trabajo en el periódico en estudiar la vida y la obra de Sánchez Mazas. Releí sus libros, leí muchos de los artículos que publicó en la prensa, muchos de los libros y artículos de sus amigos y enemigos, de sus contemporáneos, y también cuanto cayó en mis manos acerca de la Falange, del fascismo, de la guerra civil, de la naturaleza equívoca y cambiante del régimen de Franco. Recorrí bibliotecas, hemerotecas, archivos. Varias veces viajé a Madrid, y constantemente a Barcelona, para hablar con eruditos, con profesores, con amigos y conocidos (o con amigos de amigos y conocidos de conocidos) de Sánchez Mazas. Pasé una mañana entera en el santuario del Collell, que, según me contó mossén Joan Prats –el cura de calva brillante y sonrisa devota que me mostró el jardín con cipreses y palmeras y las inmensas salas vacías, hondos pasillos, escalinatas con pasamanos de madera y aulas desiertas por donde habían vagado como sombras premonitorias Sánchez Mazas y sus compañeros de cautiverio–, acabada la guerra había vuelto a ser habilitado como internado para niños, hasta que, año y medio antes de mi visita, fuera reducido a su actual condición subalterna de centro de reunión de asociaciones piadosas y albergue ocasional de excursionistas. Fue el propio mossén Prats, que apenas había nacido cuando sucedieron los hechos del Collell, pero que no los ignoraba, quien me contó la historia real o apócrifa según la cual, al tomar los regulares de Franco el santuario, no dejaron con vida a un solo guardián de

1 **capullo** *fam vulg aquí:* idiota – 3 **una llamarada** sensación de calor – 4 **balbucear** decir con dificultad – 8 **entresijos** partes internas, detalles – 10 **invertir** dedicar – 13 **prensa** periódicos – 15 **cuanto cayó ...** el material que encontré – 16 **equívoca** confusa – 19 **erudito** experto en un tema – 22 **mossen** título religioso – 22 **un cura** sacerdote, hombre a cargo de una la iglesia católica – 22 **una calva** cabeza sin pelo – 23 **un ciprés** tipo de árbol – 24 **hondo** profundo, largo – 25 **un aula** *f* salón de clase – 26 **vagar** andar, caminar sin dirección – 28 **habilitado** preparado – 31 **albergue ...** el santuario es ahora un lugar de reuniones y un sitio turístico que ofrece alojamiento – 34 **apócrifo** falso – 34 **los regulares ...** soldados del ejército de Franco

la prisión, y quien me dio las indicaciones precisas para llegar al lugar en que se produjo el fusilamiento. Siguiéndolas, salí del santuario por la carretera de acceso, llegué hasta una cruz de piedra que conmemoraba la masacre, doblé a la izquierda por un sendero que serpenteaba entre pinos y desemboqué en el claro. Allí permanecí un rato, paseando bajo el sol frío y el cielo inmaculado y ventoso de octubre, sin hacer otra cosa que auscultar el silencio frondosísimo del bosque y tratar de imaginar en vano la luz de otra mañana menos cristalina, la mañana inconcebible de enero en que, sesenta años atrás y en aquel mismo paraje, cincuenta hombres vieron de golpe la muerte y dos de ellos consiguieron eludir su mirada de medusa. Como si aguardara una revelación por ósmosis, me quedé allí un rato; no sentí nada. Luego me fui. Me fui a Cornellà de Terri, porque ese mismo día estaba citado a comer con Jaume Figueras, que por la tarde me enseñó Can Borrell, la antigua casa de los Ferré, Can Pigem, la antigua casa de los Figueras, y el Mas de la Casa Nova, el refugio temporal de Sánchez Mazas, los hermanos Figueras y Angelats. Can Borrell era una masía situada en el término municipal de Palol de Rebardit; Can Pigem estaba en Cornellà de Terri; el Mas de la Casa Nova estaba entre los dos pueblos y en medio del bosque. Can Borrell estaba deshabitada, pero no en ruinas, igual que Can Pigem; el Mas de la Casa Nova estaba deshabitado y en ruinas. Sesenta años atrás habrían sido sin duda tres casas muy distintas, pero el tiempo las había igualado, y su aire común de desamparo, de esqueletos en piedra entre cuyos costillares descarnados gime el viento en las tardes de otoño, no contenía una sola sugestión de que alguien, alguna vez, hubiera vivido en ellas.

Fue también gracias a Jaume Figueras, que finalmente cumplió con su palabra e hizo de diligente intermediario, como pude conversar con su tío Joaquim, con Maria Ferré y con Daniel Angelats. Los tres sobrepasaban los ochenta

5 **un sendero** camino – 5 **serpentear** moverse como una serpiente, *aquí:* el camino da vueltas – 5 **desembocar** llegar – 6 **un claro** el camino acaba en un claro, en una zona en la que no hay árboles – 7 **inmaculado** limpio, *aquí:* sin nubes – 8 **auscultar** escuchar – 8 **frondosísimo** abundante – 9 **cristalino** como el cristal, *aquí:* limpio – 11 **un paraje** lugar – 12 **eludir** meiden, ausweichen – 13 **ósmosis** contacto, influencia – 16 **can** *cat* casa – 23 **deshabitado** no vive nadie ahí – 27 **desamparo** abandono – 28 **esqueletos en piedra ...** estas casas en ruinas, parecen esqueletos, y entre sus "huesos", es decir, los restos de piedra, sopla el viento en otoño – 32 **cumplir la palabra** hacer lo que se ha dicho – 32 **diligente** activo, rápido – 34 **sobrepasar** tener más

años: Maria Ferré tenía 88; Figueras y Angelats, 82. Los tres conservaban una buena memoria, o por lo menos conservaban una buena memoria de su encuentro con Sánchez Mazas y de las circunstancias que lo rodearon, como si aquél hubiera sido un hecho determinante en sus vidas y lo hubieran recordado a menudo. Las versiones de los tres diferían, pero no eran contradictorias, y en más de un punto se complementaban, así que no resultaba difícil recomponer, a partir de sus testimonios y rellenando a base de lógica y de un poco de imaginación las lagunas que dejaban, el rompecabezas de la aventura de Sánchez Mazas. Quizá porque ya nadie tiene tiempo de escuchar a la gente de cierta edad, y menos cuando recuerdan episodios de su juventud, los tres estaban deseosos de hablar, y más de una vez hube de encauzar el chorro en desorden de sus evocaciones. Puedo imaginar que adornaran alguna circunstancia secundaria, algún detalle lateral; no que mintieran, entre otras razones porque, de haberlo hecho, la mentira no hubiera encajado en el rompecabezas y los hubiera delatado. Por lo demás, los tres eran tan diversos que lo único que a mis ojos los unía era su condición de supervivientes, ese suplemento engañoso de prestigio que a menudo otorgan los protagonistas del presente, que es siempre consuetudinario, anodino y sin gloria, a los protagonistas del pasado, que, porque sólo lo conocemos a través del filtro de la memoria, es siempre excepcional, tumultuoso y heroico: Figueras era alto y fornido, de aire casi juvenil –camisa a cuadros, gorra de marinero, tejanos gastados–, un hombre viajado y provisto de una desaforada vitalidad y de una conversación erupcionada de gestos, exclamaciones y risotadas; Maria Ferré, que, según me dijo más tarde Jaume Figueras, había tenido la coquetería de ir al peluquero antes de recibirme en su casa de Cornellà de Terri –una casa que había sido en tiempos el bar y la tienda de ultramarinos del pueblo, y que aún conservaba a la entrada, casi como reliquias, un mostrador de mármol

6 **diferir** ser distinto – 8 **recomponer** reconstruir – 10 **laguna** espacio vacío – 10 **un rompecabezas** juego de varias piezas que hay que poner juntas para formar una imagen – 12 **de cierta edad** mayor – 15 **encauzar el chorro ...** dirigir, ordenar sus numerosos recuerdos desordenados – 16 **lateral** *aquí:* sin importancia – 18 **la mentira no hubiera encajado ...** la mentira no hubiera encajado (hineinpassen) en el conjunto de hechos que componen la historia – 19 **delatar** verraten – 21 **otorgar** dar – 22 **consuetudinario** normal, corriente, nada extraordinario – 23 **anodino** sin importancia – 25 **tumultuoso** agitado – 26 **fornido** fuerte – 27 **tejanos gastados** pantalones vaqueros muy usados – 28 **desaforado** excesivo – 28 **erupcionado** *aquí:* interrumpida – 30 **la coquetería** deseo de presentarse con buen aspecto – 33 **ultramarinos** tienda de comestibles, pequeño supermercado – 34 **una reliquia** recuerdo del pasado

y una romana–, era mínima y dulce, digresiva, de ojos alternativamente maliciosos y humedecidos por su incapacidad para sortear las trampas que en el curso del relato le tendía la nostalgia, unos ojos jóvenes, coloreados y fluyentes de arroyo en verano. En cuanto a Angelats, la entrevista que mantuve con él fue decisiva. Decisiva para mí, quiero decir; o, más exactamente, para este libro.

Desde hacía muchos años, Angelats regentaba en el centro de Banyoles una fonda que ocupaba parte de una decrépita y hermosa casa de campo con un gran patio con columnas y vastos salones sombríos. Cuando lo conocí acababa de sobrevivir a un infarto y era un hombre moroso y disminuido, cuyos gestos, de una solemnidad casi abacial, contrastaban con la inocencia pueril de muchas de sus observaciones y con la despaciosa humildad de su talante de pequeño empresario catalán. No sé si exagero al creer que, como a Figueras y a Maria Ferré, a Angelats le halagaba en cierto modo mi interés por él; sé que disfrutó mucho recordando a Joaquim Figueras –que durante años había sido su mejor amigo y a quien hacía ya mucho tiempo que no veía– y su común aventura de la guerra, y mientras le oía esforzarse en presentarla como una travesura de juventud sin la menor importancia, intuí que tenía toda la importancia del mundo para él, quizá porque sentía que había sido la única aventura real de su vida, o por lo menos la única de la que sin temor a error podía enorgullecerse. Largamente me habló de ella; luego me habló de su infarto, de la marcha de su negocio, de su mujer, de sus hijos, de su única nieta. Comprendí que hacía mucho tiempo que le urgía hablar con alguien de estas cosas; comprendí que yo sólo le estaba escuchando en compensación por haberme contado su historia. Avergonzado, sentí piedad y, cuando consideré que ya había pagado mi deuda, quise despedirme, pero como había empezado a llover Angelats insistió en acompañarme hasta la parada del autobús.

–Ahora que lo recuerdo –dijo mientras cruzábamos bajo el paraguas una plaza encharcada. Se detuvo, y no pude evitar

1 **una romana** objeto para pesar los productos – 1 **digresivo** hablador – 3 **sortear** umgehen – 3 **tender una trampa** eine Falle aufstellen – 8 **regentar** estar encargado – 9 **una fonda** tipo de hotel-restaurante pequeño y humilde – 9 **decrépito** viejo, en mal estado – 12 **Moroso ...** lento y pequeño – 13 **abacial** propio de un abad, persona superior de un monasterio – 14 **pueril** infantil – 15 **talante** estado de ánimo, actitud – 17 **halagar** agradar – 21 **una travesura** acción infantil que se hace para divertirse – 22 **intuir** deducir – 28 **urgir** necesitar con urgencia – 32 **una deuda** cantidad que se debe, *aquí:* cumplir con una obligación – 36 **encharcado** lleno de agua

pensar que ese recuerdo no era sino una añagaza de última hora, para retenerme–. Antes de marcharse, Sánchez Mazas nos dijo que iba a escribir un libro sobre todo aquello, un libro en el que apareceríamos nosotros. Iba a llamarse *Soldados de Salamina;* un título raro, ¿no? También dijo que nos lo enviaría, pero no lo hizo. –Ahora Angelats me miró: la luz de una farola ponía un reflejo anaranjado en los cristales de sus gafas, y por un momento vi en las cuencas huesudas de sus ojos y en la promi- nencia de su frente y sus pómulos y en su mandíbula partida el dibujo de su calavera–. ¿Sabe usted si escribió el libro?

Un hilo de frío me recorrió la espalda. A punto estuve de contestar que sí; reflexioné a tiempo: «Si le digo que sí lo escribió, querrá leerlo y descubrirá la mentira». Sintiendo que de algún modo estaba traicionando a Angelats, secamente dije:

–No.

–¿No lo escribió o no sabe si lo escribió?

–No sé si lo escribió –mentí–. Pero le prometo averiguarlo.

–Hágalo. –Angelats continuó caminando–. Y, si resulta que lo escribió, me gustaría que me lo enviara. Seguro que habla de nosotros, ya le he dicho que él siempre nos decía que le salvamos la vida. Me haría mucha ilusión leer ese libro. Lo comprende, ¿verdad?

–Claro –dije y, sin acabar de sentirme del todo sucio, añadí–: Pero no se preocupe: en cuanto lo encuentre se lo enviaré.

Al día siguiente, apenas llegué al periódico fui al despacho del director y negocié un permiso.

–¿Qué? –preguntó, irónico–. ¿Otra novela?

–No –contesté, satisfecho–. Un relato real.

Le expliqué qué era un relato real. Le expliqué de qué iba mi relato real.

–Me gusta –dijo–. ¿Ya tienes título?

–Creo que sí –contesté–. *Soldados de Salamina.*

1 **una añagaza** engaño – 2 **retener** detener, impedir la marcha – 6 **una farola** luz de la calle – 8 **una cuenca** *aquí:* cavidad, espacio de la cara en donde están los ojos – 9 **un pómulo** parte de la cara, debajo de los ojos – 10 **una calavera** esqueleto de la cabeza

Segunda parte

Soldados de Salamina

El 27 de abril de 1939, justo el día en que Pere Figueras y sus ocho compañeros de Cornellà de Terri ingresaron en la prisión de Gerona, Rafael Sánchez Mazas acababa de ser nombrado consejero nacional de Falange Española Tradicionalista y de las JONS y vicepresidente de su Junta Política; aún no había transcurrido un mes desde el hundimiento definitivo de la República, y todavía faltaban cuatro para que Sánchez Mazas se convirtiera en ministro sin cartera del primer gobierno de la posguerra. Siempre fue un hombre esquinado, soberbio y despótico, pero no mezquino ni vengativo, y por eso en aquella época la antesala de su despacho oficial hervía de familiares de presos ávidos de lograr su intercesión en favor de antiguos conocidos o amigos a los que el final de la guerra había confinado en las celdas de la derrota. Nada permite pensar que no hizo cuanto pudo por ellos. Gracias a su insistencia, el Caudillo conmutó por la de cadena perpetua la pena de muerte que pesaba sobre el poeta Miguel Hernández, pero no la que un amanecer de noviembre de 1940, ante un pelotón de fusilamiento, acabó con la vida de Julián Zugazagoitia, buen amigo de Sánchez Mazas y ministro de la Gobernación en el gabinete de Negrín. Meses antes de ese asesinato inútil, de regreso de un viaje a Roma en calidad de delegado nacional de Falange Exterior, su secretario, el periodista Carlos Sentís, le puso al día de los asuntos pendientes y le leyó la lista de las per- sonas a las que había concedido audiencia para esa mañana. Bruscamente despierto, Sánchez Mazas se hizo repetir un nombre; luego se levantó, cruzó a grandes zancadas el despacho, abrió la puerta, se plantó en medio de la antesala y, escrutando las caras de susto que la abarrotaban, preguntó:

–¿Quién de ustedes es Joaquín Figueras?

6 **transcurrir** pasar – 7 **hundimiento ...** la caída de la República después de la guerra – 8 **ministro sin cartera** ministro sin una función especial – 9 **esquinado** *aquí:* persona con la que es difícil tratar – 10 **despótico** que abusa de su poder – 10 **mezquino** malo – 11 **hervir de** *aquí:* estar lleno de – 12 **ávido** deseoso – 14 **confinado** encerrado – 16 **El Caudillo** Franco – 17 **conmutó por ...** cambió la pena de muerte por la de cadena perpetua. En vez de matarlo, pasaría el resto de su vida en la cárcel – 17 **Miguel Hernández** poeta español (1910-1942) Murió de tuberculosis en la cárcel. De familia pobre, apoyó las ideas y al gobierno de la República – 19 **Julián Zugazagoitia** político, militante del Partido Socialista durante la República, periodista y escritor. Fue detenido y fusilado en 1940 – 21 **Juan Negrín** presidente de Gobierno de la República durante la guerra, y después primer ministro del gobierno de la República en el exilio. Murió en París en 1956 – 23 **de regreso de ...** al volver Sánchez Mazas de un viaje a Roma como representante de Falange – 24 **poner al día** informar – 25 **conceder audiencia** recibir en su despacho – 27 **una zancada** paso largo – 29 **escrutar** mirar con atención – 29 **abarrotar** llenar

Paralizado por el terror, un hombre de ojos de huérfano e indumentaria de viajante trató de contestar, pero sólo acertó a quebrar el silencio sólido que siguió a la pregunta con un borborigmo indescifrable, mientras introducía una mano desesperada como una garra en el bolsillo de su chaqueta. De pie frente a él, Sánchez Mazas quiso saber si era pariente de los hermanos Pere y Joaquim Figueras. «Soy su padre», consiguió articular el hombre, con un tremendo acento catalán y un frenético cabeceo que ni siquiera amainó cuando Sánchez Mazas lo estrujó en un abrazo de alivio. Agotadas las efusiones, los dos hombres conversaron en el despacho durante unos minutos. Joaquim Figueras refirió que su hijo Pere llevaba mes y medio encerrado en la cárcel de Gerona, acusado sin pruebas, como otros jóvenes del pueblo, de haber tomado parte en la quema de la iglesia de Cornellà de Terri durante los primeros días de la guerra y de haber intervenido en el asesinato del secretario del ayuntamiento. Sánchez Mazas no le dejó terminar; salió del despacho por una puerta lateral y regresó al rato.

–Arreglado –proclamó–. Cuando vuelva usted a Cornellà se encontrará a su hijo en casa.

Figueras salió del despacho eufórico, y cuando bajaba las escaleras del edificio oficial notó un dolor lancinante en la mano y advirtió que todavía la llevaba metida en el bolsillo de la chaqueta, estrujando con toda su fuerza una hoja de papel arrancada de una libreta de tapas verdes en la que Sánchez Mazas había dejado constancia de la deuda de gratitud que le unía a sus hijos. Y cuando días después llegó a Cornellà y abrazó sin lágrimas a su hijo recién liberado, Joaquim Figueras supo que no había sido un error emprender aquel viaje de alucinación por un país devastado para ver a un hombre al que no conocía y al que hasta el final de sus días tuvo por uno de los más poderosos de España.

Sólo se equivocaba en parte. Porque, aunque siempre la juzgó un oficio indigno de caballeros, Sánchez Mazas llevaba por entonces más de una década metido en política y todavía tardaría varios años en abandonarla, pero nunca en toda su

2 **la indumentaria** ropa – 3 **quebrar** romper – 4 **borborigmo ...** ruido incomprensible – 8 **articular** pronunciar – 8 **tremendo** fuerte, marcado – 9 **frenético cabeceo** exagerado movimiento de cabeza – 9 **amainar** calmar – 10 **estrujar** apretar – 10 **agotadas ...** finalizados los gestos de emoción – 15 **una quema** incendio – 22 **eufórico** feliz – 23 **lacinante** intenso – 27 **dejar constancia** dejar como prueba – 28 **la deuda...** *aquí:* el trozo de papel que le falta a la libreta – 31 **devastado** destruido – 35 **juzgar** considerar

vida iba a acumular tanto poder real en sus manos como en aquel momento.

Había nacido en Madrid un 18 de febrero de hacía cuarenta y cinco años. Su padre, un médico militar oriundo de Coria, cuyo tío había sido médico de Alfonso XII, murió a los pocos meses, y la madre, María Rosario-Mazas y Orbegozo, buscó de inmediato la protección de su familia en Bilbao. Allí, en una casa de cinco plantas situada junto al puente de Deusto, en la calle Henao, halagado por los mimos de un ejército de tíos sin hijos, transcurrieron su infancia y adolescencia. Los Mazas eran un clan familiar de hidalgos de raigambre liberal e inclinaciones literarias, emparentados con Miguel de Unamuno y sólidamente anclados en el cogollo de la buena sociedad bilbaína, en los que Sánchez Mazas se inspiraría para construir algunos personajes de sus novelas y de los que heredó una irreprimible propensión al ocio señorial y una terca vocación literaria. Esta última rozó asimismo a su madre, una mujer ilustrada y sagaz, que volcó toda su energía de viuda prematura en facilitar a su hijo la carrera de escritor que ella no había podido o querido emprender.

Sánchez Mazas no la decepcionó. Es verdad que fue un estudiante mediocre, que vagó con más pena que gloria por diversos internados religiosos de alcurnia hasta recalar en la Universidad Central de Madrid y por fin en el Real Colegio de Estudios Superiores de María Cristina en El Escorial, regentado por agustinos, donde en 1916 se licenció en derecho. No es menos verdad, sin embargo, que muy pronto empezó a dar muestras de un talento literario evidente. A los trece años escribía poemas a la manera de Zorrilla y de Marquina; a los

1 **acumular** agrupar – 4 **oriundo** nativo – 4 **Coria** pueblo de Extremadura, en el oeste de España – 7 **Bilbao** ciudad del norte de España, capital de la provincia de Vizcaya en el País Vasco – 8 **una planta** *aquí:* piso – 8 **el puente ...** puente levadizo (que se levanta para dejar pasar a los barcos) de gran significación histórica y económica en Bilbao – 9 **halagado** geschmeichelt – 9 **el mimo** Zärtlichkeit – 12 **un clan ...** miembros de la nobleza menos poderosa de tradición liberal – 12 **emparentado** relacionado familiarmente – 13 **Miguel de Unamuno** importante escritor español de finales del siglo XIX y principios del XX, nacido en Bilbao – 13 **anclados ...** establecidos en el corazón, el centro – 16 **heredar** recibir – 16 **irreprimible ...** una tendencia irresistible (unwiderstehlich) al descanso típico de los grandes señores – 17 **terca ...** fuerte inclinación (Neigung)a escribir – 17 **rozó ...** influyó también – 18 **ilustrada ...** culta e inteligente – 18 **volcar** *aquí:* dedicar – 19 **viuda** su marido murió – 22 **vagar** *aquí:* pasar por – 23 **de alcurnia** adlig – 23 **recalar en** llegar – 25 **Real Colegio ...** centro universitario fundado en 1892 por la Reina Regente Maria Cristina, dentro del complejo del monasterio del Escorial, cerca de Madrid – 26 **regentado ...** dirigido por los agustinos, una orden religiosa fundada en el siglo XIII – 26 **se licenció ...**terminó la carrera de derecho o leyes – 29 **José Zorrilla** (1817-1893) y **Eduardo Marquina** (1879-1946) escritores españoles. La primera poesía de Sánchez Mazas era de estilo romántico y modernista

veinte imitaba a Rubén y a Unamuno; a los veintidós era un poeta maduro; a los veintiocho su obra en verso estaba en lo esencial cumplida. Con característico ademán aristocrático, apenas se ocupó de publicarla, y si la conocemos por entero (o casi por entero) se debe en gran parte a los desvelos de su madre, que transcribió sus poemas a mano en unos pequeños cuadernos de hule negro, anotando bajo cada uno de ellos su lugar y fecha de composición. Por lo demás, Sánchez Mazas es un buen poeta; un buen poeta menor, quiero decir, que es casi todo a lo que puede aspirar un buen poeta. Sus versos tienen una sola cuerda, humilde y viejísima, monótona y un poco sentimental, pero Sánchez Mazas la toca con maestría, arrancándole una música limpia, natural y prosaica que sólo canta la melancolía agridulce del tiempo que huye y en su huida arrastra el orden y las seguras jerarquías de un mundo abolido que, precisamente por haber sido abolido, es también un mundo inventado e imposible, que casi siempre equivale al mundo imposible e inventado del Paraíso.

Aunque sólo publicó un libro de poemas en vida, es posible que Sánchez Mazas se sintiera siempre un poeta, y acaso esencialmente lo fue; sus contemporáneos, sin embargo, lo conocieron ante todo como autor de crónicas, de artículos, de novelas y, sobre todo, como político, que es justo lo que nunca se sintió y lo que acaso esencialmente nunca fue. En junio de 1916, un año después de publicar su primera novela, *Pequeñas memorias de Tarín,* y recién licenciado en derecho, Sánchez Mazas regresó a Bilbao, por entonces una ciudad impetuosa y autosatisfecha, dominada por una boyante burguesía que gozaba de un período de esplendor económico derivado de la neutralidad española en la primera guerra mundial. Esa bonanza halló su más conspicua expresión cultural en la revista

1 **Rubén Darío** (1867-1916), poeta nicaragüense, de gran importancia en la historia de la literatura en español por fundar el estilo modernista – 3 **cumplida** terminada – 3 **ademán** Gebärde, Haltung, Gehabe – 5 **un desvelo** interés – 7 **hule** tipo de plástico – 18 **sus versos ... Paraíso** En esta larga frase el autor describe la poesía de Sánchez Mazas. Su poesía tiene un solo tema (una sola cuerda), que Sánchez Mazas expresa con habilidad (toca con maestría): el paso del tiempo (el tiempo que huye), que se lleva el orden establecido (el tipo de sociedad que defendía Sánchez Mazas, la sociedad conservadora y la política de derechas, amenazadas por el gobierno de izquierdas del año 1931). Ese mundo perfecto que se ha ido solo puede existir en el Paraíso – 22 **una crónica** artículos sobre noticias de actualidad – 27 **impetuoso** impulsivo, acelerado – 28 **boyante ...** poderosa clase media – 30 **un período de esplendor** muchos se beneficiaron económicamente de la no intervención de España en la Primera Guerra, especialmente el País Vasco con su industria metalúrgica – 31 **bonanza** bienestar, desarrollo económico – 31 **conspicua** famosa

Hermes, que aglutinó a un puñado de escritores católicos, d'orsianos y españolistas, devotos de la cultura romana y de los valores de la civilización occidental, a quienes Ramón de Basterra bautizó con el pomposo título de Escuela Romana del Pirineo. Basterra fue uno de los más notorios integrantes de ese grupo de escritores, la mayoría de los cuales pasaría con los años a engrosar las filas del falangismo; otro fue Sánchez Mazas. Se reunían en la tertulia del Lyon d'Or, un café situado en plena Gran Vía de López de Haro, donde Sánchez Mazas brilló como conversador culto, circunspecto y un tanto ampuloso. José María de Areilza, por entonces un niño a quien su padre llevaba a tomar chocolate al Lyon d'Or, lo recuerda como «un joven espigado, delgadísimo, con sus graves lentes de concha, sus ojos ardientes y al mismo tiempo fatigados y una voz que hacía estentórea, de vez en cuando, para acentuar un punto de la discusión». Por esa época Sánchez Mazas ya escribía asiduamente en *Abc,* en *El Sol,* en *El Pueblo Vasco,* y en 1921 Juan de la Cruz, el director de este último, lo envió como corresponsal a la guerra de Marruecos, donde entabló una duradera amistad de copas y largas conversaciones nocturnas, que vadearía el encono de una guerra vivida en bandos contrarios, con otro corresponsal bilbaíno llamado Indalecio Prieto.

Un año apenas duró la estancia de Sánchez Mazas en Marruecos, porque en 1922 Juan Ignacio Luca de Tena lo envió a Roma como corresponsal de *Abc*. Italia le fascinó. Su pasión de juventud por la cultura clásica, por el Renacimiento y por la

1 **Hermes** revista cultural y literaria fundada en 1917, editada en Bilbao, en la que publicaron artículos escritores como Unamuno y Baroja – 1 **aglutinar** reunir – 2 **d'orsiano** seguidor del pensamiento de Eugenio D'Ors, filósofo católico, que ocupó cargos políticos en Falange durante el régimen de Franco – 4 **Ramón de Basterra** escritor y diplomático (1888-1928). Publicó poemas en la revista Hermes. Fundó el grupo de intelectuales llamado Escuela Romana del Pirineo – 7 **engrosar** aumentar – 9 **Gran Vía ...** calle principal de Bilbao – 11 **ampuloso** serio – 11 **José María de Areilza** político y diplomático (1909-1998), miembro de Falange, más tarde elegido por el Rey Juan Carlos I para ser ministro de Asuntos Exteriores del primer gobierno democrático – 13 **espigado** alto – 14 **lentes ...** gafas hechas de un material marrón – 14 **fatigado** cansado – 15 **estentóreo** alto, fuerte – 17 **ABC** periódico madrileño, conservador y monárquico, fundado en 1903. Todavía se publica hoy – 17 **El Sol** periódico madrileño, liberal, fundado en 1917 y que desapareció después de la guerra – 17 **El Pueblo Vasco** periódico fundado en 1910, publicado en Bilbao. Todavía se publica hoy con el nombre de *El Correo Español-Pueblo Vasco* – 19 **Guerra de Marruecos** guerra en el norte de Marruecos que duró de 1919 a 1926 entre tribus marroquíes y los ejércitos coloniales de Francia y España – 20 **entabló ...** estableció una larga amistad de amigos que van juntos a los bares y bebeb juntos – 23 **Indalecio Prieto** (1883-1962) periodista, y uno de los líderes del partido socialista – 25 **Ignacio Luca de Tena** periodista, director de *Abc,* hijo de Torcuato Luca de Tena fundador del periódico

Roma imperial cristalizó para siempre al contacto con la Roma real. Allí vivió siete años. Allí se casó con Liliana Ferlosio, una italiana recién salida de la adolescencia a la que casi arrebató de su casa y con la que mantuvo toda su vida una caótica relación de la que nacieron cinco hijos. Allí maduró como hombre y como lector y como escritor. Allí se forjó una justa fama de cronista con unos artículos muy literarios, de refinado diseño y ejecución segura –a ratos densos de erudición y de lirismo, a ratos vehementes de pasión política–, que acaso son lo mejor de su obra. Allí, también, se convirtió al fascismo. De hecho, no es exagerado afirmar que Sánchez Mazas fue el primer fascista de España, y muy exacto decir que fue su más influyente teórico. Lector fervoroso de Maurras y amigo íntimo de Luigi Federzoni –que encarnó en Italia una suerte de fascismo ilustrado y burgués, y que andando el tiempo ostentaría varias carteras ministeriales en los gobiernos de Mussolini–, monárquico y conservador de vocación, Sánchez Mazas creyó descubrir en el fascismo el instrumento idóneo para curar su nostalgia de un catolicismo imperial y, sobre todo, para recomponer por la fuerza las seguras jerarquías del antiguo régimen que el viejo igualitarismo democrático y el nuevo y pujante igualitarismo bolchevique amenazaban con aniquilar en toda Europa. O dicho de otro modo: quizá para Sánchez Mazas el fascismo no fue sino un intento político de *realizar* su poesía, de hacer realidad el mundo que melancólicamente evoca en ella, el mundo abolido, inventado e imposible del Paraíso. Sea como fuere, lo cierto es que saludó con entusiasmo la Marcha sobre Roma en una serie de crónicas titulada *Italia a paso gentil*, y que vio en Benito Mussolini la reencarnación de los condotieros renacentistas y

1 **cristalizar** tomar forma, hacerse real – 3 **recién salida ...** muy joven – 4 **arrebató ...** casi la sacó de su casa a la fuerza – 7 **se forjó ...** en Roma se ganó una merecida fama de buen periodista – 9 **a ratos densos ...** los artículos de Sánchez Mazas eran muy literarios, a veces muy líricos (poéticos) y eruditos, otras veces apasionados, llenos de contenido político – 13 **Maurras** intelectual francés (1868-1952), cuyas ideas influyeron la doctrina del nacional-catolicismo y anticiparon algunas ideas del fascismo – 14 **Luigi Federzoni** (1878-1967) importante nacionalista italiano, más tarde político fascista – 16 **ostentar** ocupar – 18 **idóneo** ideal – 23 **recomponer por la fuerza ...** para Sánchez Mazas el fascismo serviría para restaurar el viejo orden social (diferencia de clases, presencia de la iglesia en asuntos del estado) que estaba despareciendo con el establecimiento de la democracia en diferentes países europeos, y con la revolución bolchevique en Rusia – 27 **hacer realidad ...** el fascismo da vida al tema principal de su poesía: el establecimiento del mundo perfecto del Paraíso – 28 **La Marcha sobre Roma** acto político en Italia que marca el principio del fascismo y el momento en que Mussolini ocupa el poder en 1922 – 30 **Benito Mussolini** Líder del fascismo en Italia – 30 **condotieros ...** fuerza militar italiana en el Renacimiento (siglos XIV-XV)

en su ascensión al poder el anuncio de que el tiempo de los héroes y los poetas había vuelto a Italia.

Así que en 1929, de regreso en Madrid, Sánchez Mazas ya había tomado la decisión de consagrarse por entero a lograr que ese tiempo también volviera a España. En cierto modo lo consiguió. Porque la guerra es por excelencia el tiempo de los héroes y los poetas, y en los años treinta poca gente empeñó tanta inteligencia, tanto esfuerzo y tanto talento como él en conseguir que en España estallara una guerra. A su vuelta al país, Sánchez Mazas entendió enseguida que para alcanzar su objetivo no sólo era preciso fundar un partido cortado por el mismo patrón del que había visto triunfar en Italia, sino también hallar un condotiero renacentista cuya figura, llegado el momento, catalizase simbólicamente todas las energías liberadas por el pánico que la descomposición de la Monarquía y el triunfo inevitable de la República iban a generar entre los sectores más tradicionales de la sociedad española. La primera empresa tardó todavía un tiempo en cuajar; no así la segunda, pues José Antonio Primo de Rivera vino a encarnar de inmediato la figura del caudillo providencial que Sánchez Mazas buscaba. La amistad que los unió a ambos fue sólida y perdurable (tanto que una de las últimas cartas que escribió José Antonio desde la cárcel de Alicante, en vísperas de su fusilamiento el 20 de noviembre del 36, estaba dirigida a Sánchez Mazas); tal vez lo fue porque estuvo basada en un equitativo reparto de papeles. José Antonio poseía en efecto todo aquello de lo que carecía Sánchez Mazas: juventud, belleza, coraje físico, dinero y prosapia; lo contrario también es cierto: armado de su experiencia italiana, de sus muchas lecturas y de su talento literario, Sánchez Mazas se convirtió en el más atendido consejero de José Antonio y, una vez fundada la Falange, en su principal ideólogo y propagandista y en uno de los fundamentales forjadores de su retórica y sus

4 **consagrarse** dedicarse – 5 **ese tiempo** *aquí:* el tiempo de los héroes y los poetas. – 7 **empeñar** dedicar – 9 **estallar** *fig* comenzar – 11 **ser precisio** ser necesario – 12 **mismo ...** igual, de las mismas características – 13 **hallar** encontrar – 17 **un condotiero ...** según Sánchez Mazas era necesario encontrar un militar que pudiera utilizar las energías de los que se oponían al cambio político que llegó con la República – 18 **primera empresa** *aquí:* la fundación de un partido fascista similar al italiano – 21 **José Antonio Primo de Rivera**, fundador de Falange Española, era la persona que Sánchez Mazas estaba buscando para liderar el movimiento fascista en España – 23 **vísperas** los días anteriores – 26 **tal vez lo fue ...** quizás la amistad entre los dos fue sólida porque cada uno tenía un papel distinto dentro de Falange – 28 **prosapia** linaje, ascendencia, *aquí:* venía de una familia importante. Su padre, Miguel Primo de Rivera, fue un militar que en 1923 dio un golpe de estado y se impuso como dictador – 31 **atendido** *aquí:* escuchado – 33 **forjador** creador

símbolos: Sánchez Mazas propuso, como símbolo del partido, el yugo y las flechas, que había sido el símbolo de los Reyes Católicos, acuñó el grito ritual de «¡Arriba España! », compuso la celebérrima *Oración por los muertos de Falange*, y a lo largo de varias noches de diciembre de 1935 participó, junto con José Antonio y con otros escritores de su círculo –Jacinto Miquelarena, Agustín de Foxá, Pedro Mourlane Michelena, José María Alfaro y Dionisio Ridruejo–, en la escritura de la letra del *Cara al sol*, en los bajos del Or Kompon, un bar vasco situado en la calle Miguel Moya de Madrid.

Pero Sánchez Mazas aún iba a tardar algún tiempo en convertirse en el principal proveedor de retórica de la Falange, como lo llamó Ramiro Ledesma Ramos. Cuando llegó a Madrid en 1929, aureolado por su prestigio de escritor cosmopolita y por sus ideas novísimas, nadie en España pensaba seriamente en fundar un partido de corte fascista, ni siquiera Ledesma, que un par de años más tarde crearía las JONS, el primer grupúsculo fascista español. Como la otra, la vida literaria, sin embargo, se radicalizaba por momentos al calor de las convulsiones que sacudían Europa y de los cambios que se vislumbraban en el horizonte político español: en 1927 un joven escritor llamado César Arconada, que había profesado el elitismo orteguiano y que no tardaría en engrosar las filas del partido comunista, resumía el sentir de mucha gente de su edad cuando declaraba que «un joven puede ser comunista, fascista, cualquier cosa, menos tener viejas ideas liberales». Ello explica en parte que tantos escritores del momento, en España y en toda Europa, cambiaran en pocos años el esteticismo deportivo y lúdico de

3 **el yugo y las flechas ...** el símbolo de Falange son un yugo y unas flechas. El yugo representa el trabajo y las flechas la guerra, el valor. En el caso de los Reyes Católicos la "y" de yugo, representa la "i" de Isabel, y la "f" de las flechas, Fernando, los nombres de los reyes – 3 **acuñó... (acuñar** prägen) dio origen al grito "Arriba España" que se convirtió en el saludo de Falange, pronunciado con el brazo derecho levantado, en el más puro estilo fascista – 4 **celebérrimo** famosísimo – 4 **Oración por los muertos ...** escrita en 1934 por Sánchez Mazas, por encargo de José Antonio, para honrar a los muertos de Falange – 9 **Cara al sol** himno de Falange – 9 **un bajo** sótano – 13 **Ramiro Ledesma Ramos** político fascista, creador de las Juntas de Ofensiva Nacional-Sindicalista, las JONS, de ideología fascista. Este grupo se unió a la Falange que se llamó Falange Española y de las JONS – 14 **aureolado** coronado. *fig aquí:* famoso – 16 **de corte...** de tipo fascista, con ideas fascistas – 20 **la vida literaria ...** la literatura se radicalizaba por los movimientos políticos europeos como el fascismo, el comunismo – 20 **vislumbrar** ver – 22 **César Arconada** intelectual español de los años 30 – 22 **elistismo ...** Arconada siguió la filosofía de Ortega y Gasset, filósofo español de gran importancia nacional e internacional – 26 **viejas ideas liberales** ideas originadas en el liberalismo del siglo XIX. Uno podía tener las ideas que quisiera mientras no fueran ideas del pasado

los felices veinte por el combate político puro y duro de los feroces treinta.

Sánchez Mazas no fue ninguna excepción. De hecho, toda su actividad literaria en la época anterior a la guerra se limita a la escritura de innumerables artículos de prosa aguerrida donde la definición de la estética y la moral falangistas –hechas de deliberado confusionismo ideoló- gico, de mística exaltación de la violencia y el militarismo y de cursilerías esencialistas que proclamaban el carácter eterno de la patria y de la religión católica– convive con un propósito central que, como afirma Andrés Trapiello, consistía básicamente en hacer acopio de citas de historiadores latinos, pensadores alemanes y poetas franceses que sirvieran para justificar la razia cainita que se avecinaba. La actividad política de Sánchez Mazas, en cambio, fue en estos años frenética. Después de participar en varios intentos de crear un partido fascista, en febrero de 1933, junto con el periodista Manuel Delgado Barreto, José Antonio Primo de Rivera, Ramiro Ledesma Ramos, Juan Aparicio y Ernesto Giménez Caballero –con quien durante años mantendría una pugna no siempre soterrada por hacerse con el liderazgo ideológico del fascismo español, que acabó ganando–, Sánchez Mazas fundó el semanario *El Fascio*, que supuso el primer encuentro de las distintas tendencias nacionalsindicalistas que acabarían confluyendo en la Falange. El primer y único número de *El Fascio* apareció un mes más tarde y fue de inmediato prohibido por las autoridades, pero el 29 de octubre del mismo año se celebró en el Teatro de la Comedia de Madrid el acto fundacional de Falange Española, y Sánchez Mazas, a quien meses más tarde se le asignó el carnet número cuatro del partido (Ledesma tenía el uno; José Antonio el dos; Ruiz de Alda el tres; Giménez Caballero el cinco) , fue nombrado miembro de su Junta Directiva. Desde aquel momento y hasta el 18

1 **esteticismo deportivo ...** la estética del arte por el arte, es decir, del arte sin compromiso social, típica de los años 20 – 2 **el combate ...** arte comprometido social y políticamente de los años 30 – 5 **aguerrido** valiente – 7 **deliberado ...** estética y moral falangistas hechas de ideas confusas – 8 **una cursilería** ridiculez – 14 **para justificar ...** la definición de estética y de la moral falangistas convive con el deseo de reunir citas e ideas de historiadores, pensadores y poetas que pudieran justificar la guerra civil que se acercaba – 15 **frenético** intenso, exaltado – 21 **con quien durante años ...** Sánchez Mazas mantuvo durante años una guerra abierta con Ernesto Jiménez Caballero para ser el líder ideológico del fascismo en España – 22 **un semanario** tipo de periódico publicado semanalmente – 22 **El Fascio** publicación fascista que tuvo solo un número pero fue esencial para consolidar la ideología de Falange – 26 **prohibido ...** El *Fascio* publicado en marzo de 1933 fue prohibido por el gobierno de la República – 27 **ese mismo año**1933 – 31 **carnet número ...** Sánchez Mazas era el número 4 entre los fundadores de Falange

de julio de 1936 su peso en el partido –un partido que antes de la guerra nunca consiguió atraer a lo largo de la geografía española más que a unos centenares de militantes, y que en todas las elecciones a las que se presentó jamás cosechó más que unos miles de votos, pero que iba a resultar decisivo para el devenir de la historia del país– fue determinante. Durante esos años de hierro Sánchez Mazas pronunció discursos, intervino en mítines, diseñó estrategias y programas, redactó ponencias, inventó consignas, aconsejó a su jefe y, sobre todo a través de *F.E.*, el semanario oficial de la Falange –donde se encargaba de una sección titulada «Consignas y normas de estilo»–, difundió en artículos anónimos o firmados por él mismo o por el propio José Antonio unas ideas y un estilo de vida que con el tiempo y sin que nadie pudiera sospecharlo –y menos que nadie el propio Sánchez Mazas– acabarían convertidos en el estilo de vida y las ideas que, primero adoptadas como revolucionaria ideología de choque ante las urgencias de la guerra y más tarde rebajadas a la categoría de ornamento ideológico por el militarote gordezuelo, afeminado, incompetente, astuto y conservador que las usurpó, acabarían convertidas en la parafernalia cada vez más podrida y huérfana de significado con la que un puñado de patanes luchó durante cuarenta años de pesadumbre por justificar su régimen de mierda.

Sin embargo, en la época en que se incubaba la guerra las consignas que difundía Sánchez Mazas aún poseían una flamante sugestión de modernidad que los jóvenes patriotas de buena familia y violentos ideales que las acataban contribuían a afianzar. Por entonces a José Antonio le gustaba mucho citar una frase de Oswald Spengler, según la cual a última hora siempre ha sido un pelotón de soldados el que ha salvado la civilización. Por entonces los jóvenes falangistas

1 **18 de julio ...** día del golpe de estado militar de Franco contra la República, con el que comenzó la guerra civil española – 1 **peso** *aquí:* importancia – 5 **cosechó ...** en las elecciones de 1933 y de 1936 la Falange recibió muy pocos votos – 6 **el devenir...** al final ese partido fue decisivo para la historia de España – 7 **años de hierro** años difíciles, de intensa actividad – 8 **un mitin** *ang* reunión política – 8 **una ponencia** conferencia – 9 **una consigna** orden, instrucción – 12 **anónimo** sin nombre de autor – 14 **sospechar** imaginar – 23 **acabarían convertidas ...** Franco se basó en las ideas de Sánchez Mazas y de Falange para consolidar su régimen. Las ideas de Falange, en un principio parecían novedosas y revolucionarias (en los primeros años), pero después, con Franco (el militarote gordezuelo, afeminado, incompetente, astuto y conservador), se convirtieron en una especie de adorno, decoración sin sentido, que muchos ignorantes (patanes) utilizaron para justificar el régimen de Franco – 24 **incubar** desarrollar – 27 **acatar** aceptar – 28 **afianzar** consolidar – 29 **Oswald Spengler** historiador y filósofo alemán (1880-1936) – 31 **un pelotón ...** es decir, que las civilizaciones siempre se han salvado gracias a las guerras

sentían que eran ese pelotón de soldados. Sabían (o creían saber) que sus familias dormían un inocente sueño de beatitud burguesa, ignorantes de que una ola de impiedad y de barbarie igualitaria iba a despertarlas de golpe con un tremendo fragor de catástrofe. Sentían que su deber consistía en preservar por la fuerza la civilización y evitar la catástrofe. Sabían (o creían saber) que eran pocos, pero esta mera circunstancia numérica no les arredraba. Sentían que eran los héroes. Aunque ya no era joven y carecía de la fuerza y el coraje físico y hasta de la convicción precisa para serlo –pero no de una familia cuyo inocente sueño de beatitud preservar–, Sánchez Mazas también lo sintió, y por eso abandonó la literatura para entregarse con empeño sacerdotal a la causa. Esto no le impedía frecuentar con José Antonio los salones más selectos de la capital, ni secundarle en algunas de sus sonadas excentricidades de señorito, como las Cenas de Carlomagno, unos banquetes enfáticamente suntuosos que una vez al mes se celebraban en el Hotel París para conmemorar al emperador y, sobre todo, para protestar con su rigurosa exquisitez aristocrática contra la vulgaridad democrática y republicana que acechaba más allá de las paredes del hotel. Pero las reuniones más asiduas de José Antonio y su séquito perpetuo de futuros poetas soldados se celebraban en los bajos del Café Lyon, en la calle Alcalá, en un lugar conocido como La Ballena Alegre, donde discutían acaloradamente, hasta altas horas de la noche, de política y de literatura, y donde convivían en una atmósfera de cordialidad inverosímil con jóvenes escritores de izquierdas con quienes compartían inquietudes y cervezas y conversaciones y bromas y cordiales insultos.

El estallido de la guerra iba a trocar esa hostilidad afectuosa e ilusoria en una hostilidad real, aunque el imparable deterioro de la vida política durante los años treinta ya había anunciado a quien quisiera verlo la inminencia del cambio. Quienes meses o semanas o días atrás habían conversado frente a una taza de

3 **beatitud ...** bienestar burgués – 3 **una ola** *aquí:* movimiento – 4 **de golpe** de repente – 4 **fragor** ruido violento – 5 **preservar** conservar – 8 **arredrar** asustar – 9 **coraje** valentía (Mut, Tapferkeit) – 13 **empeño ...** dedicación religiosa – 15 **secundar** apoyar – 15 **sonado** *fig* famoso – 17 **suntuoso** lujoso – 18 **conmemorar** celebrar – 18 **emperador** *aquí:* Carlomagno, gran emperador de occidente en el siglo IX. – 19 **riguroso** extremo – 20 **acechar** amenazar – 21 **asiduo** frecuente – 22 **séquito ...** grupo constante de seguidores – 23 **Alcalá** calle principal en el centro de Madrid – 25 **acaloradamente** apasionadamente – 27 **una atmósfera ...** un ambiente increíble de amabilidad – 30 **trocar** cambiar, transformar – 31 **esa hostilidad ...** ese enfrentamiento amable y aparente – 31 **deterioro** destrucción, ruina – 33 **inminencia** proximidad, inmediatez

café, a la salida de un teatro o de la exposición de un amigo común, se veían enzarzados ahora desde bandos opuestos en peleas callejeras que no desdeñaban el estampido de los disparos ni la efusión de la sangre. La violencia, en realidad, venía de antes y, a pesar de las protestas victimistas de algunos dirigentes del partido, reacios a ella por temperamento y por educación, lo cierto es que la Falange la había alimentado sistemáticamente con el fin de hacer insostenible la situación de la República, y que el uso de la fuerza se hallaba en el mismo corazón de la ideología del falangismo, que, como todos los demás movimientos fascistas, adoptó los métodos revolucionarios de Lenin, para quien bastaba una minoría de hombres valerosos y decididos –el equivalente del pelotón de soldados de Spengler– para tomar el poder con las armas. Como José Antonio, Sánchez Mazas fue también uno de esos falangistas renuentes, a ratos y en teoría, al empleo de la violencia (en la práctica la fomentó: lector de Georges Sorel, que la consideraba un deber moral, sus escritos son casi siempre una incitación a ella); por eso en febrero de 1934, en la *Oración por los muertos de la Falange*, compuesta a petición de José Antonio para frenar los ímpetus de venganza de los suyos después del asesinato del estudiante Matías Montero en una refriega callejera, escribió que «a la victoria que no sea clara, caballeresca y generosa preferimos la derrota, porque es necesario que mientras cada golpe del enemigo sea horrendo y cobarde, cada acción nuestra sea la afirmación de un valor y de una moral superiores». El tiempo demostró que esas hermosas palabras no eran más que retórica. El 16 de junio de 1935, en una reunión celebrada en el Parador de Gredos, la Junta Política de Falange, convencida de que nunca alcanzaría

2 **enzarzado** envuelto, implicado – 3 **peleas ...** enfrentamientos en la calle – 4 **que no desdeñaban** peleas callejeras en las que se usaba la violencia, incluso las armas – 6 **reacio** contrario – 6 **temperamento** forma de ser, carácter – 9 **la Falange ...** Falange había apoyado el uso de la violencia para causar el fin de la República. – 9 **hallarse** estar – 12 **Lenin** líder de la revolución rusa, primer dirigente de la Unión Soviética (1870-1924) – 12 **bastar** ser suficiente – 16 **renuente** contrario – 18 **Georges Sorel** filósofo francés (1847-1922), marxista y teórico del sindicalismo revolucionario. – 19 **sus escritos ...** siguiendo a Georges Sorel, los escritos de Sánchez Mazas son siempre una invitación al uso de la violencia – 21 **un ímpetu** deseo – 22 **Matías Montero** estudiante de medicina, uno de los primeros afiliados a Falange Española, militante muy activo en la universidad. Fue asesinado en la calle en febrero de 1934 – 23 **refriega** enfrentamiento – 24 **derrota** pérdida – 27 **mientras cada ...** en la Oración por los muertos de Falange se dice que ellos no van a usar la violencia – 29 **Parador de Gredos** hotel en la provincia de Ávila, muy cerca de Madrid

el poder por la fuerza de las urnas y de que peligraba su existencia misma como partido político, pues la República lo consideraba con razón una amenaza permanente para su supervivencia, tomó la decisión de lanzarse a la conquista del poder mediante la insurrección armada. Durante el año que siguió a esa reunión las maniobras conspiratorias de Falange –plagadas como estuvieron de innumerables recelos, escrúpulos, salvedades y dudas que traducían tanto su escasa confianza en las propias posibilidades de triunfo como los justificados y a la postre premonitorios temores de su jefe ante la posibilidad de que el partido y su programa revolucionario fueran engullidos por la previsible alianza entre el ejército y los sectores sociales más conservadores que apoyarían el golpe– no cesaron ni un instante, hasta que el 14 de marzo de 1936, después de ser arrasada en las elecciones de febrero de ese mismo año, la Falange fue descabezada cuando la policía cerró su local de la calle Nicasio Gallego, detuvo a su Junta Política en pleno y prohibió *sine die* el partido.

A partir de este momento el rastro de Sánchez Mazas se esfuma. Su peripecia durante los meses previos a la contienda y durante los tres años que duró ésta sólo puede intentar reconstruirse a través de testimonios parciales –fugitivas alusiones en memorias y documentos de la época, relatos orales de quienes compartieron con él retazos de sus aventuras, recuerdos de familiares y amigos a quienes refirió sus recuerdos– y también a través del velo de una leyenda constelada de equívocos, contradicciones y ambigüedades que la selectiva locuacidad de Sánchez Mazas acerca de ese periodo turbulento de su vida contribuyó de forma determinante a alimentar. Así pues, lo que a continuación consigno no es lo que realmente sucedió, sino lo que parece verosímil que

1 **fuerza de ...** por medio de los votos en elecciones. Una urna es el lugar en el que se ponen los votos – 5 **tomó la decisión ...** en esa reunión en Gredos los falangistas decidieron usar las armas para tomar el poder – 7 **plagado** lleno – 7 **un recelo** sospecha, temor – 8 **una salvedad** excepción – 10 **a la postre** al fin – 12 **engullido** devorado – 15 **arrasado** destruido, *aquí*: en las elecciones de febrero del 36 el partido Falange Española obtuvo muy poco apoyo – 16 **descabezar** cortar la cabeza, *fig aquí:* Falange se quedó sin jefe ni dirección – 18 **sine die** sin límite temporal – 19 **un rastro** indicio, huella – 20 **esfumarse** desaparecer – 21 **una contienda** guerra – 23 **fugitivas ...** menciones breves – 24 **un retazo** parte, trozo – 26 **referir** contar – 26 **un velo** *aquí* filtro – 27 **constelado** rodeada, adornado – 28 **locuacidad** palabrería, facilidad para hablar y contar historias – 31 **verosímil** con apariencia de verdad

sucediera; no ofrezco hechos probados, sino conjeturas razonables.

Son éstas:

En marzo de 1936, estando Sánchez Mazas preso en la cárcel Modelo de Madrid junto a sus compañeros de la Junta Política, nace su cuarto hijo, Máximo, y Victoria Kent, a la sazón directora general de Prisiones, concede al recluso el permiso de tres días para visitar a su mujer que por ley le corresponde, a condición de que dé su palabra de honor de no ausentarse de Madrid y de regresar a la cárcel al cabo del tiempo convenido. Sánchez Mazas acepta el trato, pero, según otro de sus hijos, Rafael, antes de salir de la cárcel el alcaide le llama a su despacho y le dice entre dientes que él ve las cosas muy oscuras, por lo que le sugiere con medias palabras «que mejor le valdría no volver, y que él, por su parte, no pondría lo que se dice el mayor de los empeños en su busca y captura». Porque justifica el dudoso comportamiento ulterior de Sánchez Mazas, cabe poner en tela de juicio la veracidad de esta versión; también cabe imaginar que no sea falsa. Lo cierto es que Sánchez Mazas, olvidando las protestas de caballerosidad y heroísmo con que ilustró tantas páginas de prosa incendiaria, rompe su compromiso y huye a Portugal, pero José Antonio, que se había tomado en serio las palabras de su lugarteniente y que juzga que no sólo está en juego su honor, sino el de toda la Falange, le ordena desde la cárcel de Alicante, adonde ha sido trasladado junto con su hermano Miguel en la noche del 5 al 6 de junio, volver a Madrid. Sánchez Mazas obedece, pero antes de que pueda ingresar de nuevo en la Modelo estalla la sublevación.

Los días que siguen son confusos. Casi tres años más tarde, Eugenio Montes –a quien Sánchez Mazas llamó «mi mayor y mejor camarada en el afán de poner las letras humanas

1 **una conjetura** hipótesis – 5 **Modelo** nombre de una de las cárceles de Madrid – 6 **Victoria Kent** política y abogada (1898-1987), miembro del partido socialista radical – 7 **a la sazón** en ese momento – 7 **un recluso** Häftling, *aquí:* Sánchez Mazas – 10 **ausentarse** irse – 12 **Rafael Sánchez Ferlosio**, escritor al que el narrador entrevista al principio de la novela – 12 **un alcalde** vigilante – 13 **decir entre dientes** hablar en voz baja, para que nadie le oiga – 16 **un empeño** gran esfuerzo – 17 **ulterior** posterior – 19 **cabe poner** ... es posible dudar que la versión de Rafael sea cierta – 19 **cabe imaginar** también es posible pensar que sea verdad – 20 **caballerosidad** nobleza, educación – 21 **incendiario** subversivo, revolucionario – 22 **huir** escapar – 23 **un lugarteniente** subalterno, ayudante – 25 **Alicante** ciudad en la costa mediterránea, a unos 400 kilómetros de Madrid – 29 **antes de que** ... comienza el golpe militar de Franco justo antes de que Sánchez Mazas, siguiendo las órdenes de José Antonio, pueda volver a la cárcel – 32 **un camarada** amigo – 32 **un afán** dedicación

al servicio de nuestra Falange»– describe desde Burgos la peripecia de su amigo en las jornadas inmediatas al 18 de julio como «la aventura de las esquinas y los escondites, con los esbirros rojos siguiéndole las huellas». La frase es tan novelesca como elusiva, pero quizá no traiciona del todo a la realidad. La revolución triunfa en Madrid. La gente mata y muere en las cunetas y los cuarteles. El Gobierno legal ha perdido el control de la situación y se respira en la atmósfera un revoltijo mortífero de miedo y de euforia. En las casas proliferan los registros; en las calles, los controles de los milicianos. Una noche de principios de septiembre, incapaz de tolerar por más tiempo el desasosiego de la clandestinidad y la inminencia permanente del peligro, o tal vez urgido por los amigos conocidos que durante demasiado tiempo han corrido el riesgo de dar cobijo a un fugitivo de su calibre, Sánchez Mazas decide salir de su madriguera, huir de Madrid y pasarse a la zona nacional.

Previsiblemente, no lo consigue. Al día siguiente, apenas sale a la calle, es detenido; la patrulla le exige que se identifique. Con una extraña mezcla de pánico y de resignación, Sánchez Mazas comprende que está perdido y, como si quisiera despedirse en silencio de la realidad, durante un interminable segundo de indecisión mira a su alrededor y advierte que, aunque apenas son las nueve, en la calle de la Montera los comercios ya han abierto y el bullicio urgente y plebeyo de la multitud inunda las aceras, mientras el sol duro anuncia una mañana sofocante de ese verano que no se acaba nunca. En aquel momento atrae la atención de los tres milicianos armados un camión atiborrado de militantes de UGT y erizado de fusiles y de gritos de guerra, que se dirige

1 **Burgos** ciudad española en la que triunfó el golpe militar de Franco y que estuvo desde el principio bajo el mando de los nacionales – 2 **jornadas inmediatas** días anteriores – 4 **un esbirro** persona pagada por otra para realizar un crimen – 5 **elusivo** ausweichend – 6 **la revolución** triunfa en Madrid la oposición al golpe militar – 7 **una cuneta** cada uno de los lados de la carretera – 9 **revoltijo ...** confusión letal, que puede matar – 9 **euforia** excitación – 10 **proliferar** abundar – 12 **tolerar** aguantar, resistir – 12 **un desasosiego** intranquilidad – 15 **un cobijo** protección – 15 **un calibre** categoría – 16 **una madriguera** pequeña cueva en la que viven algunos animales. *Fig* escondite, lugar en el que esconderse – 19 **una patrulla** grupo de soldados – 23 **advertir** notar, ver – 25 **un comercio** una tienda – 25 **bullicio ...** movimiento y ruido de gente en la calle – 27 **sofocante** caluroso – 29 **atiborrado** repleto, lleno – 30 **UGT** Unión General de Trabajadores, sindicato (Gewerkschaft) obrero fundado en 1888 por Pablo Iglesias. Sigue existiendo hoy, afiliado al Partido Socialista Obrero Español (PSOE) – 30 **erizado ...** con muchos fusiles en forma de erizo (Igel)

al frente del Guadarrama con la carrocería pintarrajeada de siglas y nombres, entre los que figura el de Indalecio Prieto, que acaba de ser nombrado ministro de Marina y del Aire en el flamante gobierno de Largo Caballero. Entonces Sánchez Mazas concibe y ejecuta una idea desesperada: les dice a los milicianos que no puede identificarse, porque se halla de incógnito en Madrid cumpliendo una misión que le ha sido directamente encomendada por el ministro de Marina y del Aire, y exige que le pongan en contacto con éste. Divididos entre la perplejidad y el recelo, los milicianos deciden llevarlo a la sede de la Dirección General de Seguridad para cerciorarse de la autenticidad de aquella excusa inverosímil; allí, tras algunas gestiones angustiosas, Sánchez Mazas consigue hablar por teléfono con Prieto. Éste se interesa por su situación, le aconseja que busque refugio en la embajada de Chile, afectuosamente le desea buena suerte; luego, en nombre de su vieja amistad africana, ordena que lo pongan de inmediato en libertad.

Ese mismo día consigue Sánchez Mazas entrar en la embajada de Chile, donde pasará casi año y medio. De esa temporada de encierro se conserva una foto: Sánchez Mazas aparece en el centro de un corro de refugiados, entre los que se cuenta el escritor falangista Samuel Ros; son ocho, todos un poco harapientos y mal afeitados, todos expectantes. Vestido con una camisola que tal vez fue blanca, con su perfil semita, sus gafas de miope y su ancha frente, Sánchez Mazas está acodado con un gesto elegante a una mesa donde sólo se ve un vaso vacío, un pedazo de pan, un mazo de papeles o libretas y un cazo de hambre. Está leyendo; los demás le

1 **frente de Guadarrama** línea de batalla en la que tiene lugar la guerra en una montaña cerca de Madrid – 2 **carrocería ...** la parte exterior del camión estaba pintada con muchas letras, entre ellas, UGT – 4 **flamante** nuevo – 4 **Largo Caballero** (1869-1946) uno de los dirigentes históricos del PSOE y de UGT. Después de ganar la izquierda elecciones de 1936, fue nombrado Primer Ministro y Ministro de Guerra en septiembre de 1936. – 5 **concibe ...** piensa y realiza – 7 **de incógnito** anónimamente, en secreto – 8 **encomendado** asignado – 9 **con éste** *aquí:* con Indalecio Prieto. (Ambos habían sido periodistas en Marruecos) – 10 **perplejidad ...** la sorpresa y el miedo – 12 **inverosímil** increíble, *aquí:* que Sánchez Mazas estuviera cumpliendo una misión secreta en Madrid y por eso no puede identificarse – 16 **afectuosamente** con cariño – 18 **en nombre de su vieja ...** la amistad de cuando estuvieron en Marruecos le salva la vida a Sánchez Mazas – 22 **un corro** un grupo – 23 **contar** *aquí* estar – 23 **Samuel Ros** escritor de no mucha importancia (1904-1947) – 24 **harapiento** mal vestido, con aspecto de pobre – 25 **una camisola** camisa grande – 26 **semita** judío – 27 **acodado** apoyado en el codo – 28 **un mazo** *aquí:* un montón de papeles – 29 **un cazo ...** una olla de cocinar con muy poca comida

escuchan. Lo que lee es un fragmento de *Rosa Krüger* una novela que escribió o empezó a escribir en esos días para aliviarse de la reclusión y distraer a sus compañeros, y que sólo se publicaría, inacabada, cincuenta años más tarde, cuando su autor llevaba ya mucho tiempo muerto. Sin duda es su mejor novela y también una buena novela, y además extraña y como atemporal, escrita a la manera bizantina por alguien que tuviera el gusto y la sensibilidad de un pintor prerrafaelita, de vocación europeísta y fondo patriótico y conservador, saturada de fantasías exquisitas, de aventuras exóticas, de una suerte de melancólica sensualidad a través de las cuales, y de una prosa exacta y cristalina, se narra la batalla que en el interior del protagonista libran los dos principios esenciales que, según el autor, rigen el universo –lo diabólico y lo angélico–, y la victoria final de este último, encarnado en una *donna angelicata* llamada Rosa Krüger. Asombra que Sánchez Mazas consiguiera aislarse de la obligada y ruidosa promiscuidad que reinaba en la embajada para escribir su libro, pero no que el fruto de ese aislamiento eludiera minuciosamente las dramáticas circunstancias que rodearon su concepción, pues hubiera sido redundante añadir a la tragedia de la guerra el relato de la tragedia de la guerra. Por lo demás, la aparente contradicción, que tanto ha preocupado a algunos de sus lectores, entre las belicosas ideas falangistas de Sánchez Mazas y su apolítico y estetizante quehacer literario se resuelve si admitimos que ambas son expresiones contrapuestas pero coherentes de una misma nostalgia: la del mundo abolido, imposible e inventado del Paraíso, la de las seguras jerarquías de un *ancien régime* que la ventolera inapelable de la historia estaba barriendo para siempre.

1 **Rosa Krüger** obra maestra de Sánchez Mazas. Una historia de amor en la que un joven catalán viaja por Europa y se enamora de Rosa Krüger, una joven alsaciana – 3 **una reclusión** encierro – 7 **bizantino** con muchos detalles – 8 **pintor prerrafaelita** en el siglo XIX un grupo de pintores querían que la pintura volviera a ser como era antes de Rafael, pintor italiano del Renacimiento – 10 **una suerte de** un tipo de – 12 **cristalino** claro – 13 **librar** *aquí:* mantiener – 14 **regir** controlar – 14 **diabólico ...** propio del diablo, y propio de los ángeles, *aquí:* lo bueno y lo malo – 15 **encarnado** representado – 17 **ruidosa ...** del ruido de la gente que había en la embajada – 19 **fruto de ...** *aquí:* la novela – 20 **las dramáticas ...** lo que estaba pasando en ese momento en España, esto es, la guerra – 24 **belicoso** de guerra – 25 **estetizante ...** su obra literaria en la que domina la preocupación por la estética y el estilo y no las ideas políticas – 27 **abolido** desaparecido – 28 **Ancien régime** el Antiguo régimen: sociedad controlada por la monarquía absoluta, sin libertades individuales, ni derechos, donde el poder del Rey procede de Dios, y la religión y la fe dominan todos los espacios de la vida – 30 **la ventolera ...** la historia y el paso del tiempo estaban haciendo desaparecer el Antiguo Régimen

A medida que transcurre el tiempo y aumentan la sangría y la desesperanza de la guerra, la situación en las embajadas que acogen fugitivos del Madrid republicano se vuelve cada vez más precaria, y el temor a los asaltos arrecia, de forma que todo aquel que tiene a su alcance una posibilidad sensata de fuga prefiere correr el riesgo de la aventura en busca de un refugio seguro antes que prolongar la incertidumbre angustiosa del encierro y la espera. Así lo hace Samuel Ros, que llega a Chile a mediados de 1937 y que no volverá a la España nacional hasta el año siguiente. Animado por el éxito de Ros, en algún momento del otoño del 37 Sánchez Mazas intenta la fuga. Cuenta con la ayuda de una prostituta y de un joven simpatizante de Falange cuya familia, conocida de Sánchez Mazas, posee o poseía una empresa de transportes. Su plan consiste en alcanzar Barcelona y, una vez allí, recabar la ayuda de la quinta columna para entrar en contacto con las redes de evasión que cruzan clandestinamente la frontera francesa. Ponen en práctica el plan y, durante varios días, Sánchez Mazas recorre por carreteras secundarias y caminos de carro, camuflado entre un cargamento de hortalizas podridas, los seiscientos kilómetros que lo separan de Barcelona en compañía de la prostituta y el joven falangista. Milagrosamente, franquean todos los controles y llegan sanos y salvos a su destino, sin más contratiempo que un neumático reventado y el susto de muerte que les inflige un chucho de olfato demasiado fino. En Barcelona los tres viajeros se separan, y a Sánchez Mazas lo acoge, tal y como tenían previsto, un abogado perteneciente al JMB, uno de los numerosos e inconexos grupúsculos falangistas que la quinta columna tiene desperdigados por la ciudad. Después de concederle unos días de descanso, los miembros del JMB le urgen a que tome el mando y, haciendo valer su condición de número cuatro de Falange, reúna a todos los grupos quintacolumnistas y los someta a la disciplina del partido, obligándolos a coordinar sus actividades. Tal vez porque su única preocupación hasta el momento ha sido salir

1 **la sangría** *aquí:* violencia – 4 **arreciar** intensificar – 5 **una fuga** escape, huida – 7 **prolongar** alargar – 7 **incertidumbre** inquietud, la falta de seguridad – 15 **alcanzar** llegar a – 15 **recabar** pedir – 19 **camuflado** escondido – 20 **un cargamento** una carga de verduras en mal estado – 22 **franquear** pasar sin problemas – 24 **un contratiempo** una dificultad – 24 **un neumático ...** una rueda del camión estropeada – 25 **infligir** provocar – 25 **un chucho** un perro – 27 **acoger** dar protección – 28 **JMB** las iniciales de Juan Manuel Benito, uno de los dirigentes de este grupo que pertenecía a la quinta columna, grupo militar que ayudaba a Franco – 29 **desperdigado** repartido – 31 **urgir** *aquí: pedir con* urgencia – 32 **haciendo valer ...** con la autoridad que le da ser el miembro número 4 de Falange

de la zona roja y pasarse a la nacional, o simplemente porque se sabe incapacitado para la acción, la oferta le sorprende, y la rechaza de plano alegando su desconocimiento absoluto de la situación de la ciudad y de los grupos que operan en ella, pero los miembros del JMB, que son tan jóvenes y arrojados como inexpertos, y que aguardaban su llegada como un regalo providencial, insisten, y a Sánchez Mazas no le queda otra alternativa que aceptar.

En los días que siguen Sánchez Mazas se reúne con representantes de otros grupúsculos de la quinta columna, y una mañana, mientras se dirige al Iberia, un bar del centro cuyo dueño comulga con la causa nacional, lo detienen agentes del SIM. Estamos a 29 de noviembre de 1937; las versiones de lo que a continuación ocurre difieren. Hay quien sostiene que el padre Isidoro Martín, que había sido profesor de Sánchez Mazas en el Real Colegio de María Cristina en El Escorial, intercedió en vano por él ante Manuel Azaña, que también fue alumno suyo en aquella institución. Julián de Zugazagoitia, el mismo a quien acabada la guerra Sánchez Mazas trató sin éxito de librar del pelotón de fusilamiento, afirma que propuso al presidente Negrín canjearlo por el periodista Federico Angulo, y que Azaña le insinuó la conveniencia de cambiar por el escritor unos comprometedores manuscritos suyos que obraban en poder de los facciosos. Otra versión sostiene que Sánchez Mazas ni siquiera llegó a estar en Barcelona, porque después de su paso por la embajada de Chile se refugió en la de Polonia, que fue asaltada, momento en el cual Azorín medió para

2 **incapacitado** incapaz – 3 **rechaza de plano** dice que no a lo que le piden los de JMB – 4 **operar** actuar – 5 **arrojado** *aquí:* valiente, decidido – 7 **providencial** de la providencia, de Dios – 8 **no le queda …** no tiene otra opción – 11 **dirigirse** ir – 12 **comulgar con** ser partidario de – 13 **SIM** Servicio de Investigación Militar, órgano de investigación de la República – 14 **diferir** variar, ser diferente – 14 **sostener** *aquí:* decir – 17 **intercedió …** actuó en su favor sin resultados, sin conseguir nada – 17 **Manuel Azaña** (1880-1940) Presidente de la República en el momento en que comienza la guerra civil – 18 **Julián de Zugazagoitia** Periodista y escritor (1899-1940), miembro del Partido Socialista, salió de España al terminar la guerra. En 1940 lo detuvo la Gestapo en París y fue devuelto a España. Al llegar fue condenado por las autoridades franquistas y fusilado en Madrid – 20 **proponer** pedir – 21 **Juan Negrín** presidente de la II República nombrado por Manuel Azaña en mayo de 1937 – 21 **canjear** intercambiar – 21 **Federico Angulo** periodista, trabajó en el diario madrileño *El Socialista*, como redactor político. Amigo y compañero de trabajo de Julián de Zugazagoitia – 24 **insinuó la conveniencia …** Azaña le dijo a Julián de Zugazagoitia que era mejor cambiar a Sánchez Mazas por unas obras suyas que contenían información de gran importancia y que tenían los fascistas en su poder – 27 **asaltar** atacar – 27 **Azorín** escritor español (1873-1967), miembro de la llamada Generación del 98, grupo literario al que pertenecieron también Unamuno y Baroja. De ideología radical en sus primeros años, acabó siendo una persona muy conservadora – 27 **mediar** intervenir

librarle de una condena a muerte. Incluso hay quien afirma que en realidad Sánchez Mazas fue efectivamente canjeado en el curso de la guerra. Estas dos últimas hipótesis son erróneas; casi con total certeza, las dos primeras no. Sea como fuere, la realidad es que, después de ser detenido por el SIM, Sánchez Mazas fue conducido al barco *Uruguay* fondeado en el puerto de Barcelona y convertido desde tiempo atrás en cárcel flotante, y posteriormente llevado al Palacio de Justicia, donde fue juzgado junto a otros quintacolumnistas. Durante el juicio se le acusó de ser el jefe supremo de la quinta columna en Barcelona, lo que era falso, y de incitación a la rebelión, lo que era cierto. Sin embargo, y a diferencia de la mayor parte de los demás acusados, Sánchez Mazas no fue condenado a muerte. El hecho es extraño; quizá sólo una nueva intervención *in extremis* de Indalecio Prieto puede explicarlo.

Concluido el juicio, Sánchez Mazas es devuelto otra vez al *Uruguay*, en una de cuyas celdas pasará los meses siguientes. Las condiciones de vida no son buenas: la comida es escasa; el trato, brutal. También son escasas las noticias que llegan sobre el curso de la guerra, pero conforme ésta avanza incluso los cautivos del *Uruguay* comprenden que la victoria de Franco está cerca. El 24 de enero de 1939, dos días antes de que las tropas de Yagüe entren en Barcelona, le despierta un rumor inusual, y no tarda en advertir el nerviosismo de los carceleros. Por un momento piensa que lo van a poner en libertad; al momento siguiente piensa que van a fusilarlo. La mañana transcurre entre esas alternativas angustiosas. Hacia las tres de la tarde un agente del SIM le ordena salir de la celda y del barco y subir a un autobús aparcado en el muelle, donde le esperan otros catorce presos procedentes del *Uruguay* y de la checa de Vallmajor, y los diecisiete agentes del SIM encargados de su custodia. Entre los presos hay dos mujeres: Sabina González de Carranceja y Juana Aparicio Pérez del

6 **barco** ... barco en el puerto de Barcelona que sirvió como cárcel durante los años de la guerra – 6 **fondeado** parado – 8 **flotante** que flota, que está encima del agua – 10 **supremo** principal – 15 **in extremis** en circunstancias excepcionales – 17 **una celda** cuarto pequeño, espacio en el que vive un prisionero en la cárcel – 18 **escaso** muy poco – 21 **un cautivo** preso – 22 **enero de 1939** el fin de la guerra será el 1 de abril de 1939. Sólo quedaban unos meses para que la guerra terminara – 23 **Yagüe** militar español, partidario del golpe de Franco desde el principio, tuvo un gran protagonismo en la guerra. Bajo su mando entraron en Barcelona las tropas nacionales – 24 **inusual** inesperado – 25 **un carcelero** guardián – 27 **trancurrir** pasar – 27 **esas alternativas ...** la libertad o la muerte – 29 **aparcado** parado – 29 **un muelle** una parte del puerto – 31 **checa ...** otra cárcel que los republicanos tenían en Barcelona. Vallmajor es el nombre de la calle en donde estaba la cárcel. – 32 **una custodia** vigilancia, cuidado

Pulgar; también están José María Poblador, dirigente jonsista de primera hora y pieza importante en la intentona golpista de julio del 36, y Jesús Pascual Aguilar, uno de los jefes de la quinta columna barcelonesa. Nadie puede en ese momento saberlo, pero, de todos los presos varones que integran el convoy, al cabo de una semana sólo Sánchez Mazas, Pascual y Poblador permanecerán con vida. El autobús recorre en silencio Barcelona, convertida por el terror de la desbandada y el cielo invernizo en una desolación fantasmal de ventanas y balcones cerrados a cal y canto y de grandes avenidas cenicientas en las que reina un desorden campamental apenas cruzado por furtivos transeúntes que triscan como lobos por las aceras desventradas con caras de hambre y de preparar la fuga, protegiéndose contra la adversidad y contra el viento glacial con abrigos de miseria. Al salir de Barcelona y tomar la carretera del exilio, el espectáculo se torna apocalíptico: un alud despavorido de hombres y mujeres y viejos y niños, de militares y civiles mezclados, cargados con ropas, colchones y enseres domésticos, avanzando penosamente con sus andares inconfundibles de derrotados o subidos a los carros y los mulos de la desesperación, abarrota la calzada y las cunetas, sembradas a trechos de cadáveres de animales con las tripas al aire o de vehículos desahu- ciados. La caravana avanza con interminable lentitud. De vez en cuando se detiene; de vez en cuando, con una mezcla de asombro, de odio y de insondable fatiga, alguien mira fijamente a los ocupantes del autobús, envidioso de su comodidad y su abrigo, ignorante de su destino

1 **Sabina Gónzalez ...** mujeres que participaron activamente en un sindicato antimarxista llamado CONS (Confederación Obrera Nacional Sindicalista). – 3 **José María Poblador** uno de los primeros dirigentes de las JONS (Juntas de Ofensiva Nacional Sindicalista) participó en la organización del golpe de estado contra la Républica el 18 de julio de 1936. – 8 **una desbandada** huida – 9 **invernizo** de invierno, gris – 10 **en una desolación ...** la ciudad tenía un aspecto fantasmal con todas las ventanas y balcones completamente cerrados. No había nadie. – 15 **grandes avenidas ...** aspecto que tenía Barcelona al final del a guerra. Grandes avenidas grises (con ceniza), en las que hay un gran desorden. Por ellas, pocas personas (transeúntes furtivos), caminan, dan saltos (triscan) como animales (lobos). Las calles están destrozadas (aceras desventradas), la gente tiene hambre y se prepara para escaparse, y se protege del frío (viento glacial), con ropa de poca o ninguna calidad (abrigos de miseria) – 17 **alud despavorido** una gran masa de gente llena de pavor, de miedo – 19 **un enser** objeto de casa – 19 **penosamente** con dificultad – 20 **un carro** medio de transporte, sin motor, tirado por animales – 21 **un mulo** animal de carga – 22 **sembradas ...** llenas en algunas partes – 23 **cadáveres ...** cuerpos muertos de animales, con las vísceras o partes internas fuera del cuerpo – 23 **desahuciado** *aquí:* que no funciona, abandonado – 24 **la caravana ...** la gente camina muy lentamente – 26 **insondable ...** inmenso cansancio – 27 **envidioso** que desea para sí mismo – 27 **ignorante** que no sabe

de fusilados; de vez en cuando alguien los insulta. De vez en cuando, también, un avión nacional sobrevuela la carretera y escupe unas ráfagas de ametralladora o deja caer una bomba, provocando una estampida de pánico entre los fugitivos y un amago de esperanza entre los presos del autobús, que en algún momento llegan a abrigar la ilusión –pronto desmentida por la estricta vigilancia a que les someten los agentes del SIM– de aprovechar el caos de un ataque para huir campo a través.

Ya es noche cerrada cuando cruzan Gerona y más tarde Banyoles. Luego se internan por una empinada carretera de tierra que serpentea entre bosques en sombra, y al rato se detienen ante un macizo de piedra punteado de luces, como un descomunal galeón zozobrado en medio de la oscuridad envenenada por las órdenes urgentes de los carceleros. Es el santuario de Santa Maria del Collell. Allí Sánchez Mazas va a pasar cinco días junto a otros dos mil presos llegados de lo que queda de la España republicana, incluidos varios desertores rojos y varios miembros de las Brigadas Internacionales. Antes de la guerra el monasterio era un internado de frailes donde se impartían clases de bachillerato, con aulas de techos altísimos y descomunales cristaleras que daban a patios de tierra y jardines con cipreses, con pasillos profundos y escalinatas de vértigo con pasamanos de madera; ahora el internado ha sido convertido en cárcel, las aulas en celdas, y en los patios, pasillos y escalinatas ya no resuena el guirigay adolescente de los internos, sino las pisadas sin esperanza de los cautivos. El alcaide de la cárcel es un tal Monroy, el mismo que gobernaba con mano de hierro el barco-prisión *Uruguay;* sin embargo, en el Collell el régimen carcelario es menos riguroso: no está prohibido hablar con quienes sirven el rancho ni con quienes uno se tropieza al ir y venir de los lavabos; la comida sigue siendo infecta y escasa, pero de vez en cuando aparece

2 **sobrevolar** volar por encima – 3 **escupe ...** dispara – 4 **estampida ...** huida rápida causada por el miedo – 5 **un amago** señal – 6 **abrigar** *fig aquí:* tener – 9 **noche ...** oscura – 10 **empinada ...** que va hacia arriba, como subiendo una montaña – 12 **macizo ...** enorme masa de piedra – 12 **punteado** adornado – 13 **como un enorme ...** como un enorme barco sumergido, hundido – 14 **envenenado** *aquí:* transtornado, afectado – 17 **un desertor** soldado que abandona el ejército – 18 **Brigadas Internacionales** voluntarios extranjeros que lucharon en la guerra en apoyo de los republicanos. Llegaron a España desde más de 50 países diferentes. – 20 **internado de frailes...** el santuario era un colegio donde se daban clases de secundaria. – 21 **una cristalera** enorme ventana – 25 **un guirigay** confusión, ruido, gritos. – 26 **una pisada** paso – 30 **un rancho** *aquí:* comida que se da en la cárcel – 31 **tropezarse** stolpern – 32 **infecto** horrible

en alguna celda un cigarrillo furtivo, que es ávidamente consumido en grupo. La celda que ocupa Sánchez Mazas se halla en el último piso del antiguo internado, y es luminosa y grande; además de él y de varios brigadistas internacionales que no hablan ninguna lengua inteligible, la ocupan el médico Fernando de Marimón, el capitán de navío Gabriel Martín Morito, el padre Guiu, Jesús Pascual y José María Poblador, que apenas puede caminar porque tiene las piernas enfermas de forúnculos. Al segundo día los brigadistas son puestos en libertad y su lugar lo ocupan presos nacionales capturados en Teruel y Belchite; la celda se llena. De vez en cuando se les permite salir a pasear por el patio o por los jardines; no los vigilan agentes del SIM ni carabineros (aunque unos y otros pululan por el santuario): los vigilan soldados tan desnutridos y harapientos como ellos, que se hacen bromas o canturrean entre dientes canciones de moda mientras patean aburridos las piedras del jardín o les miran indiferentes. Las horas de encierro e inactividad fomentan las cábalas: dada la proximidad de la frontera, y sobre todo a partir del momento en que un jerarca como Sánchez Mazas se sumó a su cuerda de presos, muchos acarician la esperanza de ser canjeados en breve, una hipótesis que pierde fuerza a medida que el tiempo transcurre; esas horas propician también el consuelo de la intimidad. Como si mágicamente previera que va a ser uno de los supervivientes del encierro y el único que años más tarde contará el horror de esas horas supremas en un libro minucioso y maniqueo, Sánchez Mazas intima sobre todo con Pascual, que sólo le conoce de oídas y de leer sus artículos en *F.E.*, y a quien Sánchez Mazas refiere su odisea de la guerra: le habla de la cárcel Modelo, del nacimiento de su hijo Máximo, de los días inciertos que siguieron a la sublevación, de Indalecio Prieto y de la embajada de Chile, de Samuel Ros y *Rosa Krüger*, de su viaje clandestino en un camión de hortalizas por una España enemiga en compañía de un niño bien y de una prostituta, de Barcelona y del JMB y de la quinta columna y de su detención y su juicio y del barco-prisión *Uruguay*.

4 **brigadistas ...** miembros de las Brigadas Internacionales. – 7 **Jesús Pascual y José María Poblador** son los otros que sobreviven al fusilamiento, junto con Sánchez Mazas – 9 **un forúnculo** tumor – 14 **pulular** moverse de un lado a otro – 15 **desnutrido** mal alimentado – 16 **canturrear** cantar – 16 **patear** dar patadas – 18 **una cábala** conjetura – 20 **una cuerda** *aquí:* grupo – 22 **acarician ...** tienen la esperanza de que los intercambien por otros – 23 **transcurrir** pasar – 23 **propiciar** favorecer – 24 **prever** anticipar – 26 **minucioso** detallado – 27 **un maniqueo** defensor de la doctrina según la cual el mundo está dividido entre buenos y malos – 27 **intimar** hacerse amigo – 28 **F.E.** semanario Falange Española

Al atardecer del día 29, Sánchez Mazas, Pascual y sus compañeros de celda son conducidos a la azotea del monasterio, un lugar que no han pisado nunca y donde se reúnen con otros presos, quinientos en total, tal vez más. Pascual conoce a algunos de ellos, pero apenas puede intercambiar unas pocas palabras con Pedro Bosch Labrús, vizconde de Bosch Labrús, y con el capitán de aviación Emilio Leucona, pues enseguida un carabinero ordena guardar silencio y empieza a dar lectura a una lista de nombres. Porque en su mente vuelve a abrirse paso la esperanza del canje, en cuanto oye el nombre de algún conocido Pascual desea con toda su alma estar incluido en la lista, pero, sin que ninguna razón precisa avale este cambio de parecer, para cuando el carabinero lo pronuncia –poco después del de Sánchez Mazas y justo a continuación del de Bosch Labrús– ya se ha arrepentido de formular ese deseo. Los veinticinco hombres que han sido citados, entre los cuales se hallan todos los que compartían celda con Sánchez Mazas y Pascual, excepto Fernando de Marimón, son conducidos a una celda del primer piso en la que sólo hay algunos pupitres arrimados contra las paredes desconchadas y una pizarra con fechas de efemérides patrióticas garabateadas en tiza. La puerta se cierra tras ellos; se hace un silencio ominoso, roto enseguida por alguien que proclama la inminencia del canje y que consigue distraer la angustia de algunos con la discusión de una conjetura que se desvanece al rato para dejar paso a un pesimismo unánime. Sentado a un pupitre en un extremo de la celda, antes de la cena el padre Guiu confiesa a unos presos, y luego organiza una comunión. Nadie duerme durante la noche: iluminados por la luz gris piedra que entra por el ventanal y que dota a sus caras de una sugestión anticipada de cadáver (aunque conforme pasa el tiempo el gris se espesa y la oscuridad se vuelve real), los presos velan auscultando los ruidos del corredor buscando el alivio ilusorio de sus recuerdos o de una conversación última. Sánchez Mazas y Pascual están tumbados en el suelo,

2 **una azotea** tejado. *aquí:* la parte más alta del santuario – 7 **Bosch Labrús** hombre de negocios catalán, que recibió el titulo nobiliario de vizconde del Rey Alfonso XIII en el año 1926 – 10 **un canje** intercambio – 13 **avalar** garantizar – 13 **un parecer** opinión – 17 **citar** nombrar – 20 **un pupitre** mesas de escuela – 20 **arrimado** colocado junto a – 21 **desconchado** despintado – 22 **fechas de ...** hechos históricos importantes para la patria – 23 **ominoso** angustioso, terrible – 26 **desvanecerse** *aquí:* desaparecer – 26 **unánime** generalizado – 28 **confesar** beichten – 29 **una comunión** otro sacramento por el que los católicos, normalmente en una iglesia durante la celebración de la misa, reciben el cuerpo y la sangre de Cristo. – 31 **una sugestión** *aquí:* aspecto – 33 **velar** pasar la noche sin dormir – 34 **un alivio** Erleichterung

con la espalda apoyada contra el frío de la pared, con las piernas cubiertas por una manta insuficiente; ninguno de los dos recordará nunca con precisión de qué hablaron durante esa noche brevísima, pero sí los largos silencios que puntuaron su conciliábulo, los susurros de los compañeros y el rumor de sus toses desveladas y de la lluvia cayendo indiferente, asidua, negra y helada sobre las losas del patio y los cipreses del jardín como sigue cayendo mientras el amanecer del 30 de enero cambia lentamente la oscuridad de los ventanales por el color blancuzco de enfermo o de aparecido que tiñe como una premonición la atmósfera de la celda en el momento en que un carcelero les ordena salir.

Nadie ha dormido, todos parecen haber estado esperando aquel momento y, como arrastrados por la urgencia de despejar la incertidumbre, obedecen con diligencia de sonámbulos y se unen en el patio a otro grupo de presos similar al suyo, hasta sumar cincuenta. Aguardan unos minutos, dóciles, silenciosos y empapados, bajo una lluvia fina y un cielo denso de nubes, y al final aparece un hombre joven en cuyos rasgos borrosos reconoce Sánchez Mazas los rasgos borrosos del alcaide del *Uruguay*. Éste les anuncia que van a trabajar en la construcción de un campo de aviación en Banyoles y les ordena formar en diez filas de cinco en fondo; mientras obedece, ocupando sin pensar el primer lugar de la derecha en la segunda fila, Sánchez Mazas siente que el corazón se le desboca: presa del pánico, comprende que lo del campo de aviación sólo puede ser una excusa, pues carece de sentido construirlo con los nacionales a pocos kilómetros y lanzados a una ofensiva definitiva. Empieza a andar a la cabeza del grupo, desquiciado y temblón, incapaz de pensar con claridad, indagando absurdamente en la expresión neutra de los soldados armados que bordean la carretera una señal una esperanza, buscando en vano convencerse de que al final de ese trayecto no le aguarda la muerte. A su lado tras él, alguien

4 **brevísima** cortísima – 5 **puntuaron ...** marcaron su reunión esa noche – 5 **un susurro** suave ruido que hacen las personas al hablar en voz baja – 6 **desvelado** que no se puede dormir – 7 **una losa** una piedra grandes – 10 **color blancuzco ...** color blanco de persona enferma o de fantasma; es decir, el color blanco de la luz del amanecer – 11 **una premonición** presentimiento de que va a pasar uc – 14 **arrastrado** empujado – 15 **por la urgencia ...** por la necesidad de saber lo que les va a pasar – 16 **un sonámbulo** persona que camina dormida – 18 **empapado** muy mojado – 20 **rasgos ...** la cara difuminada, que no se le ve bien – 23 **diez filas ...** diez filas de cinco personas cada una – 26 **desbocar** acelerar, *aquí:* latir rápidamente el corazón – 30 **temblón** muy nervioso y temblando (zittern) – 31 **indagar** buscar – 32 **soldados armados ...** que caminan a los lados de la carretera – 34 **un trayecto** camino

intenta justificar o explicar algo que no oye o no entiende, porque cada paso que da absorbe toda su atención, como si pudiera ser el último; a su lado o tras él, las piernas enfermas de José María Poblador dicen basta, y el preso se derrumba sobre un charco y es socorrido y arrastrado por dos soldados de vuelta al monasterio. A unos ciento cincuenta metros de éste, el grupo dobla a la izquierda, abandona la carretera y se interna en el bosque por un sendero ascendente de tierra caliza que desemboca en un claro: una alta explanada rodeada de pinos. De la espesura brota entonces una voz militar que les ordena detenerse y dar media vuelta a la izquierda. El terror se apodera del grupo, que se paraliza con una unanimidad de autómata; casi todos sus miembros giran a la izquierda, pero el espanto confunde el instinto de otros que, como el capitán Gabriel Martín Morito, giran a la derecha. Transcurre entonces un instante eterno, durante el cual Sánchez Mazas piensa que va a morir. Piensa que las balas que van a matarlo vendrán de su espalda, que es de donde ha brotado la voz de mando, y que, antes de que muera porque las balas lo alcancen, éstas tendrán que alcanzar a los cuatro hombres que forman tras él. Piensa que no va a morir, que va a escapar. Piensa que no puede escapar hacia su espalda, porque los disparos vendrán de allí; ni hacia su izquierda, porque correría de vuelta a la carretera y los soldados; ni hacia delante, porque tendría que salvar una muralla de ocho hombres despavoridos. Pero (piensa) sí puede escapar hacia la derecha, donde a no más de seis o siete metros un espeso breñal de pinos y maleza promete una posibilidad de esconderse. «Hacia la derecha», piensa. Y piensa: «Ahora o nunca». En ese momento varias ametralladoras emplazadas a espaldas del grupo, justo en la dirección de la que ha surgido la voz de mando, empiezan a barrer el claro; tratando de protegerse, instintivamente los presos buscan el suelo. Para entonces Sánchez Mazas ya ha alcanzado el breñal, corre entre los pinos arañándose la cara y oyendo aún el tableteo sin compasión de las ametralladoras, finalmente da un tropezón providencial que lo arroja, rodando

4 **decir basta** no poder más – 4 **derrumbarse** caerse – 5 **socorrido** ayudado – 8 **un sendero ...** un camino que sube – 9 **una explanada** un espacio extenso – 10 **de la espesura ...** del bosque surge, sale – 13 **un autómata** robot – 14 **espanto** terror – 18 **brotar** salir – 25 **una muralla ...** un grupo de ocho hombres aterrorizados – 27 **un espeso ...** una zona de bosque espeso, con plantas bajas y pinos – 30 **emplazado** colocado – 32 **barrer** limpiar el suelo con una escoba, *fig* disparar en todos los sentidos – 34 **arañarse...** hacerse daño con las plantas y los árboles – 35 **un tableteo** ruido de los disparos – 36 **un tropezón** dar con el pie en una rama del suelo – 36 **arrojar** tirar

sobre el fango y las hojas mojadas, por el barranco donde se quiebra la explanada, hasta aterrizar en una hoya encharcada en la que desemboca un arroyo. Porque imagina con razón que sus perseguidores le imaginan alejándose cuanto le sea posible de ellos, decide guarecerse allí, relativamente cerca del claro, encogido, jadeante, empapado y con el corazón latiéndole en la garganta, tapándose como puede con hojas y barro y ramas de pino, oyendo los tiros de gracia sobre sus desdichados compañeros de grupo y luego los ladridos acuciantes de los perros y los gritos de los carabineros apremiando a los soldados a dar con el fugitivo o los fugitivos (porque Sánchez Mazas aún ignora que, contagiado por su impulso irracional de huida, también Pascual ha logrado escapar a la matanza). Durante un tiempo que no sabe si computar en minutos o en horas, mientras, para taparse con barro, araña sin descanso la tierra hasta sangrar por las uñas y reflexiona que la lluvia que no cesa de caer impedirá a los perros seguir su rastro, Sánchez Mazas continúa oyendo gritos y ladridos y disparos, hasta que en algún momento siente que algo se remueve a su espalda y se vuelve con una urgencia de alimaña acosada.

Entonces lo ve. Está de pie junto a la hoya, alto y corpulento y recortado contra el verde oscuro de los pinos y el azul oscuro de las nubes, jadeando un poco, las manos grandes aferradas al fusil terciado y el uniforme de campaña profuso de hebillas y raído de intemperie. Presa de la anómala resignación de quien sabe que su hora ha llegado, a través de sus gafas de miope enteladas de agua Sánchez Mazas mira al soldado que lo va a matar o va a entregarlo –un hombre joven, con el pelo pegado al cráneo por la lluvia, los ojos tal vez grises, las mejillas chupadas y los pómulos salientes– y lo recuerda o cree recordarlo entre los soldados harapientos que le vigilaban en el monasterio. Lo reconoce o cree reconocerlo, pero no le alivia

1 **un fango** barro, suelo mojado – 1 **un barranco** desnivel del suelo – 2 **quebrar** romper *aquí:* acabar – 2 **una hoya** agujero grande – 3 **encharcada ...** lleno de agua a la que llega un pequeño río – 5 **guarecerse** protegerse – 6 **encogido** haciéndose lo más pequeño posible – 6 **jadeante** respirando con dificultad – 7 **taparse** cubrirse – 8 **tiro de gracia** tiro final que se da para confirmar que los fusilados han muerto – 9 **acuciante** urgente – 10 **apremiar** animar (drängen) – 14 **computar** contar – 15 **arañar** rascar con las manos – 20 **alimaña ...** animal perseguido – 22 **recortado** perfilado, que se lo ve en contraste con el color verde de los árboles – 24 **terciado** interpuesto entre dos – 24 **uniforme de ...** uniforme militar de guerra – 25 **profuso de ...** lleno de piezas metálicas y destrozado por el uso y el clima – 25 **presa de ...** dominado por el sentimiento de resignación – 26 **que su hora ...** que va a morir – 27 **entelado** cubierto – 30 **pómulos ...** rasgos de persona delgada, que ha pasado y está pasando hambre – 32 **aliviar** *aquí:* confortar

la idea de que vaya a ser él y no un agente del SIM quien lo redima de la agonía inacabable del miedo, y lo humilla como una injuria añadida a las injurias de esos años de prófugo no haber muerto junto a sus compañeros de cárcel o no haber sabido hacerlo a campo abierto y a pleno sol y peleando con un coraje del que carece, en vez de ir a hacerlo ahora y allí, embarrado y solo y temblando de pavor y de vergüenza en un agujero sin dignidad. Así, loca y confusa la encendida mente, aguarda Rafael Sánchez Mazas –poeta exquisito, ideólogo fascista, futuro ministro de Franco– la descarga que ha de acabar con él. Pero la descarga no llega, y Sánchez Mazas, como si ya hubiera muerto y desde la muerte recordara una escena de sueño, observa sin incredulidad que el soldado avanza lentamente hacia el borde de la hoya entre la lluvia que no cesa y el rumor de acecho de los soldados y los carabineros, unos pasos apenas, el fusil apuntándole sin ostentación, el gesto más indagador que tenso, como un cazador novato a punto de identificar a su primera presa, y justo cuando el soldado alcanza el borde de la hoya traspasa el rumor vegetal de la lluvia un grito cercano:

–¿Hay alguien por ahí?

El soldado le está mirando; Sánchez Mazas también, pero sus ojos deteriorados no entienden lo que ven: bajo el pelo empapado y la ancha frente y las cejas pobladas de gotas la mirada del soldado no expresa compasión ni odio, ni siquiera desdén, sino una especie de secreta o insondable alegría, algo que linda con la crueldad y se resiste a la razón pero tampoco es instinto, algo que vive en ella con la misma ciega obstinación con que la sangre persiste en sus conductos y la tierra en su órbita inamovible y todos los seres en su terca condición de seres, algo que elude a las palabras como el agua del arroyo elude a la piedra, porque las palabras sólo están hechas para decirse a sí mismas, para decir lo decible, es decir todo excepto

2 **quien lo redima ...** quien le quite el miedo definitivamente, matándolo – 2 **humillar** hacer sentirse inferior, *aquí*: no haber muerto junto a sus compañeros de cárcel o no haber sabido hacerlo a campo abierto le humilla – 3 **una injuria añadida...** como un insulto añadido a las ofensas de los años que ha vivido escondido – 7 **embarrado** lleno de barro – 10 **una descarga** disparo – 13 **sin incredulidad** creyendo lo que ve – 15 **el acecho** Lauern – 16 **una ostentación** presunción, exhibición de poder – 17 **con el gesto ...** con la cara más bien en actiud de investigar que en actitud tensa – 17 **novato** sin experiecia – 24 **poblado** lleno, cubierto – 26 **un desdén** desprecio – 26 **insondable** profundo – 27 **lindar** limitar – 28 **obstinación** insistencia – 29 **con que la sangre ...** la sangre corre por las venas – 30 **terco** obstinado – 31 **eludir** evitar – 33 **decible** que se puede decir

lo que nos gobierna o hace vivir o concierne o somos o es este soldado anónimo y derrotado que ahora mira a ese hombre cuyo cuerpo casi se confunde con la tierra y el agua marrón de la hoya, y que grita con fuerza al aire sin dejar de mirarlo:

–¡Aquí no hay nadie!

Luego da media vuelta y se va.

Durante nueve días con sus noches del invierno brutal de 1939 Rafael Sánchez Mazas anduvo vagando por la comarca de Banyoles tratando de cruzar las líneas del ejército republicano en retirada y pasar a la zona nacional. Muchas veces pensó que no iba a conseguirlo; solo, sin más recursos que su voluntad de supervivencia, incapaz de orientarse en una zona desconocida y poblada de bosques agrestes y espesísimos, debilitado hasta la extenuación por las caminatas, el frío, el hambre y los tres años ininterrumpidos de cautiverio, muchas veces tuvo que hacer acopio de fuerzas para no dejarse derrotar por el desaliento. Las tres primeras jornadas fueron terribles. Dormía de día y caminaba de noche, evitando la publicidad de las carreteras y los pueblos, mendigando alimento y refugio en las masías, y aunque en ninguna de ellas osó por prudencia revelar su verdadera identidad, sino que se presentaba como un soldado republicano extraviado, y aunque casi todo el mundo al que se lo pedía le daba algo de comer, le permitía descansar un rato y le indicaba sin preguntas cómo seguir su camino, el miedo impidió que alguien lo acogiera bajo su protección. Al amanecer del cuarto día, después de más de tres horas de vagar por bosques a oscuras, Sánchez Mazas divisó a lo lejos una masía. Menos por decisión racional que por puro agotamiento, se dejó caer sobre un lecho de agujas de pino y quedó inmóvil allí, con los ojos cerrados, sintiendo apenas el ruido de su respiración y el perfume de la tierra empapada de rocío. Desde la mañana anterior no había probado bocado, estaba exhausto y se sentía enfermo, porque no había un solo músculo de su cuerpo que no le doliese. Hasta entonces el milagro de haber sobrevivido al fusilamiento y la

1 **todo excepto ...** se puede decir todo, expresar todo, menos lo que nos mantiene vivos – 13 **bosques...** bosques muy poblados de plantas en los que es difícil andar – 16 **hacer acopio de** reunir – 17 **desaliento** desánimo – 19 **mendigar** pedir – 20 **osar** wagen – 22 **extraviado** perdido – 27 **divisar** ver – 29 **agotamiento** cansancio – 29 **un lecho** una especie de cama – 32 **rocío** vapor que se condensa durante la noche y se convierte en gotas de agua encima de la hierba y las plantas – 33 **probar bocado** comer

esperanza del encuentro con los nacionales le habían dotado de una perseverancia y una fortaleza que creía perdidas; ahora comprendió que sus energías se estaban acabando y que, a menos que ocurriera otro milagro o que alguien lo ayudara, muy pronto la aventura iba a tocar a su fin. Al rato, cuando se sintió un poco repuesto y el brillo del sol entre la fronda le infundió una brizna de optimismo, juntando fuerzas se incorporó y echó a andar hacia la masía.

Maria Ferré no iba a olvidar nunca el radiante amanecer de febrero en que por vez primera vio a Rafael Sán- chez Mazas. Sus padres estaban en el campo y ella se disponía a echar de comer a las vacas cuando el hombre apareció en el patio –alto, famélico y espectral, con las gafas torcidas y barba de muchos días, con la zamarra y los pantalones agujereados y sucios de tierra y de hierbajos– y le pidió un pedazo de pan. Maria no tuvo miedo. Acababa de cumplir veintiséis años y era una muchacha trigueña, analfabeta y laboriosa para quien la guerra no era más que un confuso rumor de fondo en las cartas que enviaba desde el frente su hermano, y un torbellino sin sentido que dos años atrás se había llevado la vida de un muchacho de Palol de Revardit con el que alguna vez había soñado casarse. Durante ese tiempo su familia no había pasado hambre ni miedo, porque las tierras de labranza que rodeaban la masía y las vacas, cerdos y gallinas que albergaban los establos bastaban y sobraban para alimentarla, y porque, aunque el Mas Borrell, su casa, se hallaba a medio camino entre Palol de Revardit y Cornellà de Terri, los desmanes de los días de la revolución no les habían alcanzado y el desorden de la retirada sólo les enfrentó a algún soldado perdido y sin armas que, más temeroso que amenazante, les pedía algo de comer o les robaba una gallina. Es posible que al principio Sánchez Mazas fuera para Maria Ferré otro más de los muchos desertores que durante aquellos días vagaban por las cercanías, y que por eso no se asustara, pero ella sostuvo siempre que,

2 **perseverancia** insistencia – 6 **repuesto** recuperado – 7 **una fronda** las hojas y ramas del bosque – 7 **una brizna** un poco – 9 **radiante** brillante – 13 **famélico ...** hambriento, delgado, como un fantasma – 17 **trigueño** marrón, castaño – 17 **laborioso** trabajador – 18 **rumor** ruido – 19 **un torbellino** un remolino de viento fuerte, *fig aquí:* un desastre – 23 **tierras de labranza** de cultivo, dedicadas a la agricultura – 24 **albergar** tener – 27 **desmán** exceso – 29 **una retirada** huida, *aquí:* del ejército repulicano al final de la guerra – 30 **más temeroso ...** más asustado que peligroso

apenas vio recortarse su figura lastimosa contra la tierra del camino que cruzaba frente al patio, reconoció detrás de los estragos inclementes de tres días de intemperie su porte inconfundible de caballero. Sea o no verdad lo anterior, Maria dispensó al hombre el mismo trato piadoso que a los demás fugitivos.

–No tengo pan –le dijo–. Pero puedo prepararle algo caliente.

Deshecho de gratitud, Sánchez Mazas la siguió hasta la cocina y, mientras Maria calentaba el perol de la noche anterior –donde en un caldo marrón y sustancioso se veían flotar lentejas y buenos trozos de tocino, butifarra y chorizo acompañados de patatas y verdura –, él se sentó en una banqueta, gozando de la proximidad del fuego y de la dicha anticipada de la comida caliente, se quitó la zamarra, los zapatos y los calcetines empapados, y de golpe notó un dolor ultrajante en sus pies y una fatiga infinita en sus hombros sin carne. Maria le entregó un trapo limpio y unos zuecos, y de reojo le vio secarse el cuello, la cara, el pelo, también los pies y los tobillos, mientras miraba el baile de las llamas entre los troncos con ojos fijos y un poco atónitos, y cuando le entregó la comida le vio devorarla con un hambre de días, en silencio y sin perder apenas sus maneras de hombre criado entre manteles de hilo y cuberterías de plata, que, más por el instinto de la cortesía que por el hábito recién adquirido del miedo, le obligaron a dejar junto al fuego la cuchara y el plato de peltre y a levantarse en cuanto los padres de Maria irrumpieron en la penumbra de la cocina y se quedaron mirándole con una mezcla bovina de pasividad y de recelo. Quizá creyendo que su invitado no entendía el catalán, y equivocándose, Maria le contó en catalán a su padre lo ocurrido; éste pidió a Sánchez Mazas que acabara de comer, sin dejar de mirarlo abandonó junto a un poyo sus enseres de

1 **recortarse contra** aparecer, hacerse ver – 3 **estragos inclementes ...** la destrucción de su aspecto después de pasar varios días desprotegido – 4 **su porte ...** a pesar de la apariencia, Maria reconoció que Sánchez Mazas era un hombre con educación y clase – 5 **dispensar** dar – 5 **piadoso** compasivo – 9 **desecho ...** enormemente agradecido – 10 **un perol** cazuela, la olla con comida – 11 **lentejas** Linsen – 12 **butifarra** tipo de embutido (Wurst) catalán – 13 **gozar** disfrutar – 14 **dicha** felicidad – 16 **ultrajante** ofensivo – 18 **un trapo ...** una especie de toalla, un trozo de tela para limpiarse. – 18 **un zueco** tipo de zapato – 20 **el baile de ...** el fuego en la chimenea – 21 **atónito** sorprendido – 21 **devorar** comer rápidamente – 24 **hombre criado ...**hombre de buena educación, que pertenece a la clase alta – 26 **peltre** tipo de metal – 26 **a levantarse** *aquí:* su sentido de la educación hace que deje de comer y se levante al entrar en la cocina los padres de María – 27 **la penumbra** poca luz – 29 **un recelo** desconfianza

labranza, se lavó las manos en una jofaina, se acercó al fuego. Mientras le sentía hacerlo, Sánchez Mazas rebañó el plato; apaciguada el hambre, acabó de resolverse: comprendía que, si no revelaba su verdadera identidad, tampoco allí tenía la menor posibilidad de que le ofrecieran cobijo, y comprendía también que era preferible el riesgo hipotético de una delación que el riesgo real de una muerte de hambre y de frío.

–Me llamo Rafael Sánchez Mazas y soy el dirigente de Falange más antiguo de España –dijo por fin al hombre que le escuchaba sin mirarlo.

Sesenta años después, cuando ni sus padres ni Sánchez Mazas vivían para hacerlo, Maria aún recordaba con exactitud esas palabras, quizá porque fue aquélla la primera vez que oyó hablar de Falange, igual que recordaba que a continuación Sánchez Mazas refirió su aventura inverosímil del Collell, habló de su errancia durante los días que la siguieron y, sin dejar de dirigirse al hombre, añadió:

–Usted sabe como yo que los nacionales están a punto de llegar. Es cuestión de días, tal vez de horas. Pero si los rojos me cogen soy hombre muerto. Créame que les agradezco mucho su hospitalidad, y que no quiero abusar de su confianza, pero déme de comer una vez al día lo que acaba de darme su hija, y un lugar abrigado donde pasar la noche, y les estaré eternamente agradecido. Piénselo. Si me hace ese favor yo sabré recompensarle.

El padre de Maria Ferré no tuvo necesidad de pensarlo. Le aseguró que no podía alojarlo en su casa, porque era demasiado arriesgado, pero le propuso una alternativa mejor: pasaría el día en el bosque, en un prado cercano y seguro junto al Mas de la Casa Nova –una masía abandonada por sus propietarios desde el principio de la guerra– y de noche dormiría caliente en un pajar, a unos doscientos metros de la casa, donde ellos se encargarían de que no le faltara comida. A Sánchez Mazas el plan le entusiasmó, cogió la manta y el paquete de comida que le preparó Maria, se despidió de ésta y de su madre y siguió al padre por el camino de tierra que cruzaba frente a la puerta de la casa y discurría luego entre sembrados desde cuya altura

1 **abandonó junto …** dejó en un banco junto a la pared sus instrumentos de trabajo – 1 **una jofaina** objeto que antiguamente se usaba para poner agua y lavarse – 2 **rebañar** limpiar el plato con pan – 3 **apaciguado** calmado – 3 **resolver** tomar una decisión – 5 **un cobijo** protección – 6 **una delación** acusación o denuncia – 16 **errancia** *rar* caminar perdido – 23 **abrigado** protegido – 25 **recompensar** pagarle por su ayuda – 27 **alojar** unterbringen, beherbergen – 30 **un propietario** dueño – 37 **un sembrado** campo sembrado (de maíz, trigo…)

podía verse, a través del aire de vidrio de la mañana soleada, la carretera de Banyoles y el valle lleno de masías y más allá el perfil cortante y remoto de los Pirineos. Al rato, después de que el padre de Maria Ferré le señalara a lo lejos el pajar donde debía pasar la noche, cruzaron un campo abierto y sin cultivar y se detuvieron a la orilla del bosque, justo donde el camino se adelgazaba en un angosto sendero; el hombre le dijo entonces que al final de ese sendero se hallaba el Mas de la Casa Nova e insistió en que no volviera hasta que no hubiera caído la noche. Sánchez Mazas no tuvo tiempo siquiera de expresarle de nuevo su gratitud, porque el hombre dio media vuelta y echó a andar de regreso a Mas Borrell. Obedeciéndole, Sánchez Mazas se internó por un bosque de fresnos, encinas y robles altísimos que apenas dejaban penetrar el sol y se hacía más espeso e intrincado a medida que el sendero bajaba por la ladera de la colina, y ya llevaba caminando el rato suficiente como para que una vocecilla empezara a inyectarle al oído el veneno de la desconfianza cuando desembocó en un claro en el que se erguía el Mas de la Casa Nova. Era una masía de dos plantas, de piedra, con un pozo artesiano y un gran portón de madera; una vez se hubo cerciorado de que llevaba mucho tiempo deshabitada, Sánchez Mazas pensó en forzar alguna entrada e instalarse en ella, pero tras un momento de reflexión optó por seguir las instrucciones del padre de Maria Ferré y buscar el prado que éste le había aconsejado. Lo encontró muy cerca, nada más cruzar el lecho profundo, pedregoso y sin agua de un arroyo bordeado de álamos, y se tumbó allí, entre la alta hierba, bajo el cielo despejado y ejemplarmente azul y el sol deslumbrante que entibiaba el aire frío e inmóvil de la mañana, y aunque tenía todos los huesos molidos y una fatiga sin fin le cerraba los párpados, por vez primera en mucho tiempo se sintió seguro y casi feliz, reconciliado con la realidad, y mientras notaba el peso placentero de la luz en los ojos y la piel y el deslizamiento irrevocable de su conciencia

1 **un vidrio** cristal; *fig* frío helado – 3 **remoto** lejano – 6 **una orilla** un lado – 7 **angosto** estrecho – 10 **caer la noche** anochecer, llegar la noche – 14 **fresnos ...** tipos de árboles – 14 **penetrar** pasar – 15 **intricado** difícil, complicado – 16 **una colina** pequeña montaña – 18 **una vocecilla empezara** ... llevaban andando mucho tiempo y Sánchez Mazas empezaba a desconfiar – 19 **erguirse** levantarse – 20 **un poco artesiano** un pozo de agua subterránea – 20 **un portón** una gran puerta – 21 **cerciorado** asegurado – 27 **nada más cruzar ...** tras cruzar un pequeño río sin agua – 27 **un álamo** un tipo de árbol – 29 **entibiar** calentar – 30 **molido** *aquí:* dolorido – 31 **un párpado** parte de la cara que cubre los ojos – 33 **placentero** agradable

hacia el agua del sueño le afloraron a los labios, como un brote incongruente de aquella imprevista plenitud, unos versos que ni siquiera recordaba haber leído:

Do not move
Let the wind speak
That is paradise

Horas más tarde le despertó la ansiedad. El sol brillaba en el centro del cielo, y aunque aún le quedaba una punzada de dolor en los músculos, el sueño le había devuelto una parte del ánimo y las fuerzas quemadas durante los últimos días en la desesperación de aferrarse a la vida, pero apenas se desembarazó de la manta de Maria Ferré y oyó en el silencio del prado un rumor multitudinario y remoto de motores en marcha comprendió el motivo de su desazón. Fue hasta un extremo del prado y desde allí, emboscado sin necesidad, contempló a lo lejos el desfile de una larga columna de camiones y soldados republicanos que invadían la carretera de Banyoles. Aunque en el futuro inmediato volvería a sentir muchas veces la proximidad amenazante del ejército enemigo, sólo aquella mañana la percibió como un peligro que lo obligó a regresar a su cama improvisada, recoger la manta y el paquete de comida y esconderse en la linde del bosque. Allí, en un refugio construido a base de piedra y ramas que proyectó aquella misma tarde pero no empezó a levantar hasta el amanecer siguiente, pasó casi sin moverse la mayor parte de los tres días siguientes. Al principio la construcción del refugio le mantuvo ocupado, pero luego el tiempo se le iba tendido en el suelo y a ratos durmiendo, recuperando unas fuerzas que, según previó, podía necesitar en cualquier momento, rebuscando en su memoria cada instante olvidado de su aventura de guerra y sobre todo imaginando cómo la contaría una vez que fuera liberado por los suyos, una liberación que, aunque la lógica de los hechos imponía que estaba cada vez más próxima, su impaciencia sentía cada vez más lejana. No

1 **deslizamiento irrevocable ...** sentía que se dormía sin poder evitarlo – 1 **aflorar** venir – 2 **como un brote ...** como manisfestación ilógica de aquella tranquilidad no esperada – 6 **Do not move ...**versos de Ezra Pound, poeta norteamericano (1885-1972) que pasó en Europa los años de la Segunda Guerra Mundial y simpatizó con el fascismo italiano. Fue juzgado por traición al regresar a EEUU y encerrado en un asilo – 8 **una punzada** un pinchazo – 11 **aferrarse** agarrarse – 12 **desembarazarse** quitarse – 14 **una desazón** una preocupación – 15 **emboscado** escondido, oculto – 21 **improvisado** hecho sin muchos planes, sin pensarlo mucho – 22 **la linde** límite – 30 **rebuscar** buscando con insistencia

hablaba con nadie salvo con Maria Ferré o con su padre, con quienes charlaba un rato en el pajar cuando venían a oscuras a traerle la comida, y sólo la noche en que el hombre le permitió entrar en la casa para cenar con ellos habló también con dos desertores republicanos conocidos de la familia, quienes, mientras comían un poco y se calentaban junto al fuego antes de proseguir su camino hacia Banyoles, les informaron de que esa mañana las tropas nacionales habían entrado en Gerona.

El día siguiente transcurrió con normalidad; al otro todo cambió. Como cada mañana, Sánchez Mazas se levantó con el sol, cogió el paquete de comida que le habían traído de Mas Borrell y se encaminó al Mas de la Casa Nova; al cruzar el cauce del arroyo tropezó y cayó. No se hizo daño, pero se rompió las gafas. El hecho, que en circunstancias normales le hubiera contrariado, ahora le desesperó: padecía una aguda miopía, y sin el concurso de los cristales la realidad era sólo un puñado ininteligible de manchas. Sentado en el suelo, con las gafas rotas en las manos, maldijo su torpeza; a punto estuvo de echarse a llorar de rabia. Sobreponiéndose a la adversidad, remontó a gatas el cauce del arroyo, y a tientas y guiándose por la costumbre de los últimos días buscó el refugio del prado.

Fue entonces cuando oyó que le daban el alto. Parándose en seco y levantando instintivamente las manos, distinguió a una distancia como de quince metros, destacándose apenas contra el verde confuso del bosque, tres figuras borrosas que empezaron a avanzar hacia él en actitud de expectativa y acecho. Cuando estuvieron más cerca Sánchez Mazas advirtió que eran soldados republicanos, que eran muy jóvenes, que le apuntaban con dos pistolas del nueve largo, que estaban tan nerviosos y asustados como él, y su aire desharrapado de fugitivos y la disparidad sin disciplina de sus uniformes le hizo suponerlos desertores, pero no le dio tiempo de indagar la forma de averiguarlo porque el que llevaba la voz cantante le sometió a un interrogatorio que se prolongó durante casi media hora de tensión, tanteos y medias palabras, hasta que Sánchez Mazas resolvió que aquel encuentro fortuito, justo

15 **el hecho de que ...** el hecho de caerse y romperse las gafas le hubiera enfadado en circunstancias normales – 16 **padecía ...** era muy miope, es decir, no veía casi nada sin gafas – 16 **concurso** *aquí:* ayuda. – 18 **torpeza** poca habilidad – 19 **la rabia** *aquí:* enfado – 20 **a gatas** andar a cuatro patas, como un animal – 20 **a tientas** tocando con las manos – 22 **dar el alto** parar a up – 29 **del nueve largo** tipo de pistola que llevaban los soldados – 30 **desarrapado** pobre – 31 **disparidad sin ...** llevaban uniformes que no eran exactamente los de la república – 32 **indagar** explorar – 33 **llevar la voz cantante** mandar – 34 **someter** hacer que up reciba una acción – 35 **un tanteo** exploración – 36 **fortuito** casual, inesperado

después de romperse las gafas, sólo podía ser una jugada favorable del destino y decidió apostar el todo por el todo y reconocer que llevaba seis días vagando por el bosque a la espera de la llegada de los nacionales.

Esta confesión deshizo el equívoco. Porque, aunque la peripecia de los tres soldados no había hecho más que empezar, el propósito que la animaba era idéntico al de Sánchez Mazas. Dos de ellos eran los hermanos Figueras, Pere y Joaquim; el otro se llamaba Daniel Angelats. Pere era el mayor de los tres; también el más capaz y el más inteligente. Aunque en la adolescencia no había conseguido convencer a su padre –un negociante trapacero pero muy respetado en Cornellà de Terri– de que costeara sus estudios de derecho en Barcelona y por ello tuvo que quedarse en el pueblo ayudando a la familia en su pequeño negocio de ajos, desde niño su indiscriminada avidez de lector, alimentada en la biblioteca de la escuela y en el Ateneo Popular, le refinó el entendimiento y le dotó de una cultura muy superior a la del común. El entusiasmo colectivo despertado por la proclamación de la República atrajo su atención hacia la política, pero hasta después de los hechos de octubre del 34 no empezó a militar en Esquerra Republicana de Catalunya, y la sublevación del verano del 36 le sorprendió acabando de cumplir el servicio militar en un cuartel de infantería de Pedralbes, donde el 19 de julio, más temprano de lo habitual, le despertaron con una intempestiva ración de coñac en el desayuno y con el anuncio de que esa mañana iba a desfilar por Barcelona en honor de la Olimpíada del Pueblo; sin embargo, antes del mediodía ya se había pasado con armas y bagajes, junto con otros soldados de su destacamento, a una columna de obreros anarquistas que en una avenida del centro los conminó a que se uniesen a ellos. Durante toda la tarde y la noche de ese lunes tremendo peleó por las calles para sofocar la rebelión, y en el delirio

1 **una jugada** *aquí:* actuación – 2 **apostar el todo por el todo** arriesgarlo todo – 5 **un equívoco** confusión – 7 **animar** impulsar – 12 **trapacero** tramposo, engañador – 13 **costear** pagar – 16 **indiscriminada avidez …** su deseo de leer todo lo que podía – 17 **Ateneo Popular** institución cultural – 17 **refinar** educar – 20 **proclamación …** en abril de 1931 – 24 **la sublevación del verano …** cuando comenzó la guerra, estaba terminando el servicio militar obligatorio en un cuartel de soldados de a pie – 26 **intempestiva** inesperada – 27 **desfilar** marchar militarmente – 28 **Olimpíada de Pueblo** en 1936 el gobierno de la República boicoteó los Juegos Olímpicos de Berlín y organizó unos Juegos Olímpicos en Barcelona. 22 países y 6.000 deportistas se comprometieron a participar. La Olimpiada tuvo que cancelarse debido al comienzo de la guerra civil. – 29 **el bagaje** equipaje – 30 **un destacamento** tropa, conjunto de soldados que pertenecen al mismo grupo – 30 **una columna** *aquí:* grupo – 31 **conminar** obligar – 33 **sofocar** controlar – 33 **delirio** exaltación

revolucionario de los días que siguieron, exasperado por las timideces e indecisiones del gobierno de la Generalitat, se sumó al ímpetu libertario de la columna Durruti y partió a la conquista de Zaragoza. No obstante, como ni la borrachera de la victoria sobre los facciosos ni la vehemencia idealista de sus muchas lecturas habían anulado del todo su sentido común de campesino catalán, pronto intuyó su error y, una vez se hubo convencido con los hechos de que era imposible ganar una guerra con un ejército de aficionados entusiastas, a la primera oportunidad ingresó en el ejército regular de la República. Bajo su disciplina combatió en la Ciudad Universitaria de Madrid y en el Maestrazgo, pero a principios de mayo del 38 una bala perdida que le agujereó limpiamente un muslo le deparó una convalecencia de meses, primero en improvisados hospitales de campaña y por fin en el hospital militar de Gerona. Allí, en medio del desorden de fin del mundo que reinaba en la ciudad en los días de la retirada, fue a buscarlo su madre. Aunque acababa de cumplir veinticinco años, Pere Figueras era para entonces un hombre viejo, fatigado y sin ilusiones, un poco sonámbulo, pero ya ni siquiera cojeaba, así que pudo seguir a su madre de vuelta a casa. Para su sorpresa, en Can Pigem les aguardaban, además de sus hermanas, su hermano Joaquim y Daniel Angelats, quienes esa misma mañana habían aprovechado el terror y la confusión sembrados por una bomba caída en la fábrica Grober de Gerona, cerca de la cual se habían detenido a repostar gasolina, para eludir la vigilancia del comisario político de su compañía y huir hacia Cornellà de Terri a través del casco antiguo de la ciudad. Joaquim y Angelats se habían conocido dos años atrás, cuando con apenas diecinueve fueron reclutados y, después de tres meses de instrucción militar en el santuario del Collell, enviados como miembros de la Brigada Garibaldi al

1 **exasperado** frustrado – 2 **La Generalitat** el gobierno de Cataluña – 3 **sumarse** unirse – 3 **columna Durruti** Grupo de 2.500 milicianos voluntarios que dirigidos por Durruti salieron de Barcelona el 25 de julio para luchar en el frente de Zaragoza, al este de Barcelona – 4 **una borrachera** *fig aquí:* entusiasmo, celebración – 5 **un faccioso** fascista sublevado – 5 **vehemencia** apasionamiento – 6 **anular** eliminar – 9 **un aficionado** persona sin entrenamiento – 12 **Ciudad Universitaria ...** dos escenarios esenciales de la guerra civil. La Ciudad Universitaria en Madrid fue testigo de algunos de los enfrentamientos más duros entre republicanos y nacionales. Los republicanos, con la ayuda de las Brigadas Internacionales consiguieron defender Madrid. Franco abandonó la idea de atacar Madrid directamente – 13 **deparar** proporcionar – 14 **una convalecencia** recuperación de una herida – 20 **cojear** andar de manera desigual porque una de las dos piernas está herida o no funciona bien – 25 **Grober** fábrica textil fundada en Gerona en 1890 por un italiano. – 26 **repostar** poner – 30 **reclutar** llamar a servir en el ejército

frente de Aragón. Su bisoñez les ahorró muchos sinsabores: a ella y a su aire de adolescentes inmaduros para el combate le debieron la fortuna de ser devueltos de inmediato a la retaguardia –primero a Binéfar y más tarde a Barcelona y por fin a Vilanova i la Geltrú, donde se les integró en un batallón de artillería de costas compuesto en su mayor parte por heridos y mutilados y donde durante meses jugaron a la guerra–, pero cuando la República sintió que su destino se jugaba en las playas del Ebro incluso ellos fueron enviados a contener a la desesperada, con sus viejos e ineficientes cañones, la ofensiva nacionalista. Desmoronado el frente, llegó la desbandada: a lo largo del litoral mediterráneo los restos en jirones del ejército republicano se retiraban sin orden en dirección a la frontera, hostigados sin descanso por el fuego de los aviones alemanes y por las continuas maniobras envolventes de Yagüe, Solchaga y Gambara, que encerraban en bolsas sin salida (o sin otra salida que el mar) a cientos de prisioneros aterrados por los alaridos de los regulares. Huérfanos de convicciones políticas, hambrientos, derrotados y hartos de guerra, reacios a la agonía del exilio, persuadidos por la propaganda franquista de que, a menos que tuvieran las manos manchadas de sangre, nada tenían que temer de los vencedores excepto la restauración del orden quebrantado por la República, Figueras y Angelats no tenían a esas alturas otra ambición que conservar el pellejo, eludir la vesania sin límites de los moros y aprovechar la primera distracción de sus mandos para tomar el camino de sus casas y esperar allí a los nacionales. Así lo hicieron. Pero la misma tarde en que llegaron al hogar de los Figueras un hecho los convenció de que aquel caserón situado justo al borde de la carretera de Banyoles y frente a la estación del ferrocarril no era un refugio seguro para desertores. Mientras acosados a preguntas por la familia saciaban su hambre

1 **bisoñez** juventud e inexperiencia – 1 **un sinsabor** mal rato – 3 **una fortuna** *aquí:* suerte – 4 **ser devueltos ...** ser enviados a la parte más alejada del enemigo, la parte más segura – 5 **Binefar ...** diferentes poblaciones; la última en la costa – 6 **artillería** maquinaria de guerra, tanques, etc – 7 **mutilado** que le falta un brazo o una pierna – 7 **jugaron ...** no tuvieron que luchar realmente – 9 **cuando la República ...** cuando la guerra llegó a la desembocadura del Ebro en el Mediterráneo – 11 **desmoronado** destruido – 12 **un litoral** costa – 12 **en jirones** destrozado – 14 **hostigado** perseguido – 16 **Yagüe ...** militares fascistas – 17 **aterrado** asustado – 18 **un alarido** grito – 18 **los regulares** los soldados republicanos – 19 **reacio** contrario – 20 **persuadido** convencido – 21 **a menos que ...** a no ser que hubieran matado a up – 23 **quebrantado** roto – 25 **conservar el pellejo** conservar la vida – 25 **vesania** locura – 25 **los moros** *aquí:* soldados franquistas – 31 **un ferrocarril** tren – 32 **acosados ...** la familia les hacía mil preguntas – 32 **saciar** satisfacer

atrasada en compañía de Pere Figueras sin haberse siquiera despojado de sus uniformes de soldados, oyeron un rumor de motores deteniéndose frente a Can Pigem. Según Joaquim Figueras, fue su madre quien, intuyendo el peligro que corrían, los conminó a que subieran al piso de arriba y se escondieran bajo la enorme cama de la habitación de matrimonio. Desde allí oyeron los golpes en la puerta, las voces desconocidas conversando en el comedor recogido de urgencia, y luego el ruido de las botas militares subiendo la escalera y recorriendo el piso de arriba hasta que las vieron entrar en la habitación; eran dos pares: unas, que aguardaban en el dintel, estaban cuarteadas y polvorientas; las otras, viejas pero recién abrillantadas, todavía marciales, taconearon un poco sobre el piso de baldosas hasta que los hermanos Figueras y Angelats, conteniendo la respiración bajo la cama, oyeron que una voz suave y acostumbrada al mando pedía que se le acondicionara la alcoba para pasar la noche. Apenas volvieron a quedarse a solas, los tres desertores tomaron casi sin palabras la única decisión posible e, instintivamente persuadidos de que sólo la rapidez podía contrarrestar la obligada temeridad de la maniobra, salieron de su escondrijo y, sin mirar a nadie y tratando de que la rigidez de sus movimientos no traicionara su prisa, bajaron la escalera, cruzaron la cocina y el patio y la carretera protegidos por el anonimato de sus uniformes, que los confundían y los igualaban con los soldados que en la casa o alrededor de la casa esperaban su turno para comer, o descansaban y acomodaban sus pertrechos con una parsimonia resignada de futuros apátridas.

A partir de esa tarde los hermanos Figueras y Angelats hicieron vida de emboscados. Sin duda para ellos no fue tan dura como para Sánchez Mazas: eran jóvenes, iban armados, conocían la zona, conocían a mucha gente de la zona; además, en cuanto el destacamento republicano abandonó a la mañana siguiente Can Pigem, la madre de los Figueras empezó a proveerles regularmente de comida abundante y de abundantes prendas de abrigo. Pasaban las horas de luz

2 **despojar** quitar – 5 **conminar** *aquí:* ordenar – 8 **recogido** limpiado – 11 **unas que ...** un par de botas esperaban en la puerta – 12 **cuarteado** estropeado – 13 **taconear** caminaron con fuerza – 14 **piso de ...** suelo de cerámica – 17 **acondicionaran ...** prepararan la habitación – 18 **a solas** solos – 19 **persuadido** convencido – 21 **contrarrestar ...** neutralizar la peligrosidad de la acción – 21 **un escondrijo** escondite – 22 **la rigidez** dificultad – 27 **un pertrecho** equipo, objetos personales – 28 **la parsimonia** lentitud – 28 **un apátrida** persona sin patria – 35 **proveer** dar

en el bosque, no lejos de Cornellà de Terri ni de la carretera de Banyoles, siempre atentos a los movimientos de tropas que se producían en ella, y de noche dormían en un granero abandonado cerca del Mas de la Casa Nova. Parece increíble que no tropezaran con Sánchez Mazas hasta llevar tres días instalados (el verbo desde luego es excesivo) en los alrededores del Mas de la Casa Nova, pues habían llegado allí el mismo día en que lo hizo él, pero así fue. Sesenta años después tanto Joaquim Figueras como Daniel Angelats aún recordaban con absoluta claridad la mañana en que lo vieron por vez primera, el ruido de ramas quebradas que los alarmó en el silencio del bosque y luego la figura espigada y ciega, con la zamarra de cuello de piel de cordero y las gafas trizadas en la mano, buscando a tientas una salida del cauce pedregoso y enmarañado del riachuelo. También recordaban el momento en que lo detuvieron a punta de pistola y los minutos de interminables tanteos y suspicacias a lo largo de los cuales tanto ellos como Sánchez Mazas –cuya actitud durante esa primera conversación o interrogatorio derivó insensiblemente desde la súplica acobardada y sin honor hasta el aplomo casi paternalista de quien no sólo supera a su interlocutor en edad sino sobre todo en inteligencia y astucia– trataron de averiguar las intenciones del otro, y que, apenas lo hicieron, Sánchez Mazas se identificó, ofreciéndoles una recompensa desorbitada si le ayudaban a cruzar las líneas. Joaquim Figueras y Daniel Angelats coinciden también en otro punto: en cuanto Sánchez Mazas dijo su nombre, Pere Figueras supo quién era; el hecho, que puede parecer extraño, no es en absoluto inverosímil: desde hacía bastantes años Sánchez Mazas era conocido en toda España como escritor y como político y, aunque Pere Figueras apenas había salido de su pueblo más que para defender a tiros la República, muy bien podía haber visto su nombre y su foto en los periódicos y haber leído artículos suyos. Sea como sea, Pere, que había tomado el mando del trío de soldados sin que nadie se lo diera, le dijo que no podían pasarle al otro lado, pero le ofreció permanecer con ellos hasta que llegasen los nacionales; implícita o explícitamente, el

3 **un granero** pajar – 6 **instalado** establecido, acomodado – 11 **quebrado** roto – 11 **alarmar** asustar – 13 **trizado** roto – 15 **cauce pedregoso ...** del río lleno de piedras y plantas – 17 **tanteos y ...** pruebas y desconfianzas – 19 **derivar** evolucionar, cambiar – 20 **súplica ...** petición miedosa – 20 **el aplomo** seguridad – 21 **superar** ser superior – 22 **astucia** habilidad – 24 **desorbitado** enorme, muy grande – 25 **cruzar ...** si le ayudaban a llegar hasta los nacionales – 34 **un trío** grupo de tres

pacto era éste: ahora ellos le protegerían a él con sus armas y su juventud y su conocimiento de la zona y de la gente de la zona, y luego él les protegería a ellos con su autoridad inapelable de jerarca. La oferta era irrechazable, y aunque Joaquim opuso en principio alguna resistencia a cargar en esos días inciertos con un hombre medio ciego y que, caso de ser capturados por los republicanos, podía llevarlos directamente al paredón, al final no tuvo otro remedio que acatar la voluntad de su hermano.

La vida de los tres desertores no varió de forma apreciable a partir de aquel momento, salvo por el hecho de que ahora eran cuatro a comer de lo que les llevaba al bosque la madre de los Figueras y cuatro a dormir en el granero abandonado junto al Mas de la Casa Nova, pues decidieron que era más seguro que Sánchez Mazas no regresara de noche al pajar del Mas Borrell. Curiosamente (o tal vez no: tal vez son los momentos decisivos de la vida los que con mayor voracidad engulle el olvido), ni Joaquim Figueras ni Daniel Angelats conservan un recuerdo demasiado nítido de aquellos días. Figueras, cuya memoria es afilada pero expeditiva y a menudo se pierde en meandros sin dirección, recuerda que el encuentro con Sánchez Mazas les sacó momentáneamente del aburrimiento, porque éste les contó con lujo de detalles y con un tono que en aquel momento le impresionó por su solemnidad y que con el tiempo juzgaba un poco redicho, su aventura de la guerra, pero también recuerda que, una vez hubieron hecho ellos lo propio –de una forma sin duda mucho más sucinta y desordenada y directa–, el tenso e impaciente aburrimiento que habían padecido durante las jornadas anteriores volvió a apoderarse de ellos. O, por lo menos, de él y de Daniel Angelats. Porque lo que Joaquim Figueras recuerda asimismo muy bien es que, mientras él y Angelats volvían a practicar como habían hecho hasta entonces las formas más variadas de matar el tiempo, su hermano Pere y Sánchez Mazas infatigablemente conversaban apoyados contra el tronco de un roble en la linde del bosque. Aún los veía así: indolentes y sin afeitar y muy abrigados, con las rodillas cada vez más altas y la cabeza cada vez más baja a medida que transcurría el tiempo, dándose casi la espalda, fumando picadura o sacando punta a una rama, volviéndose

3 **inapelable** incuestionable – 4 **irrechazable** que se tiene que aceptar – 5 **cargar con** ocuparse – 7 **al paredón** a la muerte – 8 **acatar** aceptar – 16 **voracidad** ansia – 16 **engullir** comer rápidamente – 18 **nítido** claro – 19 **afilada ...** clara pero rápida – 20 **un meandro** rodeo – 24 **redicho** excesivo – 26 **sucinto** breve – 28 **padecer** sufrir – 30 **asimismo** también – 33 **infatigablemente** incansablemente – 35 **indolente** descuidado – 38 **una picadura** un tipo de tabaco – 38 **sacar punta** afilar

de vez en cuando hacia el otro aunque sin mirarlo y desde luego sin sonreír nunca, como si ninguno de los dos buscara el asentimiento o la persuasión, sino únicamente la certeza de que ninguna de sus palabras iba a perderse en el aire. Nunca supo de qué hablaban, o quizás es que no quiso saberlo; sabía que el tema no era la política ni la guerra; alguna vez sospechó (sin mucho fundamento) que era la literatura. Lo cierto es que Joaquim Figueras, que nunca se había entendido bien con Pere (de quien más de una vez se había burlado en público y a quien siempre había admirado en secreto), advirtió con una secreta punzada de celos que Sánchez Mazas se ganaba en unas pocas horas una intimidad, la de su hermano, a la que él no había tenido acceso en toda su vida. En cuanto a Angelats, cuya memoria es más vacilante que la de Figueras, su testimonio no contradice, sin embargo, al de su amigo de entonces y de todavía; si acaso, lo complementa con varios detalles anecdóticos (Angelats, por ejemplo, recuerda a Sánchez Mazas escribiendo con un lápiz minúsculo en su libreta de tapas de color verde oscuro, lo que quizá prueba que el diario del escritor es contemporáneo a los hechos que narra) y con uno que quizá no lo sea. Como suele ocurrir con la memoria de algunos ancianos que, porque están a punto de quedarse sin ella, recuerdan con mucha más claridad una tarde de su infancia que lo sucedido hace unas horas, en este punto concreto la de Angelats abunda en pormenores. Ignoro si el tiempo ha puesto en la escena un barniz novelesco; aunque no puedo estar seguro de ello, tiendo a creer que no, porque sé que Angelats es un hombre sin imaginación; tampoco se me ocurre qué beneficio podría obtener él –un hombre cansado y enfermo, a quien no quedan muchos años de vida– al inventar una escena así.

La escena es ésta:

En algún momento de la segunda noche que pasaron los cuatro juntos en el granero, a Angelats lo despertó un ruido. Se incorporó sobresaltado y vio a Joaquim Figueras durmiendo plácidamente junto a él, entre la paja y las mantas; Pere y Sánchez Mazas no estaban. Ya iba a levantarse (o quizás a llamar a Joaquim, que era menos cobarde más decidido que

3 **persuasión** convencimiento – 3 **una certeza** seguridad – 9 **burlarse** reirse – 11 **celos** Eifersucht – 14 **vacilante** inseguro – 18 **minúsculo** muy pequeño – 25 **un pormenor** detalle – 26 **barniz ...** una apariencia de novela – 35 **sobresaltado** asustado – 36 **plácidamente** tranquilamente – 38 **cobarde** que no tiene valor

él) cuando oyó sus voces y comprendió que eso era lo que le había despertado; eran apenas un susurro, pero le llegaban nítidas en el silencio perfecto del granero, al otro lado del cual, casi a ras de suelo y junto a la puerta entrecerrada, Angelats distinguió las brasas de dos cigarrillos ardiendo en la oscuridad. Se dijo que Pere y Sánchez Mazas se habían alejado del lecho de paja donde dormían los cuatro para fumar sin peligro, preguntándose qué hora sería e imaginando que Pere y Sánchez Mazas llevaban ya mucho rato despiertos y hablando volvió a acostarse, trató de conciliar de nuevo el sueño. No lo consiguió. Desvelado, se aferró al hilo de la conversación de los dos insomnes: al principio lo hizo sin interés, sólo para entretener la espera, pues entendía las palabras que estaba oyendo, pero no su sentido ni su intención; luego la cosa cambió. Angelats oyó la voz de Sánchez Mazas, pausada y profunda, un poco ronca, relatando los días del Collell, las horas, los minutos, los segundos asombrosos que precedieron y siguieron a su fusilamiento; Angelats conocía el episodio porque Sánchez Mazas les había hablado de él la primera mañana en que estuvieron juntos, pero ahora, quizá porque la oscuridad impenetrable del granero y la elección tan cuidadosa de las palabras otorgaban a los hechos un suplemento de realidad, lo oyó como por vez primera o como si, más que oírlo, lo estuviera reviviendo, expectante y con el corazón encogido, quizás un poco incrédulo, porque también por vez primera –Sánchez Mazas había eludido mencionarlo en su primer relato– vio al miliciano de pie junto a la hoya, entre la lluvia, alto y corpulento y empapado, mirando a Sánchez Mazas con sus ojos grises o quizás verdosos bajo el arco doble de las cejas, las mejillas chupadas y los pómulos salientes, recortado contra el verde oscuro de los pinos y el azul oscuro de las nubes, jadeando un poco, las manos grandes aferradas al fusil terciado y el uniforme de campaña profuso de hebillas y raído de intemperie. Era muy joven, oyó Angelats que decía Sánchez Mazas. De tu edad o quizá más joven, aunque tenía una expresión y unos rasgos de adulto. Por un momento, mientras me miraba, creí que sabía quién era; ahora estoy seguro de saberlo. Hubo un silencio, como si Sánchez Mazas aguardara

4 **a ras...** al nivel del suelo – 4 **entrecerrado** casi cerrado – 5 **una brasa** *aquí:* la luz de los cigarrillos – 10 **conciliar ...** dormirse de nuevo – 12 **se aferró al hilo ...** intentó escuchar la conversación de Pere y Sánchez Mazas – 16 **ronco** grave – 21 **impenetrable** *aquí:* intensa – 22 **un suplemento** complemento, añadido – 24 **expectante** vigilante, ansioso – 34 **uniforme de ...** estas mismas palabras aparecen antes en la novela

la pregunta de Pere, que no llegó; Angelats divisaba al fondo del granero el brillo de las dos brasas, uno de los cuales se hizo momentáneamente más intenso y alumbró el rostro de Pere con un tenue resplandor rojizo. No era un carabinero ni desde luego un agente del SIM, prosiguió Sánchez Mazas. De haberlo sido, yo no estaría aquí. No: era un simple soldado. Como tú. O como tu hermano. Uno de los que nos vigilaban cuando salíamos a pasear al jardín. Enseguida me fijé en él, y yo creo que él también se fijó en mí, o por lo menos eso es lo que se me ocurre ahora, porque en realidad nunca intercambiamos una sola palabra. Pero me fijé en él, como todos mis compañeros, porque mientras nosotros paseábamos por el jardín él siempre estaba sentado en un banco y tarareando algo, canciones de moda y cosas así, y una tarde se levantó del banco y se puso a cantar *Suspiros de España.* ¿Lo has oído alguna vez? Claro, dijo Pere. Es el pasodoble favorito de Liliana, dijo Sánchez Mazas. A mí me parece muy triste, pero a ella se le van los pies en cuanto oye cuatro notas. Lo hemos bailado tantas veces... Angelats vio que la brasa del cigarrillo de Sánchez Mazas enrojecía y se apagaba bruscamente, y luego oyó que su voz ronca y casi irónica se levantaba en un susurro y reconoció en el silencio de la noche la melodía y la letra del pasodoble, que le dieron unas ganas enormes de llorar porque le parecieron de golpe la letra y la música más tristes del mundo, y también un espejo desolador de su juventud malograda y del futuro de lástima que le aguardaba: «Quiso Dios, con su poder, / fundir cuatro rayitos de sol / y hacer con ellos una mujer, / y al cumplir su voluntad / en un jardín de España nací / como la flor en el rosal. / Tierra gloriosa de mi querer, / tierra bendita de perfume y pasión, / España, en toda flor a tus pies / suspira un corazón. / Ay de mi pena mortal, / porque me alejo, España, de ti, / porque me arrancan de mi rosal». Sánchez Mazas dejó de canturrear. ¿Te la sabes entera?, preguntó Pere. ¿El qué?, preguntó Sánchez Mazas. La canción, contestó Pere. Más o menos, contestó Sánchez Mazas. Hubo otro silencio. Bueno, dijo Pere. Y qué pasó con el soldado. Nada, dijo Sánchez Mazas. Que en vez de quedarse sentado en el banco, tarareando por lo bajo como siempre, aquella tarde se puso a cantar *Suspiros de España* en voz alta, y sonriendo y como dejándose arrastrar

3 **alumbrar** iluminar 4 **tenue** suave 13 **tararear** cantar 15 **Suspiros de España** el mismo pasodoble que cantaron los gitanos el día que el narrador los vio en la calle – 16 **Liliana** su mujer – 25 **un espejo ...** un reflejo triste – 25 **malogrado** perdido – 38 **por lo bajo** en silencio, sin hacer mucho ruido 39 **arrastrar** llevar

por una fuerza invisible se levantó y empezó a bailar por el jardín con los ojos cerrados, abrazando el fusil como si fuera una mujer, de la misma forma y con la misma delicadeza, y yo y mis compañeros y los demás soldados que nos vigilaban y hasta los carabineros nos quedamos mirándolo, tristes o atónitos o burlones pero todos en silencio mientras él arrastraba sus fuertes botas militares por la gravilla sembrada de colillas y de restos de comida igual que si fueran zapatos de bailarín por una pista impoluta, y entonces, antes de que acabara de bailar la canción, alguien dijo su nombre y lo insultó afectuosamente y entonces fue como si se rompiera el hechizo, muchos se echaron a reír o sonrieron, nos echamos a reír, prisioneros y vigilantes, todos, creo que era la primera vez que me reía en mucho tiempo. Sánchez Mazas se calló. Angelats sintió que Joaquim se revolvía a su lado, y se preguntó si él también estaría escuchando, pero su respiración áspera y regular le hizo descartar enseguida la idea. ¿Eso fue todo?, preguntó Pere. Eso fue todo, contestó Sánchez Mazas. ¿Estás seguro de que era él?, preguntó Pere. Sí, contestó Sánchez Mazas. Creo que sí. ¿Cómo se llamaba?, preguntó Pere. Dijiste que alguien pronunció su nombre. No lo sé, contestó Sánchez Mazas. Quizá no lo oí. O lo oí y lo olvidé enseguida. Pero era él. Me pregunto por qué no me delató, por qué me dejó escapar. Me lo he preguntado muchas veces. Volvieron a callar, y Angelats sintió esta vez que el silencio era más sólido y más largo, y pensó que la conversación había concluido. Me estuvo mirando un momento desde el borde de la hoya, continuó Sánchez Mazas. Me miraba de una forma rara, nunca nadie me ha mirado así, como si me conociera desde hacía mucho tiempo pero en aquel momento fuera incapaz de identificarme y se esforzara por hacerlo, o como el entomólogo que no sabe si tiene delante un ejemplar único y desconocido de insecto, como quien intenta en vano descifrar en la forma de una nube un secreto invulnerable por fugaz. Pero no: en realidad me miraba de una forma... alegre. ¿Alegre?, preguntó Pere. Sí, dijo Sánchez Mazas. Alegre. No lo entiendo, dijo Pere. Yo tampoco, dijo Sánchez Mazas. En fin, añadió después de otra pausa, no sé. Creo que estoy diciendo tonterías. Debe de ser muy tarde, dijo Pere. Es mejor que intentemos dormir. Sí, dijo Sánchez

3 **la delicadeza** cuidado – 6 **atónito** sorprendido – 6 **burlón** con burla, riéndose – 8 **gravilla ...** el suelo lleno de restos de cigarrillos – 9 **impoluta** limpia, sin mancha – 12 **un hechizo** un momento mágico – 15 **revolverse** moverse – 17 **descartar** rechazar, eliminar – 31 **un entomólogo** persona que estudia los insectos – 34 **invulnerable ...** que no puede ser herido porque desaparece rápidamente

Mazas. Angelats los sintió levantarse, tumbarse en la paja uno al lado del otro, junto a Joaquim, y los sintió también (o los imaginó) tratando en vano como él de conciliar el sueño, revolviéndose entre las mantas, incapaces de desprenderse de la canción que se les había enredado en el recuerdo y de la imagen de aquel soldado bailándola abrazado a su fusil entre cipreses y prisioneros, en el jardín del Collell.

Eso ocurrió la noche del jueves; al día siguiente llegaron los nacionales. Desde el martes no habían dejado de pasar los últimos convoyes militares ni de oírse las explosiones con que los republicanos –volando puentes, cortando comunicaciones– trataban de protegerse la retirada, y por eso Sánchez Mazas y sus tres compañeros pasaron toda la mañana del viernes vigilando con impaciencia la carretera desde su observatorio en el prado, hasta que poco después del mediodía divisaron a las avanzadillas nacionales. El grupo estalló de alegría. Sin embargo, antes de ir al encuentro de sus libertadores, Sánchez Mazas los convenció de que lo acompañaran hasta Mas Borrell para darle las gracias a Maria Ferré y a su familia, y cuando llegaron a Mas Borrell se encontraron con el padre y la madre de Maria Ferré, pero no con Maria Ferré. Ésta recuerda muy bien que aquel mediodía, desde un lugar no muy alejado de donde estaban Sánchez Mazas y sus compañeros, también había visto pasar a las primeras tropas nacionales y que al rato una vecina vino a decirle de parte de sus padres que volviera a su casa, porque había soldados en ella. Un poco preocupada, Maria echó a andar junto a la vecina, pero se tranquilizó cuando ésta le dijo que los chicos de Can Pigem estaban entre los soldados. Aunque no había cruzado más de cuatro palabras con Pere y con Joaquim, los conocía desde siempre, y apenas vio al pequeño de los Figueras en el patio de la masía, charlando con Angelats, lo reconoció de inmediato. En la cocina estaban Pere y Sánchez Mazas, con sus padres; eufórico, Sánchez Mazas la abrazó, la levantó en vilo, la besó. Luego les contó a los Ferré lo ocurrido durante los días en que no habían tenido noticias de él, se deshizo en palabras de elogio y de gratitud hacia Angelats y los hermanos Figueras, dijo:

–Ahora son mis amigos. –Ni Maria ni Joaquim Figueras lo recuerdan, pero sí Angelats: fue en ese momento cuando, según

4 **desprenderse de** deshacerse de uc – 5 **enredar** *aquí:* meter – 15 **un prado** campo – 16 **divisaron ...** vieron los primeros grupos de soldados nacionales – 29 **cruzar** *aquí:* intercambiar – 34 **la levantó ...** la levantó del suelo – 36 **un elogio** alabanza, reconocimiento

él, Sánchez Mazas pronunció por vez primera unas palabras que iba a repetir muchas veces en los años que siguieron y que hasta el final de sus vidas resonarían en la memoria de los muchachos que lo ayudaron a sobrevivir con un tintineo aventurero de contraseña secreta–. «Los amigos del bosque». –Y, siempre según Angelats, añadió con alguna solemnidad–: Algún día contaré todo esto en un libro: se titulará *Soldados de Salamina.*

Antes de marcharse les reiteró a los Ferré su eterna gratitud por haberle acogido, les rogó que no dudaran en ponerse en contacto con él siempre que creyeran que podía ayudarles, y a modo de salvoconducto, por si tenían algún problema con las nuevas autoridades, escuetamente relató en un pedazo de papel lo que habían hecho por él. Después se fueron, y desde la puerta del patio Maria y sus padres los vieron alejarse por el camino de tierra en dirección a Cornellà, Sánchez Mazas al frente, erguido como un capitán al mando de los restos ínfimos, exultantes y desastrados de sus tropas victoriosas, Joaquim y Angelats escoltándolo, y Pere un poco más atrás y casi cabizbajo, como si no participara del todo de la alegría de los otros pero batallara con todas las fuerzas que le quedaban por no quedar excluido de ella. Durante los años que siguieron Maria escribió muchas veces a Sánchez Mazas y éste siempre le contestó de su puño y letra. Las cartas de Sánchez Mazas ya no existen, porque Maria, aconsejada por su madre, que por algún motivo temía que pudieran comprometerla, acabó destruyéndolas. En cuanto a sus propias cartas, se las escribía el secretario del Ayuntamiento de Banyoles, y en ellas solicitaba la puesta en libertad de familiares, amigos o conocidos encarcelados, cosa que casi indefectiblemente se le concedía y que durante varios años la envolvió en un halo de santa o de hada madrina de los desesperados de la comarca, cuyas familias acudían a ella en busca de protección para las víctimas indiscriminadas de una posguerra que por entonces nadie podía imaginar que duraría tanto tiempo. Salvo su familia, nadie tampoco sabía que la fuente de aquellos favores no era un amante secreto de Maria, ni un poder sobrenatural que ella había poseído siempre pero no había juzgado oportuno

4 **un tintineo** sonido – 5 **una contraseña** clave – 9 **reiterar** repetir – 13 **escuetamente** brevemente – 17 **erguido** aufrecht – 18 **ínfimo** mínimo – 18 **exultante** alegre – 19 **escoltar** *aquí:* seguir inmediatamente – 20 **cabizbajo** con la cabeza baja, mirando al suelo – 24 **de su puño ...** personalmente – 30 **indefectiblemente** sin fallar nunca, siempre pasaba – 31 **un halo** (Heiligen)schein, Hauch – 34 **por entonces** en ese momento

usar hasta entonces, sino un pordiosero fugitivo al que un amanecer había ofrecido un poco de comida caliente y al que, después de aquel mediodía de febrero en que se perdió por el camino de tierra en compañía de los Figueras y de Angelats, nunca volvió a ver en toda su vida.

Sánchez Mazas pasó algún tiempo en Can Pigem a la espera de un transporte que lo devolviera a Barcelona. Fueron días muy felices. Aunque en algunas partes de España la guerra seguía su curso, para él y para sus compañeros había terminado, y el recuerdo terrible de los meses de incertidumbre y cautiverio y de la proximidad de la muerte reforzaban su euforia, igual que lo hacían la anticipación del reencuentro inmediato con su familia y sus amigos y con el nuevo país que él había contribuido decisivamente a forjar. En el afán por congraciarse con las nuevas autoridades –en el afán de las nuevas autoridades por congraciarse con la gente–, aquella comarca de militancia republicana celebró por todo lo alto la entrada de los nacionales con cuchipandas y verbenas populares en las que nunca faltó la presencia de Sánchez Mazas y sus tres compañeros, vestidos todavía con sus uniformes de soldados rojos y armados con sus pistolas del nueve largo, pero sobre todo protegidos por la presencia intimidadora del jerarca, que de forma un tanto irónica pero indefectible los presentaba como su guardia personal. Ese periodo de alegre impunidad terminó para ellos la mañana en que un teniente de regulares irrumpió en Can Pigem con el anuncio de que el coche en el que partía de inmediato hacia Barcelona tenía un asiento libre para Sánchez Mazas. Sin apenas tiempo para despedirse de la familia Figueras y de Angelats, Sánchez Mazas alcanzó a entregarle a Pere la libreta de tapas verdes donde, además del diario de sus días del bosque, había puesto por escrito el vínculo de gratitud que le uniría para siempre a ellos, y Joaquim Figueras y Daniel Angelats recuerdan muy bien que las últimas palabras que le oyeron pronunciar, sacando una mano de despedida por la ventanilla del coche que se alejaba ya por la carretera de Gerona, fueron:

–¡Volveremos a vernos!

1 **un pordiosero** pobre – 9 **la guerra ...** la guerra en Cataluña termina en enero de 1939. En Madrid, la última ciudad en ser tomada por los nacionales, termina en abril del mismo año – 14 **forjar** construir – 15 **congraciarse** hacer amistad – 17 **aquella ...** zona tradicionalmente republicana – 18 **cuchipandas ...** banquetes y bailes – 25 **la impunidad** ausencia de castigo – 32 **un vínculo** conexión, enlace

Pero Sánchez Mazas se equivocaba: nunca volvió a ver a Pere y Joaquim Figueras, ni a Daniel Angelats. Sin embargo, y aunque él nunca llegó a saberlo, Daniel Angelats y Joaquim Figueras sí volvieron a verle a él.

Ocurrió varios meses más tarde, en Zaragoza. Para entonces Sánchez Mazas era un hombre completamente distinto al que ellos habían conocido. Propulsado por el ímpetu de la liberación, en ese tiempo había desarrollado una actividad sin descanso: había visitado Barcelona, Burgos, Salamanca, Bilbao, Roma, San Sebastián; por todas partes fue objeto de agasajos que festejaban su libertad y su incorporación a la España nacional como un triunfo de valor incalculable para el porvenir de ésta; por todas partes escribió artículos, concedió entrevistas, pronunció conferencias, discursos y alocuciones radiofónicas donde veladamente aludía a episodios de su larga cautividad y donde, con una fe sin fisuras, se ponía al servicio del nuevo régimen. No obstante, desde que al día siguiente de abandonar Can Pigem empezó a frecuentar en Barcelona el despacho de Dionisio Ridruejo, jefe de Prensa y Propaganda de los sublevados, donde de forma asidua se reunían viejos y nuevos camaradas de la Falange intelectual, Sánchez Mazas pudo captar, por encima o por debajo de la atmósfera triunfalista de fraternidad superficial, los recelos y suspicacias que entre los vencedores habían causado la astucia de Franco y tres años de conciliábulos conspirativos en la retaguardia. Pudo captarlo, pero no lo captó o no quiso captarlo. El hecho es explicable: recién recobrada la libertad, Sánchez Mazas lo encontraba todo a pedir de boca, porque no podía imaginar que la realidad de la España de Franco difiriera en un ápice de sus deseos; no era ése el caso de algunos de sus viejos camaradas falangistas. Desde que el 19 de abril de 1937 fue promulgado el Decreto de Unificación, un verdadero golpe de Estado a la inversa (como años más tarde lo llamó Ridruejo) por el que todas las fuerzas políticas que se habían sumado al Alzamiento pasaban a integrarse en un único

7 **propulsado** impulsado, empujado – 7 **el ímpetu** *aquí:* fuerza, energía – 11 **un agasajo** regalo – 12 **incalculable** inmenso – 13 **el porvenir** futuro – 15 **veladamente** verschleiert – 16 **sin fisuras** sin fracturas – 20 **los sublevados** los nacionales – 22 **captar** notar, percibir – 23 **la fraternidad** amistad – 24 **recelos ...** desconfiazas y temores – 26 **conciliábulos ...** reuniones secretas. Durante la guerra, Franco se hizo nombrar generalísimo de todos los ejércitos, sin contar con la opinión de los dirigentes de Falange. Esto causó reacciones negativas hacia él al final de la guerra – 28 **a pedir de boca** con facilidad – 30 **difiriera ...** fuera diferente en ningún sentido de lo que él deseaba – 32 **Decreto** ... decreto realizado por Franco para unificar en un solo partido, bajo su mando, la Falange y las JONS – 33 **a la inversa** al revés, desde arriba

partido bajo el mando del Generalísimo, la vieja guardia de Falange podía empezar a intuir que la revolución fascista con que había soñado no iba a llegar nunca, porque el cóctel expeditivo de su doctrina –que en una amalgama brillante, demagógica e imposible mezclaba la preservación de ciertos valores tradicionales y la urgencia de cambios profundos en la estructura social y económica del país, el terror de las clases medias ante la revolución proletaria y el irracionalismo vitalista de raíz nietzscheana, que, frente al *vivere cauto* burgués, propugnaba el *vivere pericoloso* romántico–, iba a acabar diluyéndose en un aguachirle gazmoño, previsible y conservador. A la altura de 1937, descabezada por la muerte de José Antonio, domesticada como ideología y anulada como aparato autónomo de poder, Franco podía usar ya la Falange, con su retórica y sus ritos y demás manifestaciones externas fascistas, a la manera de un instrumento para homologar su régimen con la Alemania de Hitler y la Italia de Mussolini (de quienes tanta ayuda había recibido y recibía y esperaba todavía recibir), pero también podía usarla, según había previsto y temido años atrás José Antonio, «como un mero elemento auxiliar de choque, como una guardia de asalto de la reacción, como una milicia juvenil destinada a desfilar ante los fantasmones encaramados en el poder». Todo conspiró en esos años para diluir la Falange primigenia, desde el uso ortopédico que de ella hizo Franco hasta el hecho crucial de que en el curso de la guerra no sólo se sumaron de forma masiva a ella quienes compartían de buen grado su ideario, sino también quienes trataban de esa forma de blindarse de su pasado republicano. Así las cosas, la disyuntiva que tarde o temprano hubieron de afrontar muchos camisas viejas era diáfana: denunciar la flagrante discrepancia entre su proyecto político y el que gobernaba el nuevo estado o convivir con la

4 **cóctel ...** mezcla rápida – 4 **una amalgama** mezcla – 5 **una preservación** conservación – 9 **de raíz ...** con origen en Nietsche, filósofo alemán (1844-1900), impulsor de la doctrina existencialista y nihilista – 10 **vivere cauto ...** forma de vida cauta, conservadora, propia de la burguesía – 10 **vivere pericoloso** vivir peligrosamente, forma de vida de inspiración romántica – 11 **iba a acabar ...** la doctrina falangista iba a acabar perdiendo fuerza, deshaciéndose en un *aguachirle gazmoño*, una insignificancia hipócrita (heuchlerisch) – 12 **descabezado** sin cabeza, *fig* sin el máximo dirigente del partido – 13 **domesticado** suavizado – 16 **homologar** igualar, hacer equivalente – 20 **temer** tener miedo – 20 **mero** simple – 23 **fantasmones** *fig* elementos poderosos – 23 **encaramado** subido – 24 **diluir** auflösen – 24 **primigenio** original – 25 **ortopédico** que corrige partes del cuerpo deformes, *fig aquí:* para mejorar el sistema político conservador 25 **crucial** esencial – 26 **en el curso de** durante – 28 **blindarse** protegerse – 29 **una disyuntiva** alternativa – 30 **camisas viejas** los antiguos falagistas, los verdaderos – 31 **diáfano** claro – 31 **flagrante ...** la diferencia evidente

menor incomodidad posible con esa contradicción y aplicarse a rebañar hasta la más mínima migaja del banquete del poder. Por supuesto, entre esos dos extremos las posturas intermedias fueron casi infinitas; pero lo cierto es que, a despecho de tanta protesta de honestidad inventada a toro pasado, salvo Ridruejo –un hombre que se equivocó muchas veces, pero que siempre fue limpio y valiente y puro en lo puro– casi nadie optó de forma abierta por la primera.

Desde luego, no lo hizo Sánchez Mazas. Ni recién acabada la guerra ni nunca. Pero el 9 de abril de 1939, dieciocho días antes de que Pere Figueras y sus ocho compañeros de Cornellà de Terri ingresaran en la prisión de Gerona y el mismo en que Ramón Serrano Súñer –a la sazón ministro del Interior, cuñado de Franco y principal valedor de los falangistas en el gobierno– organizó y presidió un acto de homenaje a Sánchez Mazas en Zaragoza, éste aún no tenía ningún motivo serio para imaginar que el país que él había aspirado a construir no era el mismo que aspiraba a construir el nuevo régimen; menos aún podía sospechar que Joaquim Figueras y Daniel Angelats estaban también en Zaragoza. De hecho, llevaban apenas un mes en la ciudad, adonde habían sido destinados a cumplir el servicio militar, cuando oyeron en la radio que Sánchez Mazas estaba alojado desde el día anterior en el Gran Hotel y que esa noche iba a pronunciar un discurso ante la plana mayor de la Falange aragonesa. En parte por curiosidad, pero sobre todo llevados por la ilusión de que la influencia de Sánchez Mazas alcanzara para aliviar los rigores de su régimen cuartelario de soldados rasos, Figueras y Angelats se plantaron en el Gran Hotel y le dijeron a un conserje que eran amigos de Sánchez Mazas y que deseaban verle. Figueras aún recuerda muy bien a aquel conserje plácido y adiposo, con su casaca de paño azul con borlas y alamares dorados que brillaban bajo las arañas de cristal del hall, entre el continuo ir y venir de

1 **la incomodidad** molestia – 1 **aplicarse** dedicarse – 2 **a rebañar ...** a obtener el mínimo poder posible dentro del sistema – 4 **a despecho de** a pesar de – 5 **a toro pasado** demasiado tarde – 6 **Ridruejo** el único falangista que denunció a Franco por abuso de poder y por no respetar la doctrina de Falange. Abandonó todos sus cargos públicos, fue encarcelado en 1956 y luego exiliado. – 13 **Ramón Serrano Súñer** político, dirigente de Falange y ministro de Franco varias veces. Casado con la hermana de la mujer de Franco – 25 **la plana mayor ...** los máximos dirigentes de Falange en Aragón, provincia de la que Zaragoza es la capital – 28 **llevados por la ilusión ...** confiando que la influencia de Sánchez Mazas les ayudaría a mejorar las condiciones en que vivían como soldados de la más baja categoría – 29 **un conserje** persona que trabaja en la recepción de un hotel – 31 **plácido ...** tranquilo y gordo – 32 **casaca de ...** la chaqueta del uniforme de conserje – 33 **arañas de cristal** las lámparas – 33 **un hall** la entrada de un hotel

jerarcas uniformados, y sobre todo recuerda su expresión entre zumbona y descreída mientras repasaba la miseria de sus uniformes y su aire irredimible de palurdos. Por fin el conserje les dijo que Sánchez Mazas se hallaba en su habitación, descansando, y que no estaba autorizado a molestarlo ni a dejarles pasar.

–Pero podéis esperarle aquí –los tuteó con un atisbo de crueldad, señalando unas sillas–. Cuando aparezca, rompéis el cordón que formarán los falangistas y le saludáis: si os reconoce, perfecto –haciendo una sonrisita se pasó el dedo índice por el cuello–; pero si no os reconoce...

–Esperaremos –lo atajó el orgullo de Figueras, arrastrando a Angelats hasta una silla. Aguardaron durante casi dos horas, pero conforme transcurría el tiempo se sintieron más y más intimidados por la advertencia del conserje, por la suntuosidad inaudita del hotel y por la asfixiante parafernalia fascista con que estaba adornado, y cuando acabó de llenarse el hall de saludos castrenses y camisas azules y boinas rojas, Figueras y Angelats ya habían desistido de su intención primera y tomado la decisión de regresar de inmediato al cuartel sin abordar a Sánchez Mazas. No habían salido aún del hall cuando un pasillo de falangistas formados entre la escalinata y la puerta giratoria les cerró el paso y, poco después, les permitió divisar fugazmente y por última vez en sus vidas, deslizándose con impostada marcialidad de condotiero entre un mar de boinas rojas y un bosque de brazos en alto, el perfil inconfundible de judío de aquel hombre ahora prestigiado por la prosopopeya del poder que tres meses atrás, disminuido por los andrajos y los ojos sin gafas, por la fatiga, las privaciones y el miedo, les había suplicado su ayuda en un descampado remoto, y que ya nunca podría devolverles aquel favor de guerra a dos de sus amigos del bosque.

2 **zumbón** burlón – 2 **repasar** *aquí:* mirar con atención – 3 **su aire ...** su aspecto insalvable de personas de poca educación, personas del campo – 7 **tutear** tratar de "tú" ≠ tratar de "usted" – 7 **un atisbo** señal – 9 **un cordón** *aquí* cadena de protección – 11 **pero si no os reconoce...** el conserje no se cree que conozcan a Sánchez Mazas. Les ameneza con castigarlos si al pasar Sánchez Mazas no les reconoce – 12 **atajar** interrumpir – 15 **intimidado** asustado – 16 **suntuosidad ...** el sorprendente lujo – 16 **la axifisiante ...** la excesiva decoración fascista – 18 **castrense** militar – 18 **camisas azules ...** el uniforme de los miembros de Falange – 19 **desistir** abandonar – 20 **abordar** *aquí* saludar, hablar con – 22 **un pasillo** *aquí:* una fila – 24 **deslizarse** moverse – 25 **impostada ...** falsa apariencia militar – 25 **una mar** *fig* un gran número – 26 **un bosque** *fig* muchos – 27 **prestigiado ...** valorado ahora por la apariencia del poder – 28 **andrajos** ropa rota y vieja

El acto de Zaragoza, durante el cual pronunció el *Discurso del Sábado de Gloria* –en el que, sin duda porque ya barruntaba el peligro de las defecciones, llamaba exasperadamente a sus compañeros falangistas a la disciplina y la ciega obediencia al Caudillo–, fue sólo una más de las numerosas intervenciones públicas de Sánchez Mazas durante esos meses. Fusilados al principio de la guerra Ledesma Ramos, José Antonio y Ruiz de Alda, Sánchez Mazas era el más antiguo falangista vivo; este hecho, sumado a su amistad fraternal con José Antonio y al papel decisivo que había desempeñado en la Falange primitiva, le concedía un enorme ascendiente sobre sus compañeros de partido, y aconsejó a Franco tratarlo con suma consideración, para ganarse su lealtad y para conseguir que limara las asperezas que habían surgido en su relación con los falangistas menos acomodaticios. El punto álgido de esa sencilla pero eficacísima estrategia de captación, en todo semejante a un soborno a base de prebendas y halagos –un procedimiento, vale decir, en cuyo manejo el Caudillo desarrolló una pericia de virtuoso y al que cabe atribuir en parte su interminable monopolio del poder– tuvo lugar en agosto de 1939, cuando, al formarse el primer gobierno de la posguerra, Sánchez Mazas, que ocupaba desde mayo el cargo de delegado nacional de Falange Exterior, fue nombrado ministro sin cartera. No fue ésta, desde luego, una ocupación excluyente, o no se la tomó muy en serio; en cualquier caso, supo ejercerla sin perjuicio alguno de su recobrada vocación de escritor: por aquella época publicaba con frecuencia en periódicos y revistas, acudía a tertulias y daba lecturas públicas de sus textos, y en febrero de 1940 fue elegido miembro de la Real Academia de la Lengua, junto con su amigo Eugenio Montes, como «portavoz de la poesía y el lenguaje revolucionario de la Falange», según declaraba el diario *Abc*. Sánchez Mazas era un hombre vanidoso, pero no

2 **Discurso de ...** Sánchez Mazas pronunció un discurso el 8 de abril de 1939. El Sábado de Gloria en el calendario católico es el sábado anterior al Domingo de Resurrección. – 2 **barruntar** imaginar – 3 **una defección** abandono – 5 **el Caudillo** Franco – 9 **fraternal** estrecha, íntima – 10 **desempeñar** realizar – 11 **un ascendiente** *aquí:* autoridad y respeto – 13 **limar** suavizar – 13 **una aspereza** dificultad – 15 **los falangistas menos ...** los menos dispuestos a aceptar la autoridad de Franco como jefe supremo – 15 **álgido** culminante – 16 **un soborno** tipo de corrupción – 17 **prebendas y ...** dinero y muestras de admiración – 17 **un procedimiento** forma de actuar – 18 **manejo** funcionamiento – 18 **una pericia** habilidad – 19 **un monopolio** control absoluto – 20 **agosto de 1939** momento más importante de la estrategia de Franco – 24 **ocupación ...** un trabajo a tiempo completo – 25 **ejercer** realizar, hacer su trabajo – 25 **un perjuicio** daño – 26 **recobrado** recuperado – 32 **vanidoso** arrogante

tonto, así que su vanidad no superaba a su orgullo: consciente de que su elección como académico obedecía a motivos políticos y no literarios, nunca llegó a leer su discurso de ingreso en la institución. Otros factores debieron de influir en ese gesto, que todo el mundo ha elegido interpretar, no sin algún motivo, como un elegante signo del desdén por las glorias mundanas que mostraba el escritor. Aunque también se haya hecho siempre, resulta en cambio más arriesgado atribuir idéntico significado a uno de los episodios que más contribuyó a dotar a la figura de Sánchez Mazas de la aristocrática aureola de desinterés e indolencia que le rodeó hasta la muerte.

La leyenda, pregonada a los cuatro vientos por fuentes de los signos más diversos, cuenta que un día de finales de julio de 1940, en pleno Consejo de Ministros, Franco, harto de que Sánchez Mazas no acudiera a aquellas reuniones, dijo señalando el asiento siempre vacío del escritor: «Por favor, que quiten de ahí esa silla». Dos semanas más tarde Sánchez Mazas fue destituido, cosa que, siempre según la leyenda, no pareció importarle demasiado. Las causas del cese no están claras. Unos alegan que Sánchez Mazas, cuyo cargo de ministro sin cartera carecía de contenido real, se aburría soberanamente en las reuniones del consejo, porque era incapaz de interesarse por asuntos burocráticos y administrativos, que son los que absorben la mayor parte del tiempo de un político. Otros aseguran que era Franco quien soberanamente se aburría con las eruditas disquisiciones sobre los temas más excéntricos (las causas de la derrota de las naves persas en la batalla de Salamina, digamos; o el uso correcto de la garlopa) que Sánchez Mazas le infligía, y que por eso decidió prescindir de aquel literato ineficaz, estrafalario e intempestivo, que desempeñaba en el gobierno un papel casi ornamental. Ni siquiera falta quien, de forma candorosa interesada, atribuye la desidia de Sánchez Mazas a su desencanto de falangista

4 **nunca llegó ...** al entrar a formar parte de la Real Academia de la Lengua, los nuevos miembros leen un discurso de aceptación. Sánchez Mazas no lo leyó nunca porque sabía que su nominación se debía a razones políticas – 7 **mundano** del mundo material – 10 **una aureola** corona, *aquí:* fama – 11 **indolencia** apatía, falta de interés – 12 **pregonar a los cuatro vientos** an die große Glocke hängen – 14 **en pleno ...** durante la reunión de Ministros – 18 **destituir** expulsar a up de su cargo (Posten), *aquí:* Franco le quitó el puesto de ministro – 19 **un cese** interrupción – 21 **soberanamente** *aquí:* intensamente – 26 **una disquisición** estudios, investigaciones – 27 **excéntrico** extraño – 30 **estrafalario** raro – 30 **intempestivo** inoportuno – 31 **ornamental** decorativo, sin importancia – 32 **candoroso** ingenuo – 33 **una desidia** desinterés, aburrimiento – 33 **un desencanto** decepción

fiel a los ideales auténticos del partido. Todos coinciden en que presentó su dimisión en diversas ocasiones, y en que nunca le fue aceptada hasta que sus reiteradas ausencias de las reuniones ministeriales, siempre justificadas con excusas peregrinas, la convirtie- ron en un hecho. Se mire por donde se mire, para Sánchez Mazas la leyenda es halagadora, pues contribuye a perfilar su imagen de hombre íntegro y reacio a las vanidades del poder. Lo más probable es que sea falsa.

El periodista Carlos Sentís, que fue su secretario personal en aquella época, sostiene que el escritor dejó de asistir a los consejos de ministros simplemente porque dejó de ser convocado a ellos. Según Sentís, ciertas declaraciones inconvenientes o extemporáneas en relación con el problema de Gibraltar, unidas a la inquina que le profesaba el por entonces todopoderoso Serrano Súñer, provocaron su caída en desgracia. Esta versión de los hechos es a mi juicio fiable, no sólo porque Sentís fue la persona más próxima a Sánchez Mazas durante el año exacto que éste duró en el ministerio, sino también porque parece razonable que Serrano Súñer viera en las torpezas de Sánchez Mazas –que había intrigado más de una vez contra él para ganarse el favor de Franco, igual que lo había hecho años atrás contra Giménez Caballero para ganarse el de José Antonio– una excusa perfecta para librarse de quien, en su condición de camisa vieja más antiguo, podía representar una amenaza para su autoridad y erosionar su ascendiente sobre los falangistas ortodoxos y sobre el propio Caudillo. Sentís afirma que, a raíz de su destitución, Sánchez Mazas fue confinado durante meses en su casa de la colonia del Viso –un hotelito en la calle de Serrano que años atrás había comprado con su amigo el comunista José Bergamín y que todavía pertenece a la familia– y privado de su sueldo de ministro. Su situación económica se volvía por momentos desesperada, y en diciembre, cuando levantaron

2 **presentó ...** pidió que lo quitaran del cargo – 3 **reiterado** repetido – 5 **peregrino** *aquí:* extraño – 12 **convocar** invitar – 13 **extemporáneo** inoportuno – 14 **Gibraltar** territorio británico en el sur de España. Importante base militar para el gobierno de Inglaterra. Territorio entregado a los ingleses en 1713 por el Tratado de Utrech. Durante la guerra las tropas de Franco intentaron tomar Gibraltar. Según el tratado de Utrech España le dio este territorio a Inglaterra en perpetuidad. – 14 **una inquina** aversión, rechazo – 16 **un juicio** opinión – 20 **intrigar** maquinar, intentar actuar. – 28 **confinado** retirado, aislado – 29 **colonia del Viso** un barrio exclusivo del centro de Madrid, con casa unifamiliares – 31 **José Bergamín** escritor, poeta y dramaturgo español (1895-1983), presidió durante la guerra la Alianza de Intelectuales Antifascistas – 31 **privado de** sin tener

sin explicaciones el confinamiento, decidió viajar a Italia para solicitar ayuda de la familia de su mujer. Al pasar por Barcelona se alojó en casa de Sentís. Éste no guarda una memoria exacta de aquellas jornadas, ni del estado de ánimo de Sánchez Mazas, pero sí recuerda que el mismo día de Navidad, justo después de la celebración familiar, el escritor recibió una llamada providencial en la que un pariente le comunicaba que su tía Julia Sánchez acababa de fallecer legándole una cuantiosa fortuna que incluía un palacio y varias fincas en Coria, en la provincia de Cáceres.

«Antes eras un escritor y un político, Rafael», le decía por esa época Agustín de Foxá. «Ahora sólo eres un millonario. » Foxá fue escritor y político y millonario, y uno de los pocos amigos que con el tiempo Sánchez Mazas no acabó perdiendo. También fue un hombre ingenioso, que, como suele ocurrir con los ingeniosos, a menudo tenía razón. Es verdad que, después de cobrar la herencia de su tía, Sánchez Mazas ostentó diversos cargos políticos –desde miembro de la Junta Política de Falange hasta procurador en Cortes, pasando por el de presidente del Patronato del Museo del Prado–, pero también es verdad que fueron siempre subalternos o decorativos, que apenas ocuparon su tiempo y que desde mediados de los años cuarenta fue abandonándolos como quien se deshace de un lastre molesto y poco a poco, conforme pasaba el tiempo, desapareciendo de la vida pública. Esto no significa, sin embargo, que Sánchez Mazas fuera en los años cuarenta y cincuenta una suerte de silencioso opositor al franquismo: sin duda despreciaba la chatura y la mediocridad que el régimen le había impuesto a la vida española, pero no se sentía incómodo en él, ni vacilaba en proferir en público los más sonrojantes ditirambos del tirano y hasta, si a mano venía, de su esposa –a quienes en privado despellejaba por su estupidez y mal gusto–, y por supuesto tampoco lamentaba haber contribuido con todas sus fuerzas a encender la guerra que arrasó una república legítima sin conseguir por ello implantar el temible régimen de

1 **cuando levantaron ...** cuando le dejaron salir de su encierro – 8 **fallecer** morir – 8 **legar** dejar – 9 **una finca** terreno en el campo – 12 **Agustín de Foxá** escritor, diplomático y de familia noble (1903-1956). – 15 **ingenioso** gracioso, inteligente – 17 **cobrar** recibir – 19 **un procurador** representante político – 20 **Patronato** fundación – 20 **Museo del Prado** museo español más importante. – 21 **subalterno** secundario, accesorio – 24 **un lastre** obstáculo, molestia – 27 **una suerte de** especie de – 28 **la chatura** probreza intelectual, falta de calidad intelectual – 30 **vacilar** dudar – 30 **proferir** expresar – 31 **los más sonrojantes ...** alabanzas inapropiadas del dictador – 31 **venir a mano** parecer oportuno – 32 **despellejar** *fig* criticar intensamente – 34 **arrasar** destruir

poetas y condotieros renacentistas con el que había soñado, sino un simple gobierno de pícaros, patanes y meapilas. «Ni me arrepiento ni olvido», escribió famosamente, a mano y a toda página, en el pórtico de *Fundación, hermandad y destino,* un libro donde recopiló algunos de los belicosos artículos de doctrina falangista que en los años treinta publicó en *Arriba* y *F.E.* La frase es de la primavera de 1957; la fecha obliga a la reflexión. Por entonces Madrid vivía aún la resaca de la primera gran crisis interna del franquismo, fruto de una alianza imprevisible, pero en el fondo inevitable, entre dos grupos que Sánchez Mazas conocía muy bien, porque convivía a diario con ellos. Por un lado, la joven intelectualidad izquierdista, parte importante de la cual había surgido de las filas desengañadas de la propia Falange y estaba integrada por vástagos rebeldes de notorias familias del régimen, entre ellos dos de los hijos de Sánchez Mazas: Miguel, el primogénito, uno de los cabecillas de la rebelión estudiantil del 56 –que en febrero de ese año fue encarcelado y poco después partiría hacia un largo exilio–, y Rafael, el predilecto de Sánchez Mazas, que acababa de publicar *El Jarama,* la novela en que cuajaron la estética y las inquietudes de aquellos jóvenes disconformes; por otro lado, unos pocos camisas viejas –entre los cuales figuraba en primer lugar Dionisio Ridruejo, viejo amigo de Sánchez Mazas, que había sido detenido junto al hijo de éste, Miguel, y a otros dirigentes estudiantiles por la algarada antifranquista del año anterior, y que ese mismo año de 1957 fundaba el Partido Social de Acción Democrática, de orientación socialdemócrata–, antiguos falangistas de primera hora que quizá no habían olvidado su pasado político, pero que sin duda se habían arrepentido de él e incluso se estaban lanzando, con más o menos decisión o coraje, a combatir el régimen que habían ayudado a construir. Ni me arrepiento ni me olvido. Como a menudo el énfasis en la lealtad delata al traidor, no

2 **un meapilas** *Esp* mala persona, tonto y beato – 4 **Fundación ...** título de un libro de ensayo de Sánchez Mazas – 5 **recopilar** reunir, recoger – 5 **belicoso** *aquí:* agresivo – 7 **Arriba ...** publicaciones periódicas de la época – 8 **una resaca** malestar, consecuencias negativas – 13 **desengañado** decepcionado, desencantado – 14 **un vástago** hijo – 16 **un primogénito** el hijo mayor – 16 **un cabecilla** jefe, dirigente – 17 **rebelión ...** en 1956 un grupo de estudiantes se manifestaron en Madrid contra el régimen. Entre el grupo de opositores estaban Miguel y Rafael Sánchez Mazas. – 20 **El Jarama** novela de Rafael Sánchez Ferlosio, publicada en 1955, recibió el premio Nadal, uno de los premios literarios más importantes. Sánchez Ferlosio recibió el premio Cervantes en 2004. – 20 **cuajar** consolidar – 21 **una inquietud** preocupación – 25 **una algarada** revuelta – 32 **antiguos falangistas ...** falangistas que acabaron oponiéndose a Franco

falta quien malicia que, si Sánchez Mazas escribía tal cosa en aquel momento, era precisamente porque, como algunos de sus camaradas joseantonianos, ya se había arrepentido –o por lo menos se había arrepentido en parte– y estaba tratando de olvidar –o por lo menos estaba tratando de olvidar en parte–. La conjetura es atractiva, pero falsa; en todo caso, aparte de la secreta actitud desdeñosa con que contemplaba el régimen, ni un solo dato de su biografía la avala. «Si por algo odio a los comunistas, Excelencia», le dijo en una ocasión Foxá a Franco, «es porque me obligaron a hacerme falangista.» Sánchez Mazas nunca hubiera pronunciado esa frase –demasiado irreverente, demasiado irónica–, y menos en presencia del general, pero sin duda vale también para él. Quizá Sánchez Mazas no fue nunca más que un falso falangista, o si se quiere un falangista que sólo lo fue porque se sintió obligado a serlo, si es que todos los falangistas no fueron falsos y obligados falangistas, porque en el fondo nunca acabaron de creer del todo que su ideario fuera otra cosa que un expediente de urgencia en tiempos de confusión, un instrumento destinado a conseguir que algo cambie para que no cambie nada; quiero decir que, de no haber sido porque, como muchos de sus camaradas, sintió que una amenaza real se cernía sobre el sueño de beatitud burguesa de los suyos, Sánchez Mazas nunca se hubiera rebajado a meterse en política, ni se hubiera aplicado a forjar la llameante retórica de choque que debía enardecer hasta la victoria al pelotón de soldados encargados de salvar la civilización. Es un hecho que Sánchez Mazas identificaba con la civilización las seguridades, privilegios y jerarquías de los suyos, y a los falangistas con el pelotón de soldados de Spengler; también lo es que sentía el orgullo de haber formado parte de ese pelotón y, quizás, el derecho a descansar tras haber restaurado jerarquías, seguridades y privilegios. Por eso es dudoso que quisiera olvidar nada, y seguro que de nada se arrepentía.

Así que en rigor no puede afirmarse que durante la posguerra Sánchez Mazas fuera un político; más aventurado

1 **maliciar** sospechar – 3 **camaradas joseantonianos** compañeros seguidores de José Antonio, fundador de Falange – 7 **desdeñoso** → desdeñar (geringschätzen) – 9 **Excelencia** tratamiento que se le daba a Franco – 11 **pronunciar** decir – 11 **irreverente** no respetuosa – 18 **un expediente** *aquí:* una solución – 21 **de no haber sido** si no hubiera sido – 22 **una amenaza ...** ponía en peligro – 25 **forjar** elaborar, producir – 25 **llameante ...** retórica exaltada – 25 **enardecer** animar a la lucha – 30 **Oswald Spengler** (1880-1936), historiador y pensador alemán. Escribió sobre la crisis de las civilizaciones occidentales. Sus ideas son precursoras del Nacional Sindicalismo alemán – 35 **en rigor** de manera estricta

parece sostener, como hace el ingenioso Foxá, que tampoco fue un escritor. Porque es cierto que en esos años, conforme disminuía su actividad política, aumentaba la literaria: en las dos décadas que siguieron a la guerra vieron la luz, firmados con su nombre, novelas, relatos, ensayos, adaptaciones teatrales y numerosísimos artículos aparecidos en *Arriba,* en *La Tarde,* en *Abc.* Algunos de estos últimos son excepcionales, joyas de una orfebrería verbal extremadamente refinada, y determinados libros que publicó por entonces, como *La vida nueva de Pedrito de Andía* (1951) y *Las aguas de Arbeloa y otras cuestiones* (1956), figuran entre lo mejor de su obra. Todo eso es cierto, pero también lo es que, aunque entre mediados de los cuarenta y mediados de los cincuenta ocupó un lugar preeminente en la literatura española, nunca se molestó en hacer carrera literaria (un ejercicio que, como el de hacer carrera política, siempre le pareció indigno de caballeros), y que a medida que transcurría el tiempo practicó cada vez con mayor destreza el arte sutil de la ocultación, hasta el punto de que, a partir de 1955 y durante cinco años, firmó sus artículos en *Abc* con tres enigmáticos asteriscos. Por lo demás, su vida social se limitaba a la asidua frecuentación de los pocos amigos que, como Ignacio Agustí o Marino Gómez Santos, habían conseguido sobrevivir a las intemperancias de su carácter y, desde principios de los cincuenta, a la muy ocasional de la tertulia que en el Café Comercial de la glorieta de Bilbao aglutinaba César González-Ruano. Éste, que lo conocía bien, por esa época veía a Sánchez Mazas «como un gran aficionado, como un gentilhombre mayor de las letras, como un gran señor impar que no ha necesitado nunca hacer profesión de sus vocaciones, sino ejercicios de verso y prosa en sus vacaciones».

O sea que, después de todo, es probable que Foxá tuviera razón: desde que acabó la guerra hasta su muerte, quizá Sánchez Mazas no fue esencialmente otra cosa que un millonario. Un millonario sin muchos millones, lánguido y un poco decadente, entregado a pasiones un tanto extravagantes

1 **más aventurado ...** menos seguro parece pensar – 8 **la orfebrería** artesanía – 14 **preeminente** de honor, de gran importancia – 18 **sutil** ingenioso – 20 **enimágtico** misterioso – 23 **Ignacio Agustí ...** escritores y periodistas contemporáneos de Sánchez Mazas – 23 **una intemperancia** intolerancia – 26 **Café Comercial** famoso café madrileño, en la Glorieta de Bilbao, una plaza del centro de Madrid, en el que escritores, intelectuales y periodistas se reunían habitualmente para conversar – 26 **César González-Ruano** otro periodista destacado de la época, quqeien convocaba las reuniones en el Café Comercial. – 28 **gentilhombre ...** hombre al servicio de la literatura – 29 **impar** *aquí:* único – 35 **lánguido** débil, cansado

–los relojes, la botánica, la magia, la astrología– y a la no menos extravagante pasión de la literatura. Vivía entre la casona de Coria, donde pasaba largas temporadas haciendo *vie de château,* el hotel Velázquez de Madrid y el chalet de la colonia del Viso, rodeado de gatos, losas de Italia, libros de viajes, cuadros españoles y grabados franceses, con un gran salón presidido por una chimenea francesa y un jardín saturado de rosales. Se levantaba hacia el mediodía y, después de comer, escribía hasta la hora de la cena; las noches, que a menudo se prolongaban hasta el amanecer, las dedicaba a la lectura. Salía poco de casa; fumaba mucho. Es probable que para entonces ya no creyera en nada. También lo es que, en su fuero interno, nunca en su vida haya creído en nada; y, menos que nada, en aquello que defendía o predicaba. Hizo política, pero en el fondo siempre la despreció. Exaltó viejos valores –la lealtad, el coraje–, pero ejerció la traición y la cobardía, y contribuyó como pocos al embrutecimiento que la retórica de Falange hizo de ellos; también exaltó viejas instituciones –la monarquía, la familia, la religión, la patria–, pero no movió un solo dedo para traer un rey a España, ignoró a su familia, de la que a menudo vivió separado, y hubiera cambiado todo el catolicismo por un solo canto de la *Divina Commedia;* en cuanto a la patria, bueno, la patria no se sabe lo que es, es simplemente una excusa de la pillería o de la pereza. Quienes lo trataron en sus últimos años le recuerdan recordando con frecuencia los avatares de la guerra y el fusilamiento del Collell. «Es increíble lo que se aprende en esos pocos segundos de la ejecución», le dijo en 1959 a un periodista a quien sin embargo no reveló las enseñanzas que le había deparado la inminencia de la muerte. Quizá no era otra cosa que un superviviente, y por eso al final de su vida le gustaba imaginarse como un gran señor otoñal y fracasado, como alguien que, pudiendo haber hecho grandes cosas, no había hecho casi nada. «No he correspondido sino mediocremente a la esperanza y a la ayuda que he recibido», le confesó por esa época a González- Ruano, y años antes un personaje de *La vida nueva de Pedrito de Andía* parece hablar por boca de Sánchez Mazas cuando proclama en su lecho de

4 **vie de chateau** *galic* vida de palacio, vida de persona que vive en un castillo – 5 **losa** cerámica – 12 **fuero interno** en lo más profundo de sí mismo – 17 **un embrutecimiento** atontamiento, hacer menos inteligente – 22 **Divina Commedia** obra del poeta italiano Dante, pieza clásica de la literatura italiana del siglo XIV. – 24 **una pillería** acción típica de niños, travesura – 26 **un avatar** acontecimiento difícil – 28 **revelar** comunicar – 29 **deparar** *aquí:* dar

muerte: «Nunca he podido acabar yo nada en este mundo». De hecho, fue de ese modo, melancólico y derrotado y sin futuro, como a él le gustó preverse desde muy pronto. En julio de 1913, en Bilbao, con apenas diecinueve años, Sánchez Mazas escribió, con el título de «Bajo el sol antiguo», tres sonetos, el último de los cuales dice así:

En mi ocaso de viejo libertino
y de viejo poeta cortesano
pasaría las tardes, mano a mano,
con un beato padre teatino.

Cada vez más gotoso y más católico, como
es guisa de rancio caballero, mi genio
impertinente y altanero tornárase vidrioso
y melancólico.

Y como hallasen para fin de cuento misas
y deudas en mi testamento,
de limosna me harían funerales.

Y la fortuna en su postrer agravio
ciñérame sus lauros inmortales
¡por una Epístola moral a Fabio!

Yo no sé si al final de sus días, cincuenta años después de escribir esas palabras, Sánchez Mazas era un viejo libertino, pero sin duda era un viejo poeta cortesano. Seguía siendo católico, aunque sólo fuera de fachada, y también un rancio caballero. Siempre tuvo un genio impertinente, altanero, vidrioso y melancólico. Murió una noche de octubre de 1966, de un enfisema pulmonar; a sus funerales asistió poca gente. Dejó poco dinero y poca hacienda. Fue un escritor malogrado

1 **lecho de muerte** en la cama en la que moriría – 7 **el ocaso** el fin del día, *aquí*: el final de su vida – 9 **mano a mano** charlando, conversando – 10 **beato padre teatino** un hombre religioso, de un convento – 11 **gotoso** con la enfermedad de la "gota", enfermedad del pie; *fig* torpe, sin capacidad para moverse – 12 **como es guisa ...** como es típico de un viejo caballero – 13 **altanero** arrogante – 13 **tornar** volver – 14 **vidrioso ...** frágil y triste – 15 **para fin ...** al final – 16 **deudas ...** a su muerte solo tendría deudas – 17 **de limosna ...** sus funerales los tendrían que pagar otros pues él no tendría dinero – 18 **postrer agravio** en su última humillación (Demütigung) – 19 **ciñérame ...** me pusiera una corona de laureles – 20 **La Epístola moral a Fabio** título de una obra del capitán Andrés Fernández de Andrada (Sevilla 1575- México 1648) en la que reflexiona sobre la brevedad de la vida y la resignación de una vida normal – 24 **Sólo fuera ...** en apariencia – 28 **poco dinero ...** poca herencia

y por eso no escribió –por eso y porque quizá no era digno de ello– una *Epístola moral a Fabio*. También fue el mejor de los escritores de la Falange: dejó un puñado de buenos poemas y un puñado de buenas prosas, que es mucho más de lo que casi cualquier escritor puede aspirar a dejar, pero también mucho menos de lo que exigía su talento, que siempre estuvo por encima de su obra. Dice Andrés Trapiello que, como tantos escritores falangistas, Sánchez Mazas ganó la guerra y perdió la historia de literatura. La frase es brillante y, en parte, cierta, o por lo menos lo fue, porque durante un tiempo Sánchez Mazas pagó con el olvido su brutal responsabilidad en una matanza brutal; pero también es cierto que, al ganar la guerra, quizá Sánchez Mazas se perdió a sí mismo como escritor: romántico al fin, acaso íntimamente juzgaba que toda victoria está contaminada de indignidad, y lo primero que advirtió en secreto al llegar al paraíso –aunque fuera aquel ilusorio paraíso burgués de ocio, cretona y pantuflas que, como un remedo menesteroso de los viejos privilegios, jerarquías y seguridades, se construyó en sus últimos años– fue que allí se podía vivir, pero no escribir, porque la escritura y la plenitud son incompatibles. Hoy poca gente se acuerda de él, y quizá lo merece. Hay en Bilbao una calle que lleva su nombre.

2 **no escribió ...** no escribió una obra importante – 6 **el talento** capacidad, inteligencia – 16 **ilusorio** irreal, ficticio – 17 **la cretona** tela elegante – 17 **una pantufla** zapatilla; *fig* comodidad – 18 **remedo ...** imitación necesaria. – 21 **porque la escritura ...** al llegar a la comodidad de sus últimos años ya no podía escribir; la escritura y la abundancia no son compatibles

Tercera parte

Cita en Stockton

2 **Stockton** ciudad del estado de California en la que tiene lugar la película *Fat city*, a la que hace referencia un personaje de la novela en esta tercera parte

Terminé de escribir *Soldados de Salamina* mucho antes de que concluyera el permiso que me habían concedido en el periódico. Salvo a Conchi, con la que salía a cenar un par o tres de veces por semana, en todo ese tiempo apenas vi a nadie, porque me pasaba el día y la noche encerrado en mi cuarto, delante del ordenador. Escribía de forma obsesiva, con un empuje y una constancia que ignoraba que poseía; también sin demasiada claridad de propósito. Éste consistía en escribir una suerte de biografía de Sánchez Mazas que, centrándose en un episodio en apariencia anecdótico pero acaso esencial de su vida –su frustrado fusilamiento en el Collell–, propusiera una interpretación del personaje y, por extensión, de la naturaleza del falangismo o, más exactamente, de los motivos que indujeron al puñado de hombres cultos y refinados que fundaron Falange a lanzar al país a una furiosa orgía de sangre. Por descontado, yo suponía que, a medida que el libro avanzase, este designio se alteraría, porque los libros siempre acaban cobrando vida propia, y porque uno no escribe acerca de lo que quiere, sino de lo que puede; también suponía que, aunque todo lo que con el tiempo había averiguado sobre Sánchez Mazas iba a constituir el núcleo de mi libro, lo que me permitía sentirme seguro, llegaría un momento en que tendría que prescindir de esas andaderas, porque –si es que lo que escribe va a tener verdadero interés– un escritor no escribe nunca acerca de lo que conoce, sino precisamente de lo que ignora.

Ninguna de las dos conjeturas resultó equivocada, pero a mediados de febrero, un mes antes de que concluyera el permiso, el libro estaba terminado. Eufórico, lo leí, lo releí. A la segunda relectura la euforia se trocó en decepción: el libro no era malo, sino insuficiente, como un mecanismo completo pero incapaz de desempeñar la función para la que ha sido ideado porque le falta una pieza. Lo malo es que yo no sabía cuál era esa pieza. Corregí a fondo el libro, reescribí el principio y el final, reescribí varios episodios, otros los cambié de lugar. La pieza, sin embargo, no aparecía; el libro seguía estando cojo.

Lo abandoné. El día en que tomé la decisión salí a cenar con Conchi, que debió de notarme raro, porque me preguntó qué

7 **un empuje** fuerza – 14 **inducir** *aquí: llevar* – 17 **alterar** cambiar – 18 **cobrar** *aquí:* adquirir – 23 **tendría que ...** tendría que escribir sin la seguridad de hacerlo sobre uc conocida y estudiada – 30 **trocar** transformar – 32 **desempeñar** realizar, cumplir – 33 **idear** diseñar – 33 **una pieza** parte – 37 **estar cojo** *fig* faltar uc, no tener todas las piezas

me pasaba. Yo no tenía ganas de hablar de ello (en realidad, tampoco tenía ganas de hablar; ni siquiera de salir a cenar), pero acabé explicándoselo.

–¡Mierda! –dijo Conchi–. Ya te dije que no escribieras sobre un facha. Esa gente jode todo lo que toca. Lo que tienes que hacer es olvidarte de ese libro y empezar otro. ¿Qué tal uno sobre García Lorca?

Pasé las dos semanas siguientes sentado en un sillón, frente al televisor apagado. Que yo recuerde, no pensaba en nada, ni siquiera en mi padre; tampoco en mi primera mujer. Conchi me visitaba a diario: ordenaba un poco la casa, preparaba comida y, cuando yo ya me había metido en la cama, se iba. Lloraba poco, pero no podía evitar hacerlo cuando cada noche, a eso de las diez, Conchi ponía la tele para verse vestida de pitonisa y comentar su programa de la televisión local.

También fue Conchi quien me convenció de que, aunque mi permiso no hubiera acabado y yo no estuviera recuperado del todo, debía volver a mi trabajo en el periódico. Quizá porque llevaba menos tiempo fuera que la vez anterior, o porque mi cara y mi aspecto movían más a la misericordia que al sarcasmo, en esta ocasión el regreso de vacío fue menos humillante, y en la redacción no hubo comentarios irónicos ni nadie preguntó nada, ni siquiera el director; éste, por lo demás, no sólo no me obligó a traerle cafés desde el bar de la esquina (una actividad para la que yo ya venía preparado), sino que ni siquiera me castigó con labores subalternas. Al contrario: como si adivinara que necesitaba airearme un poco, me propuso dejar la sección de cultura y dedicarme a realizar una serie casi diaria de entrevistas a personajes de algún relieve que, sin haber nacido en la provincia, residieran habitualmente en ella. Fue así como, durante varios meses, entrevisté a empresarios, actores, deportistas, poetas, políticos, diplomáticos, picapleitos, vagos.

4 **mierda** *fam vulg* expresa descontento hacia uc – 5 **joder** *fam vulg aquí:* estropear, alterar negativamente – 9 **con televisor…** referencia al principio de la novela – 14 **a eso de** alrededor de – 20 **misericordia** compasión – 21 **el sarcarsmo** burla – 21 **de vacío** con las manos vacías; *fig* sin terminar el trabajo – 26 **ni siquiera …** esto nos hace pensar en el comienzo de la novela, cuando el escritor vuelve a trabajar en el periódico – 27 **airearse** refrescarse un poco; *fig* hacer uc nueva – 30 **relieve** importancia – 33 **un picapleitos** *despect* abogado – 33 **vago** perezoso

Uno de mis primeros entrevistados fue Roberto Bolaño. Bolaño, que era escritor y chileno, vivía desde hacía mucho tiempo en Blanes, un pueblo costero situado en la frontera entre Barcelona y Gerona, tenía cuarenta y siete años, un buen número de libros a sus espaldas y ese aire inconfundible de buhonero hippie que aqueja a tantos latinoamericanos de su generación exiliados en Europa. Cuando fui a visitarle acababa de obtener un importante premio literario y vivía con su mujer y su hijo en el Carrer Ample, una calle del centro de Blanes en la que había comprado un piso modernista con el dinero que le habían dado. Allí me recibió aquella mañana, y aún no habíamos cruzado los saludos de rigor cuando me espetó:

–Oye, ¿tú no serás el Javier Cercas de *El móvil* y *El inquilino?*

El móvil y *El inquilino* eran los títulos de los dos únicos libros que yo había publicado, más de diez años atrás, sin que nadie salvo algún amigo de entonces se diera por enterado del acontecimiento. Aturdido o incrédulo, asentí.

–Los conozco –dijo–. Creo que incluso los compré.

–¿Ah, fuiste tú?

No hizo caso del chiste.

–Espera un momento.

Se perdió por un pasillo y regresó al rato.

–Aquí están –dijo, blandiendo triunfalmente mis libros.

Hojeé los dos ejemplares, advertí que estaban usados. Casi con tristeza comenté:

–Los leíste.

–Claro –sonrió apenas Bolaño, que no sonreía casi nunca, pero que casi nunca parecía hablar del todo en serio–. Yo leo hasta los papeles que encuentro por las calles.

Ahora fui yo el que sonrió.

–Los escribí hace muchos años.

–No tienes que disculparte –dijo–. A mí me gustaron, por lo menos recuerdo que me gustaron.

1 **Roberto Bolaño** escritor chileno (1953-2003), vivió en México, y después volvió a Chile para apoyar el movimiento socialista de Allende. Tras el golpe de estado de Pinochet en 1973 tuvo que abandonar Chile. Vivió también en El Salvador, Francia y por fin se instaló en España. Allí murió en 2003 de un problema de riñón. Hoy en día es considerado como el escritor latinoamericano más importante de su generación. – 6 **buhonero ...** hippie ambulante, que va de un sitio a otro, sin establecerse en ninguna parte – 12 **de rigor** habitual, *aquí:* los saludos que se intercambian normalmente cuando up conoce a una persona – 15 **El móvil ...** títulos reales de dos novelas de Cercas – 17 **aturdido** sorprendido – 20 **no hizo caso ...** el chiste es que esas novelas vendieron tan pocas copias, que el narrador le hace pensar a Bolaños que él fue el único que las compró – 23 **blandir** mostrar – 32 **disculparse** dar explicaciones

Pensé que se burlaba; levanté la vista de los libros y le miré a los ojos: no se burlaba. Me oí preguntar:

–¿De veras?

Bolaño encendió un cigarrillo, pareció reflexionar un momento.

–Del primero no me acuerdo muy bien –reconoció al cabo–. Pero creo que había un cuento muy bueno sobre un hijo de puta que induce a un pobre hombre a cometer un crimen para poder terminar su novela, ¿verdad? –Sin darme tiempo a asentir de nuevo, añadió–: En cuanto a *El inquilino*, me pareció una novelita deliciosa.

Bolaño pronunció este dictamen con tal mezcla de naturalidad y convicción que de golpe supe que los escasos elogios que habían merecido mis libros eran fruto de la cortesía o la piedad. Me quedé sin habla, y sentí unas ganas enormes de abrazar a aquel chileno de voz escasa, de pelo rizoso, escuálido y mal afeitado, a quien acababa de conocer.

–Bueno –dije–. ¿Empezamos la entrevista?

Fuimos a un bar del puerto, entre la lonja y el rompeolas, y nos sentamos junto a un ventanal desde el que se divisaba, a través del aire dorado y frío de la mañana, majestuosamente cruzado de gaviotas, toda la bahía de Blanes, con la dársena en primer plano, poblada de ociosas barcas de pesca, y al fondo el promontorio de La Palomera, que señala la frontera geográfica de la Costa Brava. Bolaño pidió té y tostadas; yo pedí café y agua. Conversamos. Bolaño me contó que ahora las cosas le iban bien, porque sus libros empezaban a darle dinero, pero que durante los últimos veinte años había sido más pobre que una rata. Había dejado de estudiar casi de niño; había desempeñado todo tipo de oficios ocasionales (aunque, aparte de escribir, nunca había tenido un trabajo serio); había hecho la revolución en el Chile de Allende y en el de

8 **un hijo de puta** *fam vulg aquí* mala persona – 8 **inducir** *aquí* obligar – 12 **un dictamen** *rar* juicio, opinión – 14 **un elogio** comentarios positivo – 16 **escuálido** muy delgado – 19 **entre la lonja ...** entre el mercado y el lugar en el que desembarcan los barcos – 21 **majestuosamente** solemnemente – 22 **una gaviota** un tipo de pájaro grande que vive cerca del mar – 22 **una bahía** una parte de la costa en la que entra el mar, como un golfo pero más pequeño – 22 **una dársena** parte más segura, más protegida de un puerto – 23 **poblado de** lleno de – 24 **un promontorio** elevación, parte alta – 29 **una rata** pequeño animal, roedor, *fig* ser muy pobre, que no tenía nada – 32 **Salvador Allende** político socialista chileno (1908-1973), elegido democráticamente para gobernar Chile en 1970. Eliminado del poder por un golpe de estado militar y asesinado mientras defendía el gobierno democrático de su país

Pinochet había estado en la cárcel; había vivido en México y en Francia; había viajado por todo el mundo. Años atrás había padecido una operación muy complicada, y desde entonces vivía en Blanes como un asceta, sin otro vicio que escribir y sin ver a nadie salvo a su familia. Casualmente, el día en que entrevisté a Bolaño el general Pinochet acababa de regresar a Chile, aclamado como un héroe por sus partidarios, después de haberse pasado dos años en Londres a la espera de ser extraditado a España y juzgado por sus crímenes. Hablamos del regreso de Pinochet, de la dictadura de Pinochet, de Chile. Como es natural, le pregunté cómo había vivido la caída de Allende y el golpe de Pinochet. Como es natural, me miró con cara de infinito aburrimiento; luego dijo:

–Como una película de los hermanos Marx, sólo que con muertos. Aquello fue un desbarajuste fabuloso. –Sopló un poco el té, bebió un sorbo y volvió a dejar la taza sobre el plato–. Mira, te voy a decir la verdad. Durante años me cagué cada vez que pude en Allende, pensaba que la culpa de todo era suya, por no entregarnos las armas. Ahora me cago en mí por haber dicho eso de Allende. Joder, el cabrón pensaba en nosotros como si fuéramos sus hijos, ¿entiendes? No quería que nos mataran. Y si llega a entregarnos las armas hubiéramos muerto como chinches. En fin –concluyó, tomando otra vez la taza–, supongo que Allende fue un héroe.

–¿Y qué es un héroe?

La pregunta pareció sorprenderle, como si nunca se la hubiese hecho, o como si se la hubiera estado haciendo desde siempre; con la taza en el aire, me miró fugazmente a los ojos,

1 **Augusto Pinochet** militar chileno (1915-2006), responsable del golpe de estado que eliminó a Allende del gobierno. Dictador de Chile desde 1973 hasta 1990. Su dictadura es conocida como una de las más brutales de Latino América, durante la cual se torturó y asesinó a miles de personas – 3 **padecer** sufrir – 4 **un asceta** persona que renuncia, rechaza los bienes materiales – 7 **aclamado** recibido con aclamaciones, con expresiones de apoyo – 9 **extraditado** deportado, entregado a las autoridades de otro país; *aquí:* España. – 9 **juzgado por ...** Pinochet fue acusado de cometer miles de crímenes contra la humanidad. En 1998, durante un viaje a Londres, fue arrestado por orden de un juez español, Baltasar Garzón. Estuvo detenido en Londres, en su casa, durante dos años. Al final, fue liberado por la autoridades británicas por motivos de salud y regresó a Chile – 15 **solo que con ...** comentario irónico. Las películas de los hermanos Marx (Chico, Harpo, Groucho), son películas cómicas. – 15 **un desbarajuste** desorden, confusión – 18 **cagarse en up** *fam vulg aquí:* criticar a up, reprocharle haber hecho algo mal, despreciar a una persona – 19 **pensaba que ...** durante el golpe de estado en Chile, el 11 de septiembre de 1973, Allende, presidente del gobierno, no permitió que los civiles salieran a la calle con armas para luchar contra los militares – 20 **un cabrón** *fam vulg* insulto que puede usarse también como expresión para referirse a up que admiras. *Aquí* expresa admiración. – 23 **morir como chinches** (Wanzen) morir muchas personas – 28 **fugazmente** brevemente

volvió la vista hacia la bahía, por un momento reflexionó; luego se encogió de hombros.

–No lo sé –dijo–. Alguien que se cree un héroe y acierta. O alguien que tiene el coraje y el instinto de la virtud, y por eso no se equivoca nunca, o por lo menos no se equivoca en el único momento en que importa no equivocarse, y por lo tanto no puede *no* ser un héroe. quien entiende, como Allende, que el héroe no es el que mata, sino el que no mata o se deja matar. No lo sé. ¿Qué es un héroe para ti?

Para entonces ya hacía casi un mes que yo no pensaba en *Soldados de Salamina*, pero en aquel momento no pude evitar el recuerdo de Sánchez Mazas, que no mató nunca y que en algún momento, antes de que la realidad le demostrara que carecía del coraje y del instinto de la virtud, acaso se creyó un héroe. Dije:

–No lo sé. John Le Carré dice que hay que tener temple de héroe para ser una persona decente.

–Sí, pero una persona decente no es lo mismo que un héroe –replicó en el acto Bolaño–. Personas decentes hay muchas: son las que saben decir no a tiempo; héroes, en cambio, hay muy pocos. En realidad, yo creo que en el comportamiento de un héroe hay casi siempre algo ciego, irracional, instintivo, algo que está en su naturaleza y a lo que no puede escapar. Además, se puede ser una persona decente durante toda una vida, pero no se puede ser sublime sin interrupción, y por eso el héroe sólo lo es excepcionalmente, en un momento o, a lo sumo, en una temporada de locura o inspiración. Ahí está Allende, hablando por Radio Magallanes, tumbado en el suelo en un rincón de La Moneda, con la metralleta en una mano y el micrófono en la otra, hablando como si estuviera borracho o como si ya estuviera muerto, sin saber muy bien lo que dice y diciendo las palabras más limpias y más nobles que yo he

3 **acertar** hacer una cosa bien, tener razón – 4 **instinto de ...** ética, integridad, honestidad – 16 **John Le Carré** escritor inglés de novelas de acción y espionaje – 16 **un temple** carácter, capacidad de actuar bien en situaciones difíciles – 17 **decente** honesto, justo – 21 **un comportamiento** conducta, forma de actuar – 25 **sublime** excepcional – 28 **Radio Magallanes** estación de radio chilena del Partido Comunista, por la que Allende pronunció su último mensaje a la nación, antes de morir en el Palacio de la Moneda. Esta estación de radio fue destruida tras el golpe – 30 **con la ...** Allende resistió hasta el final en el Palacio de la Moneda. Prácticamente solo, trató de defenderse de los ataques y bombardeos

escuchado nunca... Ahora me acuerdo de otra historia. Ocurrió en Madrid hace tiempo, yo la leí en la prensa. Un muchacho andaba por una calle del centro y de pronto vio una casa envuelta en llamas. Sin encomendarse a nadie entró en la casa y sacó en brazos a una mujer. Volvió a entrar y esta vez sacó a un hombre. Luego entró otra vez y sacó a otra mujer. A esas alturas del incendio ya ni siquiera los bomberos se atrevían a entrar en la casa, era un suicidio; pero el muchacho debía de saber que todavía quedaba alguien adentro, porque entró de nuevo. Y, claro, ya no volvió a salir. –Bolaño se detuvo, con el dedo índice se subió las gafas hasta que la montura rozó las cejas–. Brutal, ¿no? Bueno, pues yo no estoy seguro de que ese muchacho actuase movido por la compasión, o por vete a saber qué buen sentimiento; yo creo que actuaba por una especie de instinto, un instinto ciego que lo superaba, que podía más que él, que obraba por él. Lo más probable es que ese muchacho fuera una persona decente, no digo que no; pero puede no haberlo sido. Chucha, Javier, ni falta que le hacía: el cabrón era un héroe.

Bolaño y yo nos pasamos el resto de la mañana conversando acerca de sus libros, de los autores que le gustaban –que eran muchos– y de los que detestaba –que todavía eran más–. Bolaño hablaba de todos ellos con una extraña pasión helada, que al principio me fascinó y luego me hizo sentir incómodo. Abrevié la entrevista. Cuando ya íbamos a despedirnos, en el paseo del Mar, me propuso comer en su casa, con su mujer y su hijo; mentí: le dije que no podía, porque me esperaban en el periódico. Entonces me invitó a venir a verle algún día; volví a mentir: le dije que lo haría muy pronto.

Una semana después, cuando se publicó la entrevista, Bolaño me telefoneó al periódico. Me dijo que le había gustado mucho. Preguntó:

–¿Estás seguro de que dije todo eso de los héroes?

1 **las palabras más ...** estas palabras de Allende se han hecho famosas a lo largo de la historia del siglo XX, tanto en Chile como en el resto del mundo. Al final de su dicurso Allede dice: "El pueblo debe defenderse, pero no sacrificarse. El pueblo no debe dejarse arrasar ni acribillar, pero tampoco puede humillarse.Trabajadores de mi patria: tengo fe en Chile y su destino. Superarán otros hombres este momento gris y amargo, donde la traición pretende imponerse. Sigan ustedes sabiendo que, mucho más temprano que tarde, de nuevo abrirán las grandes alamedas por donde pase el hombre libre para construir una sociedad mejor" – 4 **encomendarse** confiarse a la protección – 11 **dedo índice** dedo con el que normalmente se indica o señala – 11 **una montura** parte exterior de las gafas, en la que se insertan los cristales – 18 **chucha** *Chi* expresión de sorpresa – 22 **detestar** odiar – 25 **abreviar** acortar, hacer más corto

–Palabra por palabra –contesté, bruscamente suspicaz, imaginando que el elogio inicial era sólo un prólogo a los reproches, conjeturando que Bolaño era uno de esos lenguaraces que atribuyen todos sus deslices verbales a la malicia, el descuido o la frivolidad de los periodistas–. Lo tengo grabado.

–¡Joder, pues la verdad es que está muy bien! –me tranquilizó–. Pero te llamaba por otra cosa. Mañana estaré en Gerona para renovar mi permiso de residencia; una vaina de mierda, que no me llevará mucho rato. ¿Te apetecería que comiéramos juntos?

Yo no había esperado ni la llamada ni la propuesta y, quizá porque me pareció más fácil aceptarla que pretextar un compromiso, acepté, y al día siguiente, cuando llegué al Bistrot, Bolaño ya estaba sentado a una mesa, con una Coca-Cola light en la mano.

–Hacía por lo menos veinte años que no venía por aquí –comentó Bolaño, que el día anterior, por teléfono, me había dicho que, durante la temporada en que había residido en la ciudad, vivía cerca del Bistrot–. Esto ha cambiado un huevo.

Después de hacer el pedido (ensalada y bistec a la plancha para él; mejillones al vapor y conejo para mí), Bolaño volvió a elogiar mi entrevista, habló de las de Capote y de Mailer, bruscamente me preguntó si estaba escribiendo algo. Como nada irrita tanto a un escritor que no escribe como que le pregunten por lo que está escribiendo, un poco molesto contesté:

–No. –Y, porque pensé que, como para todo el mundo, para Bolaño escribir en los periódicos no es escribir, añadí–: Ya no escribo novelas. –Pensé en Conchi y dije–: He descubierto que no tengo imaginación.

–Para escribir novelas no hace falta imaginación –dijo Bolaño–. Sólo memoria. Las novelas se escriben combinando recuerdos.

1 **suspicaz** con desconfianza – 2 **un prólogo** una introducción a lo que viene después – 3 **un reproche** Vorwurf – 4 **lenguaraz** insolente, malhablado – 4 **deslices ...** errores – 5 **frivolidad** superficialidad – 9 **permiso de residencia** Bolaño, como ciudadano chileno residente en Gerona, necesita tener un permiso de residencia – 10 **vaina de mierda** *AmS fam* una molestia, algo que resulta incómodo, que a uno no le gusta tener que hacer – 14 **pretextar** invetar una excusa para no poder quedar con él – 20 **un huevo** *fam vulg, aquí:* mucho – 23 **elogiar** hablar bien de uc o up – 23 **Truman Capote** escritor norteamericano del siglo XX – 23 **Norman Mailer** escritor y periodista norteamericano, contemporáneo de Capote

–Entonces yo me he quedado sin recuerdos. –Tratando de ser ingenioso expliqué–: Ahora soy un periodista; sea: un hombre de acción.

–Pues es una lástima –dijo Bolaño–. Un hombre de acción es un escritor frustrado. Si don Quijote hubiera escrito un solo libro de caballería nunca hubiera sido don Quijote, y si yo no hubiese aprendido a escribir ahora estaría pegando tiros con las FARC. Además, un escritor de verdad nunca deja de ser un escritor. Aunque no escriba.

–¿Qué te hace pensar que yo soy un escritor de verdad?

–Escribiste dos libros de verdad.

–Juvenalia.

–¿El periódico no cuenta?

–Cuenta. Pero ahí no escribo por placer: sólo para ganarme la vida. Además, no es lo mismo un periodista que un escritor.

–En eso tienes razón –concedió–. Un buen periodista es siempre un buen escritor, pero un buen escritor casi nunca es un buen periodista.

Me reí.

–Brillante, pero falso –dije.

Mientras comíamos Bolaño me habló de la época en que había vivido en Gerona; minuciosamente me contó una interminable noche de febrero en un hospital de la ciudad, el Josep Trueta. Aquella mañana le habían diagnosticado una pancreatitis, y, cuando el médico apareció por fin en su habitación y él pudo preguntarle, sabiendo cuál era la respuesta, si se iba a morir, el médico le acarició un brazo y le dijo que no con la voz con que se dicen siempre las mentiras. Antes de dormirse esa noche, Bolaño sintió una tristeza infinita, no porque supiera que iba a morir, sino por todos los libros que había proyectado escribir y nunca escribiría, por todos sus amigos muertos, por todos los jóvenes latinoamericanos de su generación –soldados muertos en guerras de antemano perdidas– a los que siempre había soñado resucitar en sus novelas y que ya permanecerían muertos para siempre, igual que él, como si no hubieran existido nunca, y luego se durmió

4 **lástima** pena – 5 **don Quijote** famoso personaje literario de la novela de Cervantes *Don Quijote de la Mancha* (1604) – 8 **FARC** Fuerzas Armadas Revolucionarias de Colombia, organización guerrillera de orientación marxista, considerada un grupo terrorista que ha asesinado y secuestrado a miles de personas – 12 **juvenalia** Expresión clásica griega que se refiere al paso de la infancia a la edad adulta. Es decir, que los libros que escribió el narrador son libros de up todavía inmaduro – 22 **minuciosamente** con mucho detalle – 24 **Joseph Trueta** hospital universitario de Gerona – 25 **una pancreatitis** inflamación del páncreas – 31 **proyectar** planear – 34 **guerras ...** guerras perdidas antes de tiempo, antes de poder luchar en ellas

y durante toda la noche soñó que estaba en un ring peleando con un luchador de sumo, un oriental gigantesco y sonriente contra el que nada podía y contra el que sin embargo siguió peleando toda la noche hasta que despertó y supo sin que nadie se lo dijera, con una alegría sobrehumana que no había vuelto a experimentar nunca, que no iba a morir.

–Pero a veces pienso que todavía no he despertado –dijo Bolaño pasándose la servilleta por los labios–. A veces pienso que todavía estoy en la cama del Trueta, peleando con el luchador de sumo, y que todo lo que ha pasado en estos años (mi hijo y mi mujer y las novelas que he escrito y los amigos muertos de los que he hablado) lo estoy soñando, y que en algún momento me despertaré y estaré en la lona del ring, asesinado por un oriental muy gordo que sonríe igual que la muerte.

Después de comer Bolaño me pidió que le acompañara a dar una vuelta por la ciudad. Le acompañé: recorrimos el casco antiguo, caminamos por la Rambla, por la plaza de Catalunya, por la del mercado. Al atardecer tomamos café en el bar del hotel Carlemany, muy cerca de la estación, mientras Bolaño esperaba el tren. Fue allí, entre tazas de té y gin-tonics, donde me contó la historia de Miralles. No recuerdo por qué ni cómo llegó hasta ella; recuerdo que habló con un entusiasmo inflexible, con una suerte de jubilosa seriedad, poniendo a disposición del relato toda su erudición militar e histórica, que era abrumadora pero no siempre exacta, porque más tarde, cuando consulté varios libros sobre las operaciones militares de la Guerra Civil y la segunda guerra mundial, descubrí que algunas de las fechas y nombres y circunstancias habían sido modificados por su imaginación o su memoria. El relato, sin embargo, no sólo era verosímil, sino también, en la mayoría de sus pormenores, fiel a los hechos.

Una vez corregidos los pocos datos y fechas que Bolaño había alterado, la historia es ésta:

Bolaño conoció a Miralles en el verano de 1978, en el cámping Estrella de Mar, en Castelldefells. El Estrella de Mar era un cámping de rulots al que cada verano acudía una

1 **un ring** espacio en el que tienen lugar los combates de boxeo – 2 **sumo** tipo de lucha libre, de origen japonés. Símbolo aquí, en el sueño de Bolaño, de algo enorme, inmenso contra lo que lucha y no puede ganar – 17 **recorrer** pasar caminando – 24 **una suerte de ...** con una especie de seriedad alegre – 25 **erudición** saber, conocimiento
26 **abrumador** impresionante – 36 **Castelldefells** ciudad de la costa catalana, importante lugar de veraneo – 37 **una rulot** *galic* pequeña casa con ruedas, que se instala en un camping

población flotante compuesta básicamente por miembros del proletariado europeo: franceses, ingleses, alemanes, holandeses, algún español. Bolaño recordaba que, al menos durante el tiempo que pasaba allí, aquella gente era muy feliz; él también se recordaba a sí mismo feliz. Trabajó en el cámping durante cuatro veranos, del año 78 al 81, y a veces también durante los fines de semana de invierno; hizo de basurero, de vigilante nocturno, de todo.

–Fue mi doctorado –me aseguró Bolaño–. Conocí a una fauna humana de lo más variopinta. En realidad, nunca en toda mi vida he aprendido tantas cosas de golpe como allí.

Miralles llegaba cada año a principios de agosto. Bolaño lo recordaba al volante de su rulot, con sus saludos de escándalo, su sonrisa descomunal, su gorra calada y su tremenda barriga de buda, inscribiéndose en el registro del cámping e instalándose de inmediato en el lugar asignado. A partir de aquel momento Miralles no volvía a vestir en todo el mes más que un bañador y unas chanclas de goma y, como andaba todo el día a cuerpo gentil, llamaba inmediatamente la atención, porque su cuerpo era un auténtico compendio de cicatrices: de hecho, todo el costado izquierdo, desde el tobillo hasta el mismo ojo, por el que aún podía ver, era una pura cicatriz. Miralles era catalán, de Barcelona o de los alrededores de Barcelona –Sabadell tal vez, o Terrassa: en todo caso Bolaño recordaba haberle oído hablar en catalán–, pero llevaba muchos años viviendo en Francia y, al decir de Bolaño, se había vuelto totalmente francés: gastaba una ironía bien afilada, sabía comer y beber y le volvía loco el buen vino. De noche se reunía en el bar con sus amigos de cada verano y Bolaño, que en su calidad de vigilante nocturno se sumaba con frecuencia a esas veladas que se prolongaban hasta muy tarde, lo vio emborracharse a menudo, pero nunca volverse agresivo ni pendenciero ni sentimental. Al final de esas noches simplemente necesitaba que alguien le acompañara hasta

1 **flotante** cambiante – 2 **un proletariado** clase trabajadora – 7 **un basurero** recolector de basura – 8 **de todo ...** dato biográfico de Bolaños. De joven, al llegar a España, trabajó los veranos en un camping en Cataluña – 9 **mi doctorado** *fig* trabajar allí en el camping fue una experiencia que le enseñó muchas cosas – 10 **variopinto** diverso – 14 **descomunal** enorme – 14 **calado** *aquí:* su gorra muy metida en la cabeza – 15 **barriga de buda** enorme barriga como la de un buda – 18 **chanclas ...** un tipo de sandalias – 19 **a cuerpo gentil** medio desnudo, sólo con el bañador – 21 **compendio de ...** conjunto de marcas en la piel, causadas por heridas diversas – 27 **gastar** *aquí:* emplear, usar – 28 **afilado** agudo, hiriente – 30 **sumarse** unirse – 31 **una velada** reunión – 32 **emborracharse** beber demasiado – 33 **pendenciero** provocador de peleas

su rulot, porque ya no era capaz de llegar por sí mismo hasta ella. Bolaño lo hizo muchas veces, y también se quedó muchas veces a solas con él, en el bar, bebiendo hasta muy tarde porque Miralles había derrotado a sus contertulios, y fue en el curso de esas noches interminables y solitarias (nunca le vio hablar de ello ante otras personas) cuando le oyó desplegar una y otra vez su historial de guerra, desplegarlo sin jactancia ni orgullo, con su aprendida ironía de francés adoptivo, como si no le perteneciera a él sino a otra persona, alguien a quien apenas conocía y a quien sin embargo vagamente estimaba. Por eso Bolaño lo recordaba con absoluta precisión.

En el otoño de 1936, pocos meses después de comenzada la guerra en España, Miralles fue reclutado con apenas dieciocho años, y a principios del 37, después de un adiestramiento militar de urgencia, encuadrado en un batallón de la Primera Brigada Mixta del Ejército de la República, que estaba al mando de Enrique Líster. Éste, que había sido comandante de las Milicias Antifascistas Obreras y del Quinto Regimiento, ya era para entonces una leyenda viva. El Quinto Regimiento acababa de disolverse, y la mayoría de los compañeros del batallón de Miralles, que pocos meses atrás, en noviembre, habían sido decisivos para detener a las tropas de Franco a las puertas de Madrid, se habían batido en sus filas. Antes de la guerra Miralles trabajaba de aprendiz de tornero; ignoraba la política: sus padres, gente de condición muy humilde, nunca hablaban de ella; tampoco sus amigos. Sin embargo, apenas llegó al frente se hizo comunista: el hecho de que lo fueran sus compañeros y sus mandos y de que también lo fuera Líster sin duda influyó en su decisión; quizá lo hizo más la certidumbre inmediata de que los comunistas eran los únicos que de verdad estaban dispuestos a plantar cara y ganar la guerra.

–Supongo que era un poco botarate –recordaba Bolaño que le había dicho una noche Miralles, hablando de Líster, a cuyas órdenes hizo toda la guerra–. Pero también quería mucho a

4 **había derrotado ...** había vencido a sus compañeros; es decir, había resistido despierto y bebiendo más que los otros – 6 **desplegar** exponer – 7 **jactancia** → jactarse (prahlen) – 10 **vagamente ...** ligeramente apreciaba – 14 **un adiestramiento** entrenamiento – 15 **encuadrado** colocado – 15 **un batallón** un grupo de soldados – 18 **Milicias ...** grupos de militantes socialistas que se unieron para proteger a dirigentes socialistas y comunistas. Al comenzar la guerra, estos grupos formaron cinco batallones que participaron activamente en la defensa de Madrid contra las tropas franquistas. El quinto batallón se convirtió después en el quinto regimiento del ejército popular 19 **leyenda viva** Líster era considerado un héroe legendario – 23 **batirse** pelearse – 24 **aprendiz ...** que aprende un trabajo mecánico – 29 **una certidumbre** seguridad – 31 **plantar cara** enfrentarse a – 32 **botarate** irreflexivo, insensato

sus hombres y era muy valiente, muy español. Un tipo con dos cojones.

–Español de puro bruto –citó Bolaño, sin decirle a Miralles que citaba a César Vallejo, sobre el que por entonces estaba escribiendo una novela chiflada.

Miralles se rió.

–Exacto –convino–. Luego he leído muchas cosas sobre él, contra él en realidad. La mayoría falsas, por lo que yo sé. Supongo que se equivocó en muchas cosas, pero también acertó en muchas otras, ¿no es verdad?

En los primeros días de la guerra Miralles había sentido simpatía por los anarquistas, no tanto por sus confusas ideas o por su ímpetu revolucionario, cuanto porque fueron los primeros en echarse a la calle a pelear contra el fascismo. No obstante, a medida que la contienda avanzaba y los anarquistas sembraban el caos en la retaguardia, esa simpatía se desvaneció: como todos los comunistas –y sin duda esto también contribuyó a acercarle a ellos–, Miralles entendía que lo primero era ganar la guerra; luego ya habría tiempo de hacer la revolución. De modo que, cuando en el verano del 37 la 11a. División, a la que él pertenecía, liquidó por orden de Líster las colectividades anarquistas de Aragón, a Miralles la operación le pareció brutal, pero no injustificada. Más tarde peleó en Belchite, en Teruel, en el Ebro y, cuando el frente se derrumbó, Miralles se retiró con el ejército hacia Cataluña y a principios de febrero del 39 cruzó la frontera francesa con los otros 450.000 españoles que lo hicieron en los días finales de la guerra. Al otro lado le esperaba el campo de concentración de Argelès, en realidad una playa desnuda e inmensa rodeada por una doble alambrada de espino, sin barracones, sin el menor abrigo en el frío salvaje de febrero, con una higiene de cenagal, donde, en condiciones de vida infrahumanas, con mujeres y viejos y niños durmiendo en la arena moteada

2 **con dos cojones** *fam vulg, aquí:* up muy valiente – 4 **César Vallejo** poeta peruano (1892-1938), de máxima importancia para la poesía del siglo XX. La expresión "español de puro bruto" que usa Bolaños para describir a Miralles, es un verso del poeta peruano – 5 **una novela chiflada** novela titulada *Monsieur pain,* sobre la vida y obra del poeta peruano César Vallejo – 16 **sembrar** causar, crear – 17 **desvanecerse** desaparecer – 21 **liquidar** destruir, eliminar – 22 **colectividades ...** durante la guerra, se formaron comunidades anarquistas en varias regiones de España, sobre todo en el norte. En Aragón había más de 400 de estas comunidades – 29 **Argelès** campo de concentración en el sur de Francia, en el que fueron internados más de 100.000 españoles que huían de España al fin de la guerra. Las condiciones del campo eran terribles y muchos murieron a causa de enfermedades como la disentería – 30 **un barracón** casa de madera o tela – 32 **un cenagal** lugar lleno de barro y lodo – 33 **moteada** *aquí:* cubierta

de nieve y escarcha y hombres vagando cargados con el peso alucinado de la desesperación y el rencor de la derrota, ochenta mil fugitivos españoles aguardaban el final del infierno.

–Los llamaban campos de concentración –solía decir Miralles–. Pero no eran más que morideros.

Así que, unas semanas después de llegar a Argelès, cuando aparecieron por el campo las banderas de enganche de la Legión Extranjera francesa, sin dudarlo un instante Miralles se alistó en ella. Fue así como llegó al Magreb, a algún punto del Magreb, Túnez o tal vez Argelia, Bolaño no recordaba bien. Allí le sorprendió el inicio de la guerra mundial. Francia cayó en manos de los alemanes en junio del cuarenta, y la mayor parte de las autoridades francesas del Magreb se pusieron del lado del gobierno títere de Vichy. Pero en el Magreb estaba también Leclerc, el general Jacques-Philippe Leclerc. Leclerc se negó a aceptar las órdenes de Vichy y empezó a reclutar cuanta gente pudo con la idea desatinada de cruzar a su mando la mitad de África y alcanzar alguna posesión ultramarina francesa que aceptase la autoridad de De Gaulle, quien desde Londres, igual que él, se había rebelado en nombre de la Francia libre contra Pétain.

–¡Chucha, Javier! –Recostado en una butaca del bar del Carlemany, Bolaño me miraba burlón o incrédulo a través de los gruesos cristales de sus gafas y del humo de su Ducados–. Miralles se pasó toda su vida cagándose en Leclerc y en sí mismo por haberle hecho caso a Leclerc. Porque ni él ni ninguno de los desharrapados a los que Leclerc engañó como a chinos tenían ni idea de dónde se metían. Era un viaje de varios miles de kilómetros a través del desierto, a puro huevo, en condiciones mucho peores que las que había dejado Miralles en Argelès y sin apenas pertrechos. ¡Ríete tú del París-

1 **escarcha** hielo – 5 **un moridero** lugar en el que la gente moría sin remedio – 7 **enganche** incorporación – 9 **alistarse** unirse a un grupo militar, *aquí:* a la Legión – 9 **Magreb** región del norte de Africa que incluye Marruecos, Túnez y Argelia – 14 **del lado del gobierno ...** al servicio de los alemanes – 15 **Jaques Philippe Leclerc** conocido en Francia como Mariscal Leclerc (1902-1947), fue general del ejército francés de liberación durante la Segunda Guerra Mundial. Después de la ocupación de Francia, luchó junto a De Gaulle desde Africa contra las potencias del eje – 16 **Vichy** gobierno francés de 1940 a 1944, bajo dominio alemán – 17 **desatinado** desacertado, no muy bueno – 21 **Petain** presidente de la Francia ocupada, con sede de gobierno en Vichy – 25 **Ducados** marca española de tabaco – 26 **hacer caso** seguir, obedecer – 27 **desharrapado** malvestido – 28 **engañar como a chinos** *fam* engañar a up aprovechándose de su ingenuidad – 30 **a puro huevo** *fam* sin nada, sin preparación

Dakar, que es un puto paseíto de domingo comparado con eso! ¡Hay que tener los cojones cuadrados para hacer una cosa así!

Pero ahí estaban Miralles y su montón de engañados voluntarios reclutados de urgencia por el proselitismo insensato de Leclerc, quienes, después de varios meses de contramarchas suicidas por el desierto, arribaron a la provincia del Chad, en el África Ecuatorial francesa, donde entraron por fin en contacto con la gente de De Gaulle. Poco después de su llegada al Chad, junto a un destacamento inglés procedente de El Cairo y en compañía de otros cinco hombres de la Legión Extranjera al mando del coronel D'Ornano, comandante en jefe de las fuerzas francesas en el Chad, Miralles tomó parte en el ataque al oasis italiano de Murzuch, en Libia sudoccidental. Los seis miembros de la patrulla francesa eran en teoría voluntarios; la realidad es que Miralles nunca hubiera intervenido en esa incursión de no haber sido porque, como en su compañía nadie se presentaba voluntario a ella, se lo jugaron a la taba y Miralles acabó perdiendo. La patrulla de Miralles era sobre todo simbólica, porque, después de la caída de Francia, era la primera vez que un contingente francés tomaba parte en una acción bélica contra una de las potencias del Eje.

–Date cuenta, Javier –acotó Bolaño, un poco perplejo, como reprimiendo la risa, como si él mismo estuviera descubriendo la historia (o el significado de la historia) a medida que la contaba–. Toda Europa dominada por los nazis, y en el culo del mundo, y sin que nadie se enterase, los cuatro putos moros, el puto negro y el cabrón de español que formaban la patrulla de D'Ornano estaban levantando por vez primera en meses la bandera de la libertad. ¡Tiene cojones la cosa! Y ahí estaba Miralles, engañado y por puñetera mala suerte y a lo mejor sin saber para qué estaba ahí. Pero ahí estaba él.

1 **el París-Dakar** El rally del París-Dakar no es nada comparado con la expedición del Mariscal Leclerc y sus soldados a través de África – 2 **tener los cojones cuadrados** *fam vulg aquí*: hay que ser muy valiente – 5 **proselitismo ...** deseo insensato de Leclerc de ganar adeptos a su causa – 6 **una contramarcha** retroceso, marcha atrás – 6 **arrivar** llegar – 7 **el Chad** territorio francés en el centro de Africa, desde 1920 hasta 1960 – 16 **nunca hubiera intervenido ...** nunca hubiera participado en ese ataque – 18 **a la taba** a suertes – 20 **contingente** grupo militar – 22 **el eje** Alemania e Italia – 23 **acotar** comentar – 27 **el culo del mundo** *fam vulg* lugar muy alejado, muy lejos de todo – 28 **cuatro putos ...** *fam vulg aquí*: cuatro infelices moros = cuatro soldados voluntarios del norte de África; un infeliz negro, voluntario del Chad, y un desafortunado español (Miralles) – 30 **tener cojones** *fam vulg aquí:* gran ironía – 31 **puñetera ...** *fam vulg aquí:* maldita mala suerte, terrible mala suerte

El coronel D'Ornano cayó en Murzuch. Su puesto al mando de las fuerzas del Chad lo cubrió Leclerc, quien, espoleado por el éxito de Murzuch, se lanzó de inmediato contra el oasis de Cufra –el más importante del desierto de Libia, que estaba también en manos italianas– con un puñado de voluntarios de la Legión Extranjera y un puñado de indígenas, con muy pocas armas y muy pocos medios de transporte, y el 1 de marzo de 1942, después de otra marcha de más de mil kilómetros por el desierto, Leclerc y sus hombres tomaron Cufra. Y allí, naturalmente, estaba Miralles. De regreso en el Chad, Miralles gozó de sus primeras semanas de descanso en años, y en algún momento diversos indicios ilusorios le llevaron a imaginar que, después de las gestas de Murzuch y Cufra, durante algún tiempo la guerra iba a quedar bien lejos de él y de sus compañeros. Fue entonces cuando Leclerc tuvo su segunda idea genial en poco tiempo. Convencido con razón de que la suerte de la guerra se estaba jugando en el norte de África, donde el 8º Ejército de Montgomery combatía contra el Afrika-Korps alemán, decidió tratar de unirse a las tropas inglesas, realizando a la inversa la marcha que, desde el Magreb al Chad, había realizado meses antes. Otras unidades aliadas hicieron por entonces la misma o parecida operación, pero Leclerc carecía por completo de su infraestructura, así que Miralles y los tres mil doscientos hombres que para entonces había conseguido reunir tuvieron que recorrer de nuevo, a pie y en condiciones todavía más precarias que la primera vez, los miles de kilómetros de desierto sin clemencia que los separaban de Trípoli, adonde finalmente llegaron en enero del 43, justo cuando las tropas de Rommel acababan de ser expulsadas de la ciudad por el 8º de Montgomery. La columna de Leclerc hizo el resto de la campaña de África con ese cuerpo de ejército, de forma que Miralles combatió a los alemanes en la ofensiva contra la Línea Mareth, y más tarde a los italianos en Gabès y Sfax.

Concluida la campaña de África, la columna Leclerc, integrada en el organigrama del ejército aliado, se motorizó,

2 **espoleado** estimulado, animado – 13 **una gesta** aventura – 18 **Montgomery** oficial británico que jugó un papel esencial en la expulsión de las fuerzas alemanas del norte de África durante la Segunda Guerra Mundial – 19 **Afrika Korps** fuerzas alemanas en el norte de África – 26 **precario** *aquí:* insuficiente, malo – 27 **clemencia** compasión, piedad – 29 **Rommel** militar alemán, jefe de las tropas Afrika-Korps – 33 **Línea Mareth** línea de fortificaciones de 35 kilómetros construida por Francia en Túnez para protegerse de un posible ataque italiano. Cuando las fuerzas del Eje ocuparon Túnez, utilizaron esa línea para protegerse del ejército británico – 34 **Gabés ...** otros lugares en Túnez – 36 **un organigrama** organización

convirtiéndose en la División Acorazada n.º 2 y siendo enviada a Inglaterra para su adiestramiento en el manejo de los tanques americanos, y el 1 de agosto de 1944, casi dos meses después del día D, Miralles desembarcó en la playa de Utah, en Normandía, operando con el Cuerpo de Ejército XV de Hislip. Inmediatamente la columna Leclerc partió hacia el frente, y durante los veintitrés días que para Miralles duró la campaña de Francia no dejó de pelear ni un instante, sobre todo en la región de Sarthe y en los combates que precedieron al aislamiento definitivo de la bolsa de Falaise. Porque la de Leclerc era en aquel momento una unidad muy especial: no sólo era la única división francesa que luchaba en suelo francés (aunque estuviera llena de africanos y de veteranos españoles de la guerra civil; lo proclamaban los nombres de sus tanques: Guadalajara, Zaragoza, Belchite), sino también porque era una división que se nutría exclusivamente de voluntarios, de tal manera que no podía jugar con los recambios de tropas frescas con que jugaba una división normal y, cuando un soldado caía, su puesto quedaba vacante hasta que otro voluntario venía a sustituirlo. Esto explica que, aunque ningún mando sensato mantiene a un soldado más de cuatro o cinco meses en primera línea de combate, porque la tensión del frente resulta insoportable, cuando Miralles y sus compañeros de la guerra civil pisaron las playas de Normandía llevaran más de siete años peleando sin parar.

Pero la guerra aún no había terminado para ellos. La columna Leclerc fue el primer contingente aliado que entró en París; Miralles lo hizo por la Porte-de-Gentilly la noche del 24 de agosto, apenas una hora después de que, al mando del capitán Dronne, lo hiciera el primer destacamento francés. No habían transcurrido quince días cuando los hombres de Leclerc, integrados ahora en el tercer ejército francés de De Lattre de Tassigny, entraban de nuevo en combate. Las semanas siguientes no les concedieron un instante de tregua: embistieron la línea Sigfried, penetraron en Alemania, llegaron hasta Austria. Allí acabó la aventura militar de Miralles. Allí,

2 **un manejo** uso – 4 **día D** invasión de la tropas aliadas en Normandía, en el norte de Francia – 9 **Sarthe** región en el noroeste francés – 10 **Falaise** lugar en Normandía en el que las fuerzas aliadas rodearon a los alemanes – 15 **los nombres de …** los tanques de esa división francesa tenían nombres de ciudades españolas – 16 **nutrirse** alimentarse, estar formado – 17 **jugar con** *aquí:* contar con – 19 **vacante** vacío – 21 **ningún mando …** ningún jefe militar con sentido común – 34 **una tregua** descanso, paralización del enfrentamiento – 35 **embestir** *aquí:* atacar – 35 **línea Sigfried** una de las líneas de defensa construidas por los alemanes

una mañana ventosa de invierno que no olvidaría nunca, Miralles (o alguien que estaba junto a Miralles) pisó una mina.

–Se hizo papilla –dijo Bolaño después de hacer una pausa para acabar de beberse el té, que se le había enfria- do en la taza–. La guerra en Europa estaba a punto de terminar y, después de ocho años combatiendo, Miralles había visto morir a su alrededor a montones de gente, amigos y compañeros españoles, africanos, franceses, de todas partes. Había llegado su turno... –Bolaño golpeó el brazo de la butaca–. Había llegado su turno, pero el cabrón no se murió. Lo llevaron a la retaguardia hecho mierda y lo recompusieron como Dios les dio a entender. Increíblemente, sobrevivió. Y al cabo de poco más de un año ya tienes a Miralles convertido en ciudadano francés y con una pensión de por vida.

Al terminar la guerra y recuperarse de sus heridas, Miralles se fue a vivir a Dijon, o a algún lugar de los alrededores de Dijon, Bolaño no recordaba bien. En más de una ocasión le preguntó a Miralles por qué se había instalado en Dijon (o en los alrededores de Dijon), y él a veces le contestaba que se había instalado allí como podía haberse instalado en cualquier otra parte, y otras veces le decía que se había instalado allí porque durante la guerra se prometió a sí mismo que, si conseguía sobrevivir, iba a pasarse el resto de su vida bebiendo buen vino, «y hasta hoy he cumplido», añadía palmeándose su desnuda y feliz barriga de buda. Mientras frecuentó a Miralles, Bolaño pensaba que ninguna de esas dos razones era la verdadera; ahora pensaba que tal vez lo eran las dos. Lo cierto es que Miralles se casó en Dijon (o en los alrededores de Dijon) y que en Dijon (o en los alrededores de Dijon) tuvo una hija. Se llamaba María. Bolaño la conoció en el cámping, porque al principio acudía allí cada verano, con su padre: recordaba una chica fina, seria y fuerte, «totalmente francesa», aunque con su padre hablaba siempre un castellano empedrado de erres guturales. Recordaba también que a Miralles, que había enviudado poco después de tenerla, se le caía la baba con ella: era María quien llevaba el gobierno de la casa, quien impartía

2 **una mina** tipo de explosivo enterrado en el suelo – 3 **hacerse papilla** *fam* destrozarse – 11 **hecho mierda** *fam vulg* destrozado – 12 **lo recompusieron ...** lo atendieron y curaron de la mejor manera que pudieron – 14 **una pensión ...** servicio social del gobierno francés que le daba dinero para vivir – 16 **Dijon** ciudad francesa en el centro-este – 24 **hasta hoy ...** hasta ahora lo he hecho, he cumplido mi promesa – 24 **palmearse** darse palmadas – 34 **erres guturales** erres pronunciadas con el sonido de la *erre* francesa, no con el de la española. Es decir, hablaba español con acento francés – 35 **enviudar** quedarse sin esposo por la muerte de éste – 35 **caerse la baba** *fam* adorar a up, querer inmensamente – 36 **impartir** dar

órdenes que Miralles obedecía con una especie de pudorosa humildad de veterano acostumbrado a obedecer órdenes, y quien, cuando la conversación con los amigos se prolongaba demasiado en el bar del cámping y a Miralles el vino le empezaba a poner la boca pastosa y a enredarle las frases, le cogía del brazo y se lo llevaba a la rulot, sumiso y trastabillando, con su mirada turbia de bebedor y su sonrisa culpable de padre orgulloso. Lo de María, sin embargo, duró poco tiempo, no más de dos años (dos de los cuatro en que Bolaño trabajó en el cámping), y Miralles empezó a ir solo al Estrella de Mar. Fue a partir de entonces cuando Bolaño y él intimaron de veras; también cuando Miralles empezó a acostarse con Luz. Luz era una prostituta que algunos veranos faenaba por el cámping. Bolaño la recordaba muy bien: morena y corpulenta y bastante joven y guapa, con una generosidad natural y un sentido común imperturbable; quizá sólo ocasionalmente trabajaba de puta, conjeturaba Bolaño.

–Miralles se encoñó de mala manera con ella –añadió –. El cabrón se ponía tristísimo y se emborrachaba a morir cuando no estaba Luz.

Bolaño recordó entonces que una noche del último verano en que estuvo con Miralles, mientras hacía la primera ronda, ya de madrugada, oyó una música muy tenue que llegaba del extremo del cámping, justo al lado de la valla que lo aislaba de un bosque de pinos. Más por curiosidad que para exigir que quitaran la música –sonaba tan baja que no podía estorbar el sueño de nadie–, se acercó sigilosamente y vio a una pareja bailando abrazada bajo la marquesina de una rulot. En la rulot reconoció la rulot de Miralles; en la pareja, a Miralles y a Luz; en la música, un pasodoble muy triste y muy antiguo (o eso es lo que entonces le pareció a Bolaño) que muchas veces le había oído tararear entre dientes a Miralles. Antes de que ellos pudieran advertir su presencia, Bolaño se ocultó tras otra rulot y, durante unos minutos, estuvo observándolos. Bailaban muy erguidos, muy serios, en silencio, descalzos sobre la hierba, envueltos en la luz irreal de la luna y de una vieja lámpara de

5 **boca pastosa ...** el vino no le dejaba hablar bien – 6 **sumiso** obediente – 6 **trastabillar** andar con dificultad, tropezarse – 11 **de veras** de verdad – 12 **acostarse con ...** tener relaciones sexuales – 13 **faenar** trabajar – 14 **corpulento** grande – 16 **imperturbable** inalterable, incambiable – 18 **encoñarse** *fam vulg aquí:* cuando un hombre está obsesionado y sexualmente atraido por una mujer – 22 **mientras ...** mientras paseaba la primera vez por el camping vigilando que todo estuviera en orden – 23 **tenue** suave – 25 **exigir** pedir – 26 **estorbar** molestar, interrumpir – 27 **sigilosamente** en silencio – 28 **una marquesina** tipo de cubierta o tejado pequeño que protege de la lluvia – 35 **erguido** muy recto

butano, y a Bolaño le llamó la atención sobre todo el contraste entre la solemnidad de sus movimientos y su atuendo, Miralles en bañador, como siempre, envejecido y ventrudo pero marcando el paso con una segura prestancia de bailarín de barrio, conduciendo a Luz, que, quizá porque vestía una blusa blanca que le llegaba hasta las rodillas y dejaba entrever su cuerpo desnudo, parecía flotar como un fantasma en el frescor de la noche. Bolaño dijo que en aquel momento, espiando detrás de una rulot a aquel viejo veterano de todas las guerras, con el cuerpo cosido a cicatrices y el alma en vilo por una puta ocasional que no sabía bailar un pasodoble, sintió una emoción extraña y, como un reflejo acaso falaz de esa emoción, en un giro de la pareja le pareció divisar un destello en los ojos de Miralles, igual que si en aquel instante se hubiese echado a llorar o intentase en vano contener las lágrimas o llevase mucho rato llorando, y entonces supo o imaginó que su presencia allí tenía algo de obsceno, que le estaba robando aquella escena a alguien y que tenía que marcharse, y supo también, confusamente, que su tiempo en el cámping se había agotado, porque ya había aprendido en él todo lo que podía aprender. Así que encendió un cigarrillo, miró por última vez a Luz y a Miralles bailando bajo la marquesina, dio media vuelta y siguió su ronda.

–Al final de aquel verano me despedí de Miralles hasta el año siguiente, como siempre –dijo Bolaño después de otro largo silencio, como si hablara consigo mismo, o más bien con alguien que estaba escuchándole pero que no era yo. Al otro lado de los ventanales del Carlemany ya era de noche; frente a mí tenía la expresión nublada o ausente de Bolaño y una mesita con varios vasos vacíos y un cenicero rebosante de colillas. Habíamos pedido la cuenta–. Pero yo ya sabía que al año siguiente no volvería al cámping. Y no volví. Tampoco volví a ver a Miralles.

Insistí en acompañar a Bolaño a la estación y, mientras compraba un paquete de Ducados para el viaje, le pregunté si en todos esos años no había vuelto a saber nada de Miralles.

–Nada –contestó–. Le perdí la pista, como a tanta gente. A saber dónde andará ahora. A lo mejor todavía va al cámping; pero no lo creo: tendrá más de ochenta años, y dudo mucho

1 **butano** gas – 2 **un atuendo** ropa – 3 **ventrudo** con una gran barriga – 4 **prestancia** elegancia – 6 **entrever** ver ligeramente – 8 **espiar** *aquí:* mirar – 12 **falaz** engañoso, falso – 13 **un destello** brillo – 23 **una ronda** paseo como vigilante – 31 **una colilla** resto de cigarrillo

que esté para eso. Quizá siga viviendo en Dijon. O quizás esté muerto, en realidad supongo que es lo más probable, ¿no? ¿Por qué lo preguntas?

–Por nada –dije.

Pero no era verdad. Esa tarde, mientras escuchaba con creciente interés la historia exagerada de Miralles, pensaba que muy pronto iba a leerla en uno de los libros exagerados de Bolaño, pero para cuando llegué a mi casa, después de despedir a mi amigo y de pasear por la ciudad iluminada de farolas y escaparates, quizá llevado por la exaltación de los gin-tonics yo ya había concebido la esperanza de que Bolaño no fuera a escribir nunca esa historia: la iba a escribir yo. Durante toda la noche estuve dándole vueltas al asunto. Mientras preparaba la cena, mientras cenaba, mientras fregaba los platos de la cena, mientras bebía un vaso de leche mirando sin ver la televisión, imaginé un principio y un final, organicé episodios, inventé personajes, mentalmente escribí y reescribí muchas frases. Tumbado en la cama, desvelado y a oscuras (sólo los números del despertador digital ponían un resplandor rojo en la cerrada tiniebla del dormitorio), la cabeza me hervía, y en algún momento, de forma inevitable, porque la edad y los fracasos imprimen prudencia, traté de refrenar el entusiasmo recordando mi último descalabro. Fue entonces cuando lo pensé. Pensé en el fusilamiento de Sánchez Mazas y en que Miralles había sido durante toda la guerra civil un soldado de Líster, en que había estado con él en Madrid, en Aragón, en el Ebro, en la retirada de Cataluña. «¿Por qué no en el Collell?», pensé. Y en aquel momento, con la engañosa pero aplastante lucidez del insomnio, como quien encuentra por un azar inverosímil y cuando ya había abandonado la búsqueda (porque uno nunca encuentra lo que busca, sino lo que la realidad le entrega) la pieza que faltaba para que un mecanismo completo pero incapaz desempeñe la función para la que ha sido ideado, me oí murmurar en el silencio sin luz del dormitorio: «Es él».

Salté de la cama, descalzo y de tres zancadas fui al comedor, descolgué el teléfono, marqué el número de Bolaño. Estaba

10 **un escaparate** ventana de exposición de las tiendas – 13 **dar vueltas a uc** pensar sin parar – 20 **tiniebla** oscuridad – 21 **hervir** alcanzar el agua los 100º centígrados, *fig aquí:* tenía la cabeza caliente a causa de sus pensamientos – 22 **imprimir** *fig* dar – 23 **un descalabro** fracaso – 28 **Collell** el lugar del fusilamiento de Sánchez Mazas – 29 **lucidez** intensa claridad – 30 **azar** casualidad – 33 **desempeñar** realizar – 34 **murmurar** decir en voz baja – 36 **una zancada** paso grande

aguardando respuesta cuando vi que el reloj de pared marcaba las tres y media; dudé un momento; luego colgué.

Creo que hacia el amanecer conseguí dormirme. Antes de las nueve telefoneé de nuevo a Bolaño. Me contestó su mujer: Bolaño todavía estaba en la cama. No conseguí hablar con él hasta las doce, desde el periódico. Casi a bocajarro le pregunté si tenía intención de escribir sobre Miralles; me dijo que no. Luego le pregunté si alguna vez le había oído mencionar a Miralles el santuario del Collell; Bolaño me hizo repetir el nombre.

–No –dijo por fin–. No que yo recuerde.

–¿Y el de Rafael Sánchez Mazas?

–¿El escritor?

–Sí –dije–. El padre de Ferlosio. ¿Lo conoces?

–He leído alguna cosa suya, bastante buena, por cierto. ¿Pero por qué iba a mencionarlo Miralles? Nunca hablé con él de literatura. Y, además, ¿a qué viene este interrogatorio?

Ya iba a contestarle con una evasiva cuando reflexioné a tiempo que sólo a través de Bolaño podía llegar a Miralles. Brevemente se lo expliqué.

–¡Chucha, Javier! –exclamó Bolaño–. Ahí tienes una novela cojonuda. Ya sabía yo que estabas escribiendo.

–No estoy escribiendo. –Contradictoriamente añadí –: Y no es una novela. Es una historia con hechos y personajes reales. Un relato real.

–Da lo mismo –replicó Bolaño–. Todos los buenos relatos son relatos reales, por lo menos para quien los lee, que es el único que cuenta. De todos modos, lo que no entiendo es cómo puedes estar tan seguro de que Miralles es el miliciano que salvó a Sánchez Mazas.

–¿Quién te ha dicho que lo esté? Ni siquiera estoy seguro de que estuviera en el Collell. Lo único que digo es que Miralles pudo estar allí y que, por tanto, pudo ser el miliciano.

–Pudo serlo –murmuró Bolaño, escéptico–. Pero lo más probable es que no lo sea. En todo caso…

–En todo caso se trata de encontrarlo y de salir de dudas –le corté, adivinando el final de su frase: «… si no es él, te inventas que es él»–. Para eso te llamaba. La pregunta es: ¿tienes alguna idea de cómo localizar a Miralles?

6 **a bocajarro** de repente, de improviso – 17 **a qué viene …** ¿Por qué me haces todas estas preguntas? – 18 **una evasiva** excusa, explicación no real – 22 **cojonudo** *fam vulg aquí:* estupendo, excelente – 26 **dar lo mismo** no importar – 36 **salir de dudas** eliminar las dudas

Resoplando, Bolaño me recordó que hacía veinte años que no veía a Miralles, y que no conservaba ninguna amistad de entonces, alguien que pudiera... Se detuvo en seco y, sin mediar explicación, me pidió que aguardara un momento. Aguardé. El momento se prolongó tanto que pensé que Bolaño había olvidado que yo le esperaba al teléfono.

–Estás de suerte, huevón –le oí al cabo. Luego me dictó un número de teléfono–. Es el del Estrella de Mar. Ya ni me acordaba de que lo tenía, pero guardo todas mis agendas de aquellos años. Llama y pregunta por Miralles.

–¿Cuál era su nombre de pila?

–Antoni, creo. O Antonio. No lo sé. Todo el mundo le llamaba Miralles. Llama y pregunta por él: en mi época llevábamos un registro con el nombre y la dirección de la gente que había pasado por el cámping. Seguro que ahora hacen lo mismo... Si es que el Estrella de Mar existe todavía, claro.

Colgué. Descolgué. Marqué el número de teléfono que me había facilitado Bolaño. El Estrella de Mar todavía existía, y ya había abierto sus puertas para la temporada de verano. Pregunté a la voz femenina que me atendió si una persona llamada Antoni o Antonio Miralles estaba instalada en el cámping; tras unos segundos, durante los cuales oí un teclear remoto de dedos veloces, me dijo que no. Expliqué el caso: necesitaba con urgencia las señas de esa persona, que había sido un cliente asiduo del Estrella de Mar hacía veinte años. La voz se endureció: aseguró que no era norma de la casa dar las señas de los clientes y, mientras yo oía de nuevo el teclear nervioso de los dedos, me informó de que dos años atrás habían informatizado el archivo del cámping, conservando únicamente los datos relativos a los ocho últimos años. Insistí: dije que quizá Miralles había seguido acudiendo hasta entonces al cámping. «Le aseguro que no», dijo la chica. «¿Por qué?», dije yo. «Porque no figura en nuestro archivo. Acabo de comprobarlo. Hay dos Miralles, pero ninguno de ellos se llama Antonio. Ni Antoni.» «¿Alguno de ellos se llama María?» «Tampoco.»

Esa mañana, excitadísimo y muerto de sueño, le conté a Conchi, mientras comíamos en un self-service, la historia de Miralles, le expliqué el error de perspectiva que había cometido

1 **resoplar** respirando con ruido, expresando enfado o molestia – 3 **en seco** de repente – 7 **huevón** *amer vulg* sinónimo de cabrón – 18 **facilitar** dar – 20 **atender** *aquí:* contestar al teléfono – 26 **la voz ...** se hizo menos amable – 27 **señas** información personal, p ej dirección, teléfono – 39 **una perspectiva** punto de vista

al escribir *Soldados de Salamina* y le aseguré que Miralles (o alguien como Miralles) era justamente la pieza que faltaba para que el mecanismo del libro funcionara. Conchi dejó de comer, entrecerró los párpados y dijo con resignación:

–¡A buena hora cagó Lucas!

–¿Lucas? ¿Quién es Lucas?

–Nadie –dijo–. Un amigo. Cagó después de muerto y se murió por no cagar.

–Conchi, por favor, que estamos comiendo. Además, ¿qué tiene que ver ese Lucas con Miralles?

–A ratos me recuerdas a Cerebro, chato –suspiró Conchi–. Si no fuera porque sé que eres un intelectual, diría que eres tonto. ¿No te dije desde el principio que lo que tenías que hacer era escribir sobre un comunista?

–Conchi, me parece que no has entendido bien lo que…

–¡Claro que he entendido bien! –me interrumpió–. ¡La de disgustos que nos hubiéramos ahorrado si me llegas a hacer caso desde el principio! ¿Y sabes lo que te digo?

–¿Qué? –dije, sin tenerlas todas conmigo.

La cara de Conchi se iluminó de golpe: miré su sonrisa sin miedo, su pelo oxigenado, sus ojos muy abiertos, muy alegres, muy negros. Conchi levantó su vaso de vino peleón.

–¡Que nos va a salir un libro que te cagas!

Hicimos chocar los vasos, y por un momento sentí la tentación de alargar el pie y comprobar si se había puesto bragas; por un momento pensé que estaba enamorado de Conchi. Prudente y feliz, dije:

–Todavía no he encontrado a Miralles.

–Lo encontraremos –dijo Conchi, con absoluta convicción –. ¿Dónde te dijo Bolaño que vivía?

–En Dijon –dije–. O en los alrededores de Dijon.

–Pues por ahí hay que empezar a buscar.

Por la noche llamé al servicio de información internacional de Telefónica. La operadora que me atendió dijo que ni en la ciudad de Dijon ni en todo el departamento 21, al que pertenece Dijon, había nadie llamado Antoni Antonio Miralles.

4 **entecerró …** cerró un poco los ojos – 5 **a buena hora cagó Lucas** *fam vulg aquí:* según Conchi, el narrador se ha dado cuenta un poco tarde de cuál debía de ser el tema de su novela. – 6 **quién es …** Cercas no entiende la expresión de Conchi. Lucas no es nadie real – 8 **cagar** *fam vulg* función natural del organismo para expulsar los excrementos – 11 **Cerebro** antiguo novio de Conchi, no muy listo – 11 **chato** (*Kosename*) – 17 **la de disgustos …** la cantidad de dificultades – 19 **sin tenerlas …** sin estar muy seguro – 22 **vino peleón** vino de baja calidad – 23 **que te cagas** *fam vulg aquí:* estupendo, buenísimo – 25 **alargar** estirar – 34 **un operador** persona que trabaja en un servicio de comunicación por teléfono

Pregunté entonces si había alguna María Miralles; la operadora me dijo que no. Pregunté si había algún Miralles; con sorpresa le oí decir que había cinco: uno en la ciudad de Dijon y cuatro en pueblos del departamento: uno en Longuic, otro en Marsannay, otro en Nolay y otro en Genlis. Le pedí que me diera sus nombres y sus números de teléfono. «Imposible», me dijo. «Sólo puedo darle un nombre y un número por llamada. Tendrá que llamar otras cuatro veces para que le demos los cuatro que faltan.»

Durante los días que siguieron telefoneé al Miralles que vivía en Dijon (Laurent se llamaba) y a los cuatro restantes, que resultaron llamarse Laura, Danielle, Jean- Marie y Bienvenido. Dos de ellos (Laurent y Danielle) eran hermanos, y todos excepto Jean-Marie hablaban correctamente el castellano (o lo chapurreaban), porque procedían de familias de origen español, pero ninguno tenía el menor parentesco con Miralles y ninguno había oído hablar nunca de él.

No me rendí. Quizá llevado por la ciega seguridad que me había inculcado Conchi, telefoneé a Bolaño. Le puse al corriente de mis pesquisas, le pregunté si se le ocurría alguna otra pista por donde seguir buscando. No se le ocurría ninguna.

–Tendrás que inventártela –dijo.

–¿Qué cosa?

–La entrevista con Miralles. Es la única forma de que puedas terminar la novela.

Fue en aquel momento cuando recordé el relato de mi primer libro que Bolaño me había recordado en nuestra primera entrevista, en el cual un hombre induce a otro a cometer un crimen para poder terminar su novela, y creí entender dos cosas. La primera me asombró; la segunda no. La primera es que me importaba mucho menos terminar el libro que poder hablar con Miralles; la segunda es que, contra lo que Bolaño había creído hasta entonces (contra lo que yo había creído cuando escribí mi primer libro), yo no era un escritor de verdad, porque de haberlo sido me hubiera importado mucho menos poder hablar con Miralles que terminar el libro. Renunciando a recordarle de nuevo a Bolaño que mi libro no quería ser una novela, sino un relato real, y que inventarme

15 **chapurrear** *fam* hablar más o menun poco – 16 **el menor ...** no tenía relaciones familiares – 18 **rendirse** abandonar, darse por vencido – 19 **inculcar** inspirar – 20 **le puse al corriente ...** le informé de mis investigaciones – 21 **una pista** indicio, posibilidad

la entrevista con Miralles equivalía a traicionar su naturaleza, suspiré:

–Ya.

La respuesta era lacónica, no afirmativa; no lo entendió así Bolaño.

–Es la única forma –repitió, seguro de haberme convencido –. Además, es la mejor. La realidad siempre nos traiciona; lo mejor es no darle tiempo y traicionarla antes a ella. El Miralles real te decepcionaría; mejor invéntatelo: seguro que el inventado es más real que el real. A éste ya no vas a encontrarlo. A saber dónde andará: estará muerto, o en un asilo, o en casa de su hija. Olvídate de él.

–Lo mejor será que nos olvidemos de Miralles –le dije esa noche a Conchi, después de haber sobrevivido a un viaje escalofriante hasta su casa de Quart y a un revolcón de urgencia en la sala, bajo la mirada devota de la Virgen de Guadalupe y la mirada melancólica de los dos ejemplares de mis libros que la escoltaban–. A saber dónde andará: estará muerto, o en un asilo, o en casa de su hija.

–¿Has buscado a su hija? –preguntó Conchi.

–Sí. Pero no la he encontrado.

Nos miramos un segundo, dos, tres. Luego, sin mediar palabra, me levanté, fui hasta el teléfono, marqué el número del servicio de información internacional de Telefónica. Le dije a la operadora (creo que reconocí su voz; creo que ella reconoció la mía) que estaba buscando a una persona que vivía en una residencia de ancianos de Dijon y le pregunté cuántas residencias de ancianos había en Dijon. «Uf», dijo tras una pausa. «Un montón.» «¿Cuántas son un montón?» «Treinta y pico. Tal vez cuarenta. » «¡Cuarenta residencias de ancianos!» Miré a Conchi, que, sentada en el suelo, apenas cubierta con una camiseta, se aguantaba la risa. «¿Es que en esa ciudad no hay más que viejos?» «El ordenador no aclara si son de ancianos», puntualizó la operadora. «Sólo dice que son residencias.» «¿Y entonces cuántas hay en el departamento? » Tras otra pausa dijo: «Más del doble». Con ligero pero apreciable retintín añadió: «Sólo puedo darle un número por llamada. ¿Empiezo a dictárselos por orden alfabético?».

4 **lacónico** breve – 9 **el Miralles real ...** no sería como tú quieres que sea – 15 **escalofriante** terrorífico, espantoso (por lo mal que conduce Conchi) – 15 **revolcón de urgencia** un rápido encuentro sexual – 23 **sin mediar ...** sin decir nada – 28 **un anciano** persona mayor – 29 **un montón** muchos – 30 **y pico** un poco más (de treinta) – 37 **con ligero ...** con ironía, con un tono sarcástico

Pensé que ése era el final de mi búsqueda: cerciorarme de que Miralles no vivía en ninguna de esas ochenta y pico residencias podía llevarme meses y podía arruinarme, sin contar con que no tenía el menor indicio de que viviese en cualquiera de ellas, y menos aún de que fuese él el soldado de Líster que yo andaba buscando. Miré a Conchi, que me miraba con ojos interrogantes, las manos tamborileando de impaciencia sobre las rodillas desnudas; miré mis libros junto a la imagen de la Virgen de Guadalupe y, no sé por qué, pensé en Daniel Angelats. Entonces, como si estuviera vengándome de alguien, dije: «Sí. Por orden alfabético».

Fue así como empezó una peregrinación telefónica, que iba a durar más de un mes de conferencias cotidianas, primero por las residencias de la ciudad de Dijon y luego por las de todo el departamento. El procedimiento era siempre el mismo. Llamaba al servicio de información internacional, pedía el nombre y el número de teléfono siguientes de la lista (Abrioux, Bagatelle, Cellerier, Chambertin, Chanzy, Éperon, Fontainemont, Kellerman, Lyautey fueron los primeros), llamaba a la residencia, preguntaba a la operadora de la centralita por Monsieur Miralles, me contestaban que allí no había ningún Monsieur Miralles, volvía a llamar al servicio de información internacional, pedía otro número de teléfono y así hasta que me cansaba; y al otro día (o al otro, porque a veces no encontraba tiempo o ganas de encerrarme en esa ruleta obsesiva) volvía a la carga. Conchi me ayudaba; por fortuna: ahora pienso que, de no haber sido por ella, hubiera abandonado muy pronto la búsqueda. Llamábamos a ratos perdidos, casi siempre a escondidas, yo desde la redacción del periódico y ella desde el estudio de televisión. Luego, cada noche, discutíamos las incidencias de la jornada e intercambiábamos los nombres de las residencias descartadas, y en esas discusiones comprendí que aquella monotonía de llamadas diarias en busca de un hombre a quien no conocíamos y de quien ni siquiera sabíamos que estaba vivo era para Conchi una aventura inesperada y excitante; en cuanto a mí, contagiado por el ímpetu detectivesco y la

3 **arruinar** dejar en la ruina, sin dinero – 7 **tamborilear** dar golpes – 12 **una peregrinación** una marcha, una búsqueda – 13 **conferencias ...** llamadas diarias a larga distancia – 21 **operadora de ...** persona que contesta al teléfono y que es la responsable de pasar las llamadas a otros lugares – 26 **esa ruleta obsesiva** en ese proceso obsesivo de búsqueda – 26 **volver a la carga** volver a empezar – 32 **incidencias ...** los acontecimientos del día – 33 **descartado** rechazado, eliminado

convicción sin matices de Conchi, al principio puse manos a la obra con entusiasmo, pero para cuando hube registrado las treinta primeras residencias empecé a sospechar que lo hacía más por inercia por testarudez (o por no decepcionar a Conchi) que porque todavía albergase alguna esperanza de encontrar a Miralles.

Pero una noche ocurrió el milagro. Yo había terminado de redactar un suelto y estábamos cerrando la edición del periódico cuando inicié mi ronda de llamadas marcando el número de la Résidence de Nimphéas, de Fontaine- Lès-Dijon, y, apenas pregunté por Miralles, en vez de con la acostumbrada negativa la operadora de la centralita me contestó con un silencio. Creí que había colgado, y ya me disponía también a hacerlo yo, rutinariamente, cuando me frenó una voz masculina.

–*Aló?*

Repetí la pregunta que acababa de hacerle a la operadora y que llevábamos más diez días de periplo insensato haciendo por todas las residencias del departamento 21.

–Miralles al aparato –dijo el hombre en castellano: la sorpresa no me dejó caer en la cuenta de que mi francés rudimentario me había delatado–. ¿Con quién hablo?

–¿Es usted Antoni Miralles? –pregunté con un hilo de voz.

–Antoni o Antonio, da igual –dijo–. Pero llámeme Miralles; todo el mundo me llama Miralles. ¿Con quién hablo?

Ahora me parece increíble, pero, sin duda porque en el fondo nunca creí que acabaría hablando con él, yo no había preparado la forma en que me presentaría a Miralles.

–Usted no me conoce, pero hace mucho tiempo que le busco –improvisé, notando un latido en la garganta y un temblor en la voz. Para disimularlos, apresuradamente dije mi nombre y desde dónde le llamaba; atiné a añadir–: Soy amigo de Roberto Bolaño.

–¿Roberto Bolaño?

–Sí, del cámping Estrella de Mar –expliqué–. En Castelldefells. Hace años usted y él…

–¡Claro! –La interrupción me produjo gratitud, más que alivio–. ¡El vigilante! ¡Ya casi lo había olvidado!

1 **convicción sin matices** seguridad absoluta – 2 **puse manos ...** me dediqué a llamar – 4 **inercia** desgana – 4 **testadurez** obstinación, porque sí – 5 **albergar** tener – 18 **un periplo** navegación *fig aquí:* viaje telefónico por las residencias de ancianos – 20 **al aparato** al teléfono – 23 **un hilo de voz** con una voz muy débil, suave – 30 **un latido** palpitación – 31 **disimular** ocultar – 31 **apresuradamente** rápidamente – 32 **atinar** acertar

Mientras Miralles hablaba de sus veranos en el Estrella de Mar y de su amistad con Bolaño, reflexioné sobre el modo de pedirle una entrevista; resolví ahorrarme los rodeos y abordar directamente la cuestión. Miralles no dejaba de hablar de Bolaño.

–¿Y qué ha sido de él? –preguntó.

–Es escritor –contesté–. Escribe novelas.

–También las escribía entonces. Pero nadie quería publicársela.

–Ahora es distinto –dije–. Es un escritor de éxito.

–¿De veras? Me alegro: siempre pensé que era un tipo de talento, además de un mentiroso redomado. Pero supongo que hay que ser un mentiroso redomado para ser un buen novelista, ¿no? –Oí un sonido breve, seco y remoto, como una risa–. Bueno, en qué puedo servirle.

–Estoy investigando sobre un episodio de la Guerra Civil. El fusilamiento de unos presos nacionales en el santuario de Santa Maria del Collell, cerca de Banyoles. Ocurrió al final de la guerra. –En vano aguardé la reacción de Miralles. Añadí, a tumba abierta–: Estuvo usted allí, ¿verdad?

Durante los segundos interminables que siguieron pude oír la respiración arenosa de Miralles. Exultante y en silencio, comprendí que había dado en el blanco. Cuando volvió a hablar, la voz de Miralles sonó más oscura y más lenta: era otra.

–¿Eso le dijo Bolaño?

–Lo deduje yo. Bolaño me contó su historia. Me contó que hizo usted toda la guerra con Líster, hasta que se retiró con él por Cataluña. Algunos soldados de Líster estuvieron en el Collell en ese momento, justo cuando se produjo el fusilamiento. Luego bien pudo usted ser uno de ellos. Lo fue, ¿no?

Miralles hizo otro silencio; volví a oír su respiración arenosa, y luego un chasquido: pensé que había encendido un cigarrillo; una lejana conversación en francés cruzó fugazmente la línea. Como el silencio se prolongaba, me dije que había cometido el error de ser demasiado brusco, pero antes de que pudiera tratar de rectificarlo oí por fin:

4 **resolví ahorrarme ...** decidí ir directamente al motivo de mi llamada – 12 **redomado** incorregible – 20 **a tumba abierta** de manera directa – 22 **arenosa** → arena *fig aquí:* el ruido de su respiración dificultada por la edad – 23 **dar en el blanco** acertar – 34 **un chasquido** un ruido como uc que estalla – 38 **rectificar** dar marcha atrás

–Me ha dicho que es usted escritor, ¿verdad?

–No –dije–. Soy periodista.

–Periodista. –Otro silencio–. ¿Y piensa usted escribir sobre eso? ¿De veras cree que alguno de los lectores de su periódico le va a interesar una historia que pasó hace sesenta años?

–No la escribiría para el periódico. Estoy escribiendo un libro. Mire, quizá me he explicado mal. Sólo quiero hablar un rato con usted, para que me dé su versión, para poder contar lo que realmente pasó, o su versión de lo que pasó. No se trata de pedirle cuentas a nadie, sino sólo de tratar de entender…

–¿Entender? –me interrumpió–. ¡No me haga reír! Es usted el que no entiende nada. Una guerra es una guerra. Y no hay nada más que entender. Yo lo sé muy bien, me pasé tres años pegando tiros por España, ¿sabe? ¿Y cree usted que alguien me lo ha agradecido?

–Precisamente por eso…

–Cállese y escuche, joven –me atajó–. Respóndame, ¿cree que alguien me lo ha agradecido? Le respondo yo: nadie. Nunca nadie me ha dado las gracias por dejarme la juventud peleando por su mierda de país. Nadie. Ni una sola palabra. Ni un gesto. Ni una carta. Nada. Y ahora me viene usted, sesenta años más tarde, con su mierda de periodiquito, o con su libro, o con lo que sea, a preguntarme si participé en un fusilamiento. ¿Por qué no me acusa directamente de asesinato?

«De todas las historias de la Historia», pensé mientras Miralles hablaba, «la más triste es la de España, porque termina mal.» Luego pensé: «¿Termina mal?». Pensé: «¡Y una gran mierda para la Transición!». Dije:

–Lamento que me haya malinterpretado, señor Miralles…

–¡Miralles, coño, Miralles! –bramó Miralles–. Nadie en mi puta vida me ha llamado señor Miralles. Me llamo Miralles, sólo Miralles. ¿Lo ha entendido?

–Sí, señor Miralles. Miralles, quiero decir. Pero le repito que aquí hay un malentendido. Si me deja hablar se lo aclararé. –Miralles no dijo nada; proseguí–. Hace unas semanas Bolaño me contó su historia. Por entonces yo había dejado de escribir un libro sobre Rafael Sánchez Mazas. ¿Ha oído hablar de él?

Miralles tardó en contestar, pero no porque dudara.

28 **y una gran …** Cercas recuerda la frase de una de las cartas que recibió tras publicar su artículo "un secreto esencial". Es la carta de Mateu Recasens. – 29 **lamentar** sentir – 30 **coño** *fam vulg aquí:* expresión de enfado – 31 **puta vida** *fam vulg aquí:* miserable vida

–Claro. Se refiere al falangista, ¿no? Al amigo de José Antonio.

–Exacto. Fue una de las dos personas que escapó del fusilamiento del Collell. Mi libro iba sobre él, sobre su fusilamiento, sobre la gente que le ayudó a sobrevivir después. Y también sobre un soldado de Líster que le salvó la vida.

–Y qué pinto yo en todo eso.

–El otro fugitivo del fusilamiento dejó un testimonio del hecho, un libro que se titula *Yo fui asesinado por los rojos.*

–¡Menudo título!

–Sí, pero el libro está bien, porque cuenta con detalle lo que ocurrió en el Collell. Lo que no tengo es ninguna versión republicana de lo que ocurrió allí y sin ella el libro se me queda cojo. Cuando Bolaño me contó su historia pensé que quizás usted también había estado en el Collell cuando el fusilamiento y que podría darme su versión de los hechos. Eso es todo lo que quiero: charlar un rato con usted y que me dé su versión. Nada más. Le prometo que no publicaré una línea sin consultárselo antes.

De nuevo oí la respiración de Miralles, entrecortada por la confusa conversación en francés que cruzaba otra vez la línea. Porque su voz fue de nuevo la del principio, cuando Miralles volvió a hablar comprendí que mi explicación había logrado apaciguarlo.

–¿Cómo ha conseguido usted mi teléfono?

Se lo expliqué. Miralles se rió de buena gana.

–Mire, Cercas –empezó luego–. ¿O tengo que llamarle señor Cercas?

–Llámeme Javier.

–Bueno, pues Javier. ¿Sabe usted cuántos años acabo de cumplir? Ochenta y dos. Soy un hombre mayor y estoy cansado. Tuve una mujer y ya no la tengo. Tuve una hija y ya no la tengo. Todavía me estoy recuperando de una embolia. No me queda mucho tiempo, y lo único que quiero es que me dejen vivirlo en paz. Créame: esas historias ya no le interesan a nadie, ni siquiera a los que las vivimos; hubo un tiempo en que sí, pero ya no. Alguien decidió que había que olvidarlas y, ¿sabe lo que le digo?, lo más probable es que tuviera razón; además, la mitad son mentiras involuntarias y la otra mitad mentiras voluntarias. Usted es joven; créame que le agradezco

7 **qué pinto yo** qué hago yo; cuál es mi papel en todo esto – 20 **entrecortado** interrumpido – 24 **apaciguar** calmar – 33 **una embolia** enfermedad que consiste en la obstrucción de una arteria

su llamada, pero lo mejor es que me haga caso, se deje de tonterías y dedique su tiempo a otra cosa.

Traté de insistir, pero fue inútil. Antes de colgar Miralles me pidió que le diera recuerdos a Bolaño. «Dígale que nos vemos en Stockton», dijo. «¿Dónde?», pregunté. «En Stockton», repitió. «Dígaselo: él lo entenderá.»

Conchi estalló de alegría cuando le dije por teléfono que habíamos encontrado a Miralles; luego estalló de indignación cuando le dije que no iba a ir a verle.

–¿Después de la que hemos armado? –gritó.

–No quiere, Conchi. Entiéndelo.

–¡Y a ti qué te importa que no quiera!

–Conchi, por favor.

Discutimos. Intentó convencerme. Intenté convencerla.

–Oye, haz una cosa –dijo por fin–. Llama a Bolaño. A mí nunca me haces caso, pero él te convencerá. Si no le llamas tú, le llamo yo.

En parte porque ya lo tenía previsto y en parte para evitar la llamada de Conchi, llamé a Bolaño. Le expliqué la conversación que había tenido con Miralles y el rechazo taxativo del viejo a mi propuesta de visitarle. Bolaño no dijo nada. Entonces me acordé del mensaje que Miralles me había dado para él; se lo di.

–Joder con el viejo –rezongó Bolaño, la voz ensimismada y burlona–. Todavía se acuerda.

–¿Qué significa?

–¿Lo de Stockton?

–¿Qué va a ser?

Tras una pausa demasiado larga Bolaño contestó a la pregunta con otra pregunta:

–¿Has visto *Fat City?* –Dije que sí–. A Miralles le gustaba mucho el cine –continuó Bolaño–. Lo veía en la tele que instalaba bajo la marquesina de su rulot; algunas veces iba a Castelldefells y en una tarde se tragaba tres películas, la cartelera entera, le daba lo mismo lo que pusieran. Yo aprovechaba mis pocos días libres para ir a Barcelona, pero una vez me lo encontré en el paseo de Castelldefells,

5 **nos vemos en ...** → la cita al inicio de la tercera parte de la novela – 8 **una indignación** enfado – 10 **después de la que hemos armado** ¿Después de todos los esfuerzos, ahora no vamos a ir a verlo? – 20 **rechazo ...** negativa absoluta – 24 **rezongar** murmurar, decir en voz baja – 24 **ensimismado** pensativo – 31 **Fat City** película norteamericana, dirigida por John Huston, estrenada en 1972. Es una película basada en una novela del mismo título que trata de la vida de dos boxeadores – 34 **tragar** comer, *fig aquí:* ver

nos tomamos una horchata juntos y luego me propuso acompañarle al cine; como no tenía nada mejor que hacer, le acompañé. Ahora puede parecer mentira que en un pueblo de veraneo pusieran una película de Huston, pero entonces pasaban esas cosas. ¿Sabes lo que significa *Fat City?* Algo así como *Una ciudad de oportunidades, Una ciudad fantástica* o, mejor aún, *¡Menuda ciudad!* ¡Pues menudo sarcasmo! Porque Stockton, que es la ciudad de la película, es una ciudad atroz, donde no hay oportunidades para nadie, salvo para el fracaso. Para el más absoluto y total fracaso, en realidad. Es curioso: en casi todas las películas de boxeadores lo que se cuenta es la historia de la ascensión y caída del protagonista, de cómo alcanza el éxito y luego llega al fracaso y al olvido; aquí no: en *Fat city* ninguno de los dos protagonistas –un viejo boxeador y un boxeador joven– vislumbra siquiera la posibilidad del éxito, ni ninguno de los que los rodean, como ese viejo y acabado boxeador mexicano, no sé si te acuerdas de él, que orina sangre antes de subir al ring, y que entra y sale solo del estadio, casi a oscuras. Bueno, pues esa noche, al terminar la película, fuimos a un bar y nos sentamos a la barra y pedimos cerveza y estuvimos allí charlando y bebiendo hasta muy tarde, frente a un gran espejo que nos reflejaba y reflejaba el bar, igual que los dos boxeadores de Stockton al final de *Fat city,* y yo creo que fue esa coincidencia y las cervezas los que hicieron que Miralles dijera en algún momento que nosotros íbamos a acabar igual, fracasados y solos y medio sonados en una ciudad atroz, orinando sangre antes de salir al ring para pelear a muerte con nuestra propia sombra en un estadio vacío. Miralles no dijo eso, claro, las palabras las pongo yo ahora, pero dijo algo parecido. Esa noche nos reímos mucho y cuando llegamos ya de madrugada al cámping y vimos que todo el mundo estaba durmiendo y que el bar estaba cerrado seguimos charlando y riéndonos con esa risa floja que le da a la gente en los entierros o en sitios así, ya sabes, y cuando ya nos habíamos despedido y yo me iba ya para mi tienda, dando tumbos en la oscuridad, Miralles me chistó y me volví y lo vi,

1 **una horchata** una bebida parecida a la leche pero hecha con un tipo de fruto seco – 8 **atroz** espantoso – 12 **una ascensión** éxito, triunfo – 15 **vislumbrar** ver – 18 **orinar** función natural del organismo: hacer pis – 26 **medio sonado** *fam* loco – 29 **pelear a muerta ...** metáfora de las vidas de Miralles y Bolaño. Según Miralles, los dos terminarían luchando con ellos mismos, y solos, sin nadie a su alrededor – 31 **una madrugada** primera hora de la mañana – 33 **risa floja** risa fácil, que no se puede contener – 36 **dar tumbos** andar con dificultad a causa del alcohol – 36 **chistar** mucksen

gordo e iluminado por la luz escasa de una farola, erguido y con el puño en alto, y, antes de que estallara de nuevo su risa reprimida, le oí susurrar en el silencio dormido del cámping: «¡Bolaño, nos vemos en Stockton!». Y a partir de aquel día, cada vez que nos despedíamos hasta la mañana siguiente o hasta el siguiente verano, Miralles añadía siempre: «¡Nos vemos en Stockton!».

Quedamos en silencio. Supongo que Bolaño esperaba algún comentario de mi parte; yo no podía hacer ningún comentario, porque estaba llorando.

–Bueno –dijo Bolaño–. ¿Y ahora qué piensas hacer?

–¡De puta madre! –gritó Conchi cuando le di la noticia –. ¡Ya sabía yo que Bolaño iba a convencerte! ¿Cuándo salimos?

–No vamos a ir los dos –dije, pensando que la presencia de Conchi quizás haría más fácil la entrevista con Miralles–. Voy a ir yo solo.

–¡No digas tonterías! Mañana por la mañana cogemos el coche y en un periquete nos plantamos en Dijon.

–Ya lo tengo decidido –insistí, tajante, pensando que un viaje hasta Dijon en el Volkswagen de Conchi era más arriesgado que la marcha desde el Magreb al Chad de la columna Leclerc–. Iré en tren.

Así que el sábado por la tarde me despedí de Conchi en la estación («Dale recuerdos de mi parte al señor Miralles », me dijo. «Se llama Miralles, Conchi», la corregí. «Sólo Miralles»), y tomé un tren hacia Dijon como quien toma un tren hacia Stockton. Era un tren hotel, un tren nocturno en cuyo restaurante de mullidos asientos de cuero y ventanales lamidos por la velocidad de la noche recuerdo que estuve hasta muy tarde bebiendo y fumando y pensando en Miralles, y a las cinco de la mañana, estragado, sediento y con sueño, bajé en la estación de Dijon y, después de caminar por andenes desiertos e iluminados por globos de luz esquelética, tomé un taxi que me dejó en el Victor Hugo, un hotelito familiar que se halla en la Rue des Fleurs, no lejos del centro. Subí a mi habitación, bebí del grifo un gran trago de agua, me duché y me tumbé en la cama. En vano traté de dormir. Pensaba en Miralles, al que pronto vería, y en Sánchez Mazas, al que no vería nunca; pensaba en su único encuentro conjetural, sesenta años atrás,

12 **de puta madre** *fam vulg aquí:* estupendo, genial – 18 **en un periquete** *fam* rápidamente – 19 **tajante** firme – 28 **mullido** blando, cómodo – 28 **cuero** piel de animal – 29 **lamido** acariciado – 31 **estragado** con el estómago mal – 33 **esquelético** en los huesos, muy delgado, *fig aquí:* una luz muy tenue, débil

a casi mil kilómetros de distancia, bajo la lluvia de una mañana violenta y boscosa; pensaba que pronto sabría si Miralles era el soldado de Líster que salvó a Sánchez Mazas, y que sabría también qué pensó al mirarle a los ojos y por qué lo salvó, y que entonces tal vez comprendería por fin un secreto esencial. Pensaba todo eso y, pensándolo, empecé a oír los primeros ruidos de la mañana (pisadas en el pasillo, el trino de un pájaro, el motor urgente de un coche) y a intuir el amanecer empujando contra los postigos de la ventana.

Me levanté, abrí la ventana y los postigos: el sol indeciso de la mañana iluminaba un jardín con naranjos y, más allá, una calle apacible delimitada por casas con tejados a dos aguas; sólo el piar de los pájaros quebraba aquel silencio de pueblo. Me vestí y desayuné en el comedor del hotel; luego, como pensé que era demasiado pronto para ir a la Résidence de Nimphéas, decidí dar un paseo. Nunca había estado en Dijon, y apenas cuatro horas atrás, mientras recorría en el taxi sus calles flanqueadas de edificios como cadáveres de animales prehistóricos y miraba con sueño sus frontispicios señoriales y parpadeantes de anuncios luminosos, me había parecido una de esas imponentes ciudades medievales que de noche se afantasman y sólo entonces muestran su verdadero rostro, el esqueleto podrido de su antiguo poderío; ahora, en cambio, en cuanto salí a la Rue des Fleurs y, tomando por la Rue des Roses y la Rue Desvoges, llegué a la Place D'Arcy –que a esa hora ya hervía de coches circulando en torno al Arco de Triunfo–, me pareció una de esas tristes ciudades de la provincia francesa donde los tristes maridos de Simenon cometen sus tristes crímenes, una ciudad sin alegría y sin futuro, igual que Stockton. Aunque hacía algo de fresco y el sol apenas brillaba, me senté en la terraza de un bar, en la Place Grangier, y me tomé una Coca-Cola. A la derecha de la terraza, en una calle adoquinada, había instalado un mercadillo ambulante, más allá del cual se erguía la iglesia de Notre Dame. Pagué la Coca-Cola, curioseando aquí y allá recorrí el mercadillo, crucé una calle y entré en la iglesia. Al pronto me pareció que estaba vacía, pero, mientras oía

7 **un trino** canto – 9 **un postigo** puerta de madera que protege las ventanas en la parte exterior del edificio – 12 **tejado a dos ...** tejado en forma de V al revés, para que el agua caiga por los dos lados de la casa – 13 **piar** cantar – 18 **flanquadas de ...** con edificios a los lados – 19 **un frontispicio** fachada, parte delantera de las casa – 20 **anuncios ...** anuncios con luces que se encendían y apagaban constantemente – 23 **el esqueleto podrido ...** *fig* lo poco que queda de una época de poder – 25 **hervía de** *fig* estaba llena de. – 28 **los tristes maridos ...** referencia a las novelas de misterio de Georges Simenon, autor belga (1903-1989) – 32 **adoquinado** hecho de adoquines, piedras – 33 **ambulante** al aire libre que va de un sitio a otro

resonar mis pasos en la bóveda gótica, distinguí ante un altar lateral a una mujer que acababa de encender una vela; ahora escribía algo en un cuaderno abierto sobre un facistol. Cuando me acercaba al altar la mujer dejó de escribir y se volvió para irse; nos cruzamos en medio de la nave: era alta, joven, pálida, distinguida. Al llegar ante el altar, no pude evitar leer la última frase anotada en el cuaderno: «Dios mío, ayúdame a mí y a mi familia en este tiempo de oscuridad».

Salí de la iglesia, paré un taxi y le di las señas de la Résidence de Nimphéas, en Fontaine-Lès-Dijon. Veinte minutos más tarde, el taxi se detuvo en la esquina de la Route des Daix y la Rue des Combottes, ante un edificio rectangular cuya fachada de color verde pálido, erizada de balconcitos minúsculos, daba sobre un jardín con estanque y senderos de gravilla. En el mostrador de recepción pregunté por Miralles, y una chica con un aire y una indumentaria inconfundibles de monja me miró con un punto de curiosidad o sorpresa y me preguntó si era pariente suyo. Le dije la verdad.

–¿Amigo, entonces?

–Más o menos –dije.

–Habitación veintidós –Señalando un pasillo añadió –: Pero hace un rato le vi pasar hacia allí: debe de estar en la sala de la tele, o en el jardín.

El pasillo desembocaba en una gran sala de enormes ventanales que se abrían a un jardín con un surtidor y tumbonas donde varios ancianos tomaban el sol vertical del mediodía con las piernas envueltas en mantas a cuadros. En la sala había otros dos ancianos –una mujer y un hombre– sentados en butacones de escay y mirando la tele; ninguno de los dos se volvió al entrar yo en la sala. No pude no fijarme en el hombre: una cicatriz le arrancaba en la sien, seguía por el pómulo, la mejilla y la mandíbula, bajaba por el cuello y se perdía por la pelambre que afloraba de su camisa gris, de franela. Al instante supe que era Miralles. Paralizado,

1 **bóveda gótica** techo en forma de arco de estilo gótico – 2 **altar lateral** altar situado en uno de los laterales de la iglesia, no en el pasillo central – 3 **un facistol** atril grande, lugar en el que se apoyan libros grandes – 6 **distinguido** elegante – 13 **erizada de ...** llena de pequeños balcones – 14 **daba sobre ...** miraba hacia un jardín – 14 **gravilla** pequeñas piedras – 16 **una monja** mujer religiosa, miembro de una congregación – 25 **un surtidor** una fuente de agua – 26 **una tumbona** silla para tumbarse a descansar – 29 **butacones de ...** asientos cubiertos de un material como el plástico – 30 **fijarse** mirar, prestar atención – 31 **una cicatriz** marca en la piel causada por una herida – 32 **un pómulo** Backenknochen – 32 **una mejilla** Wange – 32 **la mandíbula** Kiefer – 34 **le arrancaba en ...** tenía una cicatriz (Narbe) que empezaba en la sien (Schläfe) y le pasaba por toda la cara

precipitadamente indagué las palabras con que abordarlo; no las encontré. Un poco sonámbulo, con el corazón latiéndome en la garganta, me senté en la butaca que había junto a él; Miralles no se volvió, pero un movimiento imperceptible de sus hombros me reveló que había advertido mi presencia. Decidido a esperar, me acomodé en la butaca, miré la tele: en la pantalla deslumbrada de sol, un presentador de pelo im- poluto y expresión acogedora, desmentida por el rictus despectivo de los labios, dictaba instrucciones a unos concursantes.

–Le esperaba antes –murmuró Miralles al rato, casi suspirando, sin apartar los ojos de la pantalla–. Llega usted un poco tarde.

Miré su perfil rocoso, el pelo ralo y gris, la barba creciendo como un minúsculo bosque de matojos blancuzcos en torno al violento cortafuegos de la cicatriz, la nariz roma, la barbilla y el mentón obstinados, la prominencia otoñal de la barriga forzando los botones de la camisa, las manos poderosas y consteladas de manchas, apoyadas en un bastón blanco.

–¿Tarde? –dije.

–Es casi la hora de comer.

No dije nada. Miré a la pantalla, ocupada ahora por un lote de electrodomésticos; salvo por la voz enlatada e infatigable del presentador y los ruidos de higiene casera que procedían del pasillo, el silencio era absoluto en la sala. Tres o cuatro butacas más allá de Miralles, la mujer continuaba sentada, inmóvil, con la mejilla apoyada en una mano quebradiza, surcada de venas azules; por un momento pensé que estaba dormida.

–Dígame, Javier –habló Miralles, como si lleváramos mucho rato conversando y hubiéramos hecho una pausa para descansar–, ¿le gusta a usted la tele?

–Sí –contesté, y me fijé en el puñado de pelos blanquecinos que asomaba por sus fosas nasales–. Pero la veo poco.

1 **indagar** buscar – 2 **sonambulo** *aquí:* cansado, con sueño – 7 **impoluto** con el pelo limpio, perfectamente peinado – 8 **un rictus** gesto – 13 **perfil rocoso** (→ roca) cara con aspecto de piedra – 13 **ralo** con poco pelo – 14 **un minúsculo ...** un pequeño bosque de plantas blancas, *aquí:* su barba blanca – 15 **al violento cortafuegos ...** la barba le crecía alrededor de la cicatriz. **cortafuegos** zona en una montaña en la que se cortan los árboles para que, en caso de incendio, el fuego no pase de una zona a otra. La cicatriz (Narbe) en la cara de Miralles es como un cortafuegos, una zona en la que no hay pelo – 15 **romo** plano, aplastado – 16 **obstinados** *aquí:* salidos – 17 **forzando los botones ...** una gran barriga tan grande que hacía que los botones de la camisa apenas pudieran abrocharse – 18 **constelado** cubierto – 21 **un lote** grupo – 22 **enlatado** *fig aquí:* artificial – 23 **higiene casera** limpieza doméstica – 32 **fosas nasales** la nariz

–A mí en cambio no me gusta nada. Pero la veo mucho: concursos, reportajes, películas, galas, noticias, de todo. ¿Sabe? Llevo cinco años viviendo aquí, y es como estar fuera del mundo. Los periódicos me aburren y hace tiempo que dejé de escuchar la radio, así que gracias a la tele me entero de lo que pasa por ahí. Este programa, por ejemplo –sin apenas levantar la contera del bastón señaló el televisor–. En mi vida he visto una imbecilidad más grande: la gente tiene que adivinar cuánto cuesta cada una de esas cosas; si acierta, se la queda. Pero fíjese en lo felices que son, fíjese en cómo se ríen. –Miralles hizo un silencio, sin duda para que yo pudiera apreciar por mí mismo la exactitud de su observación–. Ahora la gente es mucho más feliz que en mi época, eso lo sabe cualquiera que haya vivido lo suficiente. Por eso, cada vez que le oigo a un viejo decir pestes del futuro, sé que lo hace para consolarse de que no va a poder vivirlo, y cada vez que oigo a uno de esos intelectuales decir pestes de la tele sé que estoy delante de un cretino.

Incorporándose un poco volvió hacia mí su corpachón de gladiador encogido por la vejez y me examinó con unos ojos verdes, curiosamente dispares: el derecho, inexpresivo y entrecerrado por la cicatriz; el izquierdo muy abierto e inquisitivo, casi irónico. Entonces advertí que el aspecto pétreo que había atribuido de entrada al rostro de Miralles sólo valía para la mitad devastada por la cicatriz; la otra era viva, vehemente. Por un momento pensé que era como si dos personas convivieran en un mismo cuerpo. Un poco intimidado por la cercanía de Miralles, me pregunté si también los veteranos de Salamina tendrían ese aire derelicto de viejo camionero atropellado.

Miralles preguntó:

–¿Fuma usted?

Hice el gesto de sacar el tabaco del bolsillo de la chaqueta, pero Miralles no me dejó terminarlo.

–Aquí no. –Apoyándose en los brazos de la butaca y en el bastón y rechazando sin cumplidos mi ayuda («Quite, quite, ya le pediré que me eche una mano cuando me haga falta»), trabajosamente se levantó, me ordenó –: Venga, vamos a dar un paseo.

7 **una contera** pieza de metal en la parte del bastón que se apoya en el suelo – 8 **una imbecilidad** estupidez – 14 **decir pestes** hablar mal – 17 **cretino** estúpido – 19 **su corpachón ...** su gran cuerpo de luchador – 20 **dispar** diferente – 23 **pétreo** → piedra – 23 **de entrada** en una primera impresión – 28 **aire ...** aspecto abandonado – 29 **caminero ...** conductor de camión que ha sufrido un accidente

Íbamos a salir al jardín cuando apareció por el pasillo una monja de unos cuarenta años, morena, sonriente y espigada, vestida de camisa blanca y falda gris.

–La hermana Dominique me ha dicho que tenía usted visita, Miralles –dijo alargándome una mano pálida y huesuda–. Soy la hermana Françoise.

Le estreché la mano. Visiblemente incómodo, como si le hubieran pillado en falta, sosteniendo la puerta entreabierta Miralles hizo las presentaciones: dijo que la hermana Françoise era la directora de la residencia; dijo mi nombre.

–Trabaja para un periódico –añadió–. Viene a hacerme una entrevista.

–¿De veras? –La monja ensanchó la sonrisa–. ¿Sobre qué?

–Nada importante –dijo Miralles, instándome con la mirada a que saliera de una vez al jardín. Obedecí–. Un asesinato. Ocurrió hace sesenta años.

–Me alegro –se rió la hermana Françoise–. Ya va siendo hora de que empiece a confesar sus crímenes.

–Váyase a la mierda, hermana –se despidió Miralles–. Ya ve usted –rezongó luego, mientras caminábamos junto a un estanque de aguas alfombradas de nenúfares, más allá del grupo de ancianos tumbados en las hamacas–, toda la vida despotricando contra los curas y las monjas y aquí me tiene, rodeado de monjas que ni siquiera me dejan fumar. ¿Es usted creyente?

Ahora bajábamos por un sendero de gravilla bordeado de setos de boj. Pensé en la mujer pálida y distinguida que había visto esa mañana, en la iglesia de Notre Dame, encendiendo una vela y escribiendo una plegaria, pero antes de que yo pudiera contestar a su pregunta la contestó él:

–¡Qué tontería! Ya no hay nadie que sea creyente, salvo las monjitas. Yo tampoco lo soy, ¿sabe? Me falta imaginación. Cuando me muera lo que me gustaría es que alguien bailara sobre mi tumba, sería más alegre, ¿no? Claro que a la hermana Françoise no le haría mucha gracia, así que supongo que dirán una misa y en paz. Tampoco me molesta. ¿Le ha gustado la hermana Françoise?

8 **pillar en falta** sorprender a up haciendo uc mal – 13 **ensanchar** ampliar – 14 **instar a** pedir – 19 **váyase a la mierda** *fam vulg aquí:* déjeme en paz, déjeme tranquilo, no me moleste – 21 **alfombrafo** *fig* cubierto – 23 **despotricar** hablar mal – 25 **creyente** que cree en Dios – 29 **una plegaria** petición, súplica – 35 **hacer gracia** agradar, gustar – 36 **supongo que ...** cuando se muera, nadia bailará sobre su tumba como él querría. En cambio, celebrarán una misa y eso será todo

Como no sabía si a Miralles le gustaba o no, contesté que aún no me había formado una opinión de ella.

–No le he preguntado su opinión –contestó Miralles –. Le he preguntado si le gusta o no. A condición de que me guarde el secreto, le diré la verdad: a mí me gusta mucho. Es guapa, simpática y lista. Y joven. ¿Qué más se puede pedir de una mujer? Si no fuera monja hace ya muchos años que le habría tocado el culo. Pero, claro, siendo monja... ¡Hay que joderse!

Cruzamos frente a la entrada de un garaje subterráneo, abandonamos el sendero y trepamos –Miralles con inesperada agilidad, aferrado a su bastón; yo tras él, temiendo que en cualquier momento se cayera– por un pequeño terraplén, al otro lado del cual se extendía un pedazo de césped con un banco de madera que miraba hacia el tráfico escaso de la Rue des Combottes y hacia la fila de casas apareadas que se alineaba más allá. Nos sentamos en el banco.

–Bueno –dijo Miralles, apoyando el bastón contra el borde del banco–, venga ese cigarro. Se lo di; se lo encendí; me encendí uno. Miralles fumaba con delectación, tragándose profundamente el humo.

–¿Está prohibido fumar en la residencia? –pregunté.

–¡Qué va! Lo que pasa es que casi nadie fuma. A mí me lo prohibió el médico cuando me dio la embolia. Qué tendrá que ver una cosa con la otra. Pero de vez en cuando me meto en la cocina, le robo al cocinero un cigarrillo y me lo fumo en mi cuarto, o me lo vengo a fumar aquí. ¿Qué le parece la vista?

Yo no quería someterle de entrada a un interrogatorio, y además me apetecía oírle hablar de sus cosas, así que durante un rato hablamos de su vida en la residencia, del Estrella de Mar, de Bolaño. Comprobé que tenía la cabeza muy clara y la memoria intacta y, mientras vagamente le escuchaba, se me ocurrió que Miralles tenía la misma edad que hubiera tenido mi padre de haber estado vivo; el hecho me pareció curioso; más curioso aún me pareció haber pensado en mi padre, precisamente en aquel momento y en aquel lugar. Pensé que, aunque hacía más de seis años que había fallecido, mi padre todavía no estaba muerto, porque todavía había alguien que se acordaba de él. Luego pensé que no era yo quien recordaba

8 **le habría todado ...** le habría tocado el trasero, la parte del cuerpo sobre la que nos sentamos – 8 **hay que joderse** *fam vulg aquí:* hay que aguantarse, hay que fastidiarse – 10 **trepar** subir – 11 **aferrado** agarrado – 12 **un terraplén** desnivel en el terreno – 19 **con delectación** con gusto

a mi padre, sino él quien se aferraba a mi recuerdo, para no morir del todo.

–Pero usted no ha venido aquí a hablar de estas cosas –se interrumpió en algún momento Miralles: hacía rato que habíamos tirado los cigarrillos–. Ha venido a hablar del Collell.

No sabía por dónde empezar, así que dije:

–¿Entonces es verdad que estuvo en el Collell?

–Claro que estuve en el Collell. No se haga el tonto: si yo no hubiera estado allí, usted no estaría aquí. Claro que estuve: una semana, quizá dos, no más. Fue a finales de enero del 39, lo recuerdo muy bien porque el 31 de ese mes crucé la frontera, esa fecha no se me olvida. Lo que no sé es por qué estuvimos allí tanto tiempo. Éramos los restos del V Cuerpo del Ejército del Ebro, la mayoría veteranos de toda la guerra, y llevábamos desde el verano pegando tiros sin parar hasta que se hundió el frente y tuvimos que salir echando leches hacia la frontera, con los moros y los fascistas pisándonos los talones. Y de repente, a un paso de Francia, nos hicieron parar. Claro que lo agradecimos, porque llevábamos encima un palizón tremendo; pero tampoco entendíamos a qué venían aquellos días de tregua. Corrían rumores: había quien decía que Líster estaba preparando la defensa de Gerona, o un contraataque por no se sabe dónde. Tonterías: no teníamos ni armas, ni municiones, ni pertrechos, ni nada de nada; en realidad, no éramos ni siquiera un ejército: sólo un montón de desharrapados, con un hambre de meses, desperdigados por los bosques. Eso sí, ya le digo, por lo menos descansamos. Usted conocerá el Collell.

–Un poco.

–No está lejos de Gerona, en la zona de Banyoles. Ahí se quedaron algunos durante esos días, otros en los pueblos de los alrededores; a otros nos mandaron al Collell.

–¿Para qué?

–No lo sé. En realidad, no creo que nadie lo supiera. ¿No se da cuenta? Aquello era un desbarajuste fabuloso, un sálvese quien pueda. Todo el mundo daba órdenes, pero nadie las obedecía. La gente desertaba en cuanto se le presentaba la ocasión.

–¿Y usted por qué no lo hizo?

2 **para no morir del todo** recuerda que al principio de la novela, Cercas dice que en el verano de 1994 le habían pasado tres cosas difíciles. Una de ellas fue la muerte de su padre – 15 **sin parar** constantemente – 16 **hasta que…** hasta que ganaron los nacionales – 16 **salir echando leches** *fam vulg* muy rápidamente – 17 **los moros** soldados del norte de Africa que lucharon junto a Franco – 19 **un palizón tremendo** un gran cansancio

–¿Desertar? –Miralles me miró como si su cerebro no estuviera preparado para procesar la pregunta–. Pues no lo sé. No se me ocurrió, supongo. En esos momentos no es tan fácil pensar, ¿sabe? Además, ¿adónde iba a ir? Mis padres habían muerto y mi hermano también estaba en el frente... Mire –levantó el bastón, como si un imprevisto viniera a sacarle del aprieto–, ahí están.

Ante nosotros, al otro lado de la verja que separaba el jardín de la residencia de la Rue des Combottes, cruzaba un grupo de párvulos pastoreados por dos maestras. Me arrepentí de haber interrumpido a Miralles, porque la pregunta (o su incapacidad de responderla; o quizás era sólo el paso de los niños) pareció desconectarlo de sus recuerdos.

–Puntuales como un reloj –dijo–. ¿Tiene usted hijos?

–No.

–¿No le gustan los niños?

–Me gustan –dije, y pensé en Conchi–. Pero no los tengo.

–A mí también me gustan –dijo, agitando el bastón hacia ellos–. Fíjese en aquel botarate, el de la gorra.

Permanecimos un rato en silencio, mirando a los niños. No tenía por qué decir nada, pero filosofé tontamente:

–Siempre parecen felices.

–No se ha fijado bien –me corrigió Miralles–. Nunca lo parecen. Pero lo son. Igual que nosotros. Lo que pasa es que ni nosotros ni ellos nos damos cuenta.

–¿Qué quiere decir?

Miralles sonrió por primera vez.

–Estamos vivos, ¿no? –Se incorporó ayudándose con el bastón–. Bueno, es la hora de comer.

Mientras caminábamos de vuelta a la residencia dije:

–Me estaba hablando del Collell.

–¿Le importa darme otro cigarro?

Como si tratara de sobornarlo, le di el paquete entero. Guardándoselo en el bolsillo preguntó:

–¿Qué le estaba diciendo?

–Que mientras usted estuvo allí aquello era un desbarajuste.

–Claro. –Con facilidad retomó el hilo–. Imagínese el panorama. Estábamos nosotros, los que quedábamos del batallón; nos mandaba un capitán vasco, un tipo bastante decente, ahora no recuerdo cómo se llamaba, el comandante

7 **un aprieto** una situación difícil – 10 **un párvulo** niño pequeño de 4 ó 5 años – 10 **pastoreado** cuidado, dirigido – 14 **puntuales ...** pasaban por allí siempre a la misma hora

había muerto en un bombardeo a la salida de Barcelona. Pero también había civiles, carabineros, gente del SIM. De todo. Yo creo que nadie sabía qué pintábamos allí, supongo que esperar la orden de cruzar la frontera, que era lo único que podíamos hacer.

–¿No vigilaban a los prisioneros?

Hizo una mueca escéptica.

–Más o menos.

–¿Más o menos?

–Sí, claro que los vigilábamos –concedió de mala gana–. Lo que quiero decir es que los encargados de hacerlo eran los carabineros. Pero, a veces, cuando los prisioneros salían a pasear o a hacer algo, nos ordenaban que estuviésemos con ellos. Si a eso le llama usted vigilar, pues sí, los vigilábamos.

–¿Y sabían quiénes éran?

–Sabíamos que eran peces gordos. Obispos, militares, falangistas de la quinta columna. Gente así.

Habíamos desandado el sendero de gravilla: los ancianos que minutos atrás tomaban el sol habían desertado de sus hamacas, y ahora conversaban en grupos a la entrada del edificio y en la sala de la televisión, que seguía encendida.

–Todavía es pronto: déjelos entrar –dijo Miralles, tomándome del brazo y obligándome a sentarme junto a él, en el borde del estanque–. Usted quería hablar sobre Sánchez Mazas, ¿verdad? –Asentí–. Decían que era un buen escritor. ¿Qué opina usted?

–Que era un buen escritor menor.

–Y eso qué quiere decir.

–Que era un buen escritor, pero no un gran escritor.

–O sea que se puede ser un buen escritor siendo un grandísimo hijo de puta. Qué cosas, ¿verdad?

–¿Usted sabía que Sánchez Mazas estaba en el Collell?

–¡Claro! ¡Cómo no iba a saberlo, si era el pez más gordo! Lo sabíamos todos. Todos habíamos oído hablar de Sánchez Mazas y sabíamos lo suficiente de él, o sea que por su culpa y por la de cuatro o cinco tipos como él había pasado lo que había pasado. No estoy seguro, pero me parece que, cuando él llegó al Collell, nosotros ya llevábamos unos días allí.

–Puede ser. Sánchez Mazas llegó sólo cinco días antes de que lo fusilaran. Antes me dijo que cruzó usted la frontera el treinta y uno de enero. El fusilamiento fue el treinta.

3 **pintar** *fig* hacer – 7 **una mueca** gesto – 16 **un pez gordo** persona importante – 18 **desandar** andar en sentido contrario – 30 **un hijo de puta** *fam vulg aquí:* una mala persona

A punto estaba de preguntarle si ese día aún estaba en el Collell, y si recordaba lo ocurrido, cuando Miralles, que se había puesto a limpiar de tierra las junturas de las baldosas con la contera de su bastón, empezó a hablar.

–La noche anterior nos dijeron que preparáramos nuestras cosas, porque al día siguiente nos íbamos –explicó –. Por la mañana vimos a una cuerda de presos salir del santuario escoltados por unos cuantos carabineros.

–¿Sabían que los iban a fusilar?

–No. Creíamos que iban a hacer algún trabajo, o quizás a canjearlos, se había hablado mucho de eso. Aunque su cara no era de que fueran a canjearlos, la verdad.

–¿Conocía usted a Sánchez Mazas? ¿Lo reconoció entre los presos?

–No, no lo sé… Creo que no.

–¿No lo conocía o no lo reconoció?

–No lo reconocí. Conocerlo sí lo conocía. ¡Cómo no iba a conocerlo! Lo conocíamos todos.

Miralles aseguró que alguien como Sánchez Mazas no podía pasar inadvertido en un lugar como aquél, y que por eso, igual que todos sus demás compañeros, se había fijado en él muchas veces, cuando salía a pasear al jardín con los otros presos; vagamente recordaba aún sus gafas de miope, su escarpada nariz de judío, la zamarra de piel con la que días más tarde relataría triunfalmente ante una cámara de Franco su aventura inverosímil… Miralles se calló, como si el esfuerzo de recordar le hubiese dejado por un momento exhausto. Un débil rumor de cubertería llegaba del interior del edificio; de un vistazo fugaz vi la pantalla del televisor apagada. Ahora Miralles y yo estábamos solos en el jardín.

–¿Y luego?

Miralles dejó de escarbar con el bastón entre las baldosas y aspiró el aire impecable del mediodía.

–Luego nada. –Espiró largamente–. La verdad es que no lo recuerdo muy bien, todo fue muy confuso. Recuerdo que oímos disparos y que echamos a correr. Alguien, entonces, gritó que los presos intentaban escapar, así que nos pusimos a registrar el bosque, para encontrarlos. No sé cuánto duró la batida, pero de vez en cuando se oían disparos, y era que

3 **junturas de …** parte de tierra entre baldosas (Fliese) o piedras – 7 **una cuerda** *aquí:* un grupo – 27 **exhausto** muy cansado – 28 **débil rumor** ruido suave de cubiertos, es decir, tenedores y cuchillos – 34 **espirar** sacar aire – 39 **una batida** búsqueda

habían cazado a alguno. De todos modos, no me extraña que más de uno escapara.

–Escaparon dos.

–Ya le digo que no me extraña. Se había puesto a llover y el bosque allí es muy espeso. O por lo menos yo lo recuerdo así. En fin, cuando nos cansamos de buscar (o cuando alguien nos lo ordenó) volvimos al santuario, acabamos de recoger las cosas y esa misma mañana nos fuimos.

–O sea, que según usted no fue un fusilamiento.

–No me haga decir cosas que no he dicho, joven. Yo sólo le cuento las cosas como son, o como yo las viví. La interpretación corre de su cuenta, que para eso es usted el periodista, ¿no? Además, reconocerá usted que, si alguien mereció que lo fusilaran entonces, ése fue Sánchez Mazas: si lo hubieran liquidado a tiempo, a él y a unos cuantos como él, quizá nos hubiéramos ahorrado la guerra, ¿no cree?

–Yo no creo que nadie merezca ser fusilado.

Miralles se volvió sin prisa y me miró con sus ojos dispares, fijamente, como si buscara en los míos una respuesta a su irónica perplejidad; una sonrisa afectuosa, que por un momento temí que desembocara en carcajada, suavizó la repentina dureza de sus facciones.

–¡No me diga que es usted pacifista! –dijo, y me puso una mano en la clavícula–. ¡Haber empezado por ahí, hombre! Y a propósito –apoyándose en mí se incorporó y señaló con el bastón la entrada de la residencia–, a ver cómo se las arregla con la hermana Françoise.

Ignoré la burla de Miralles y, porque pensé que se me agotaba el tiempo, precipitadamente dije:

–Me gustaría hacerle una última pregunta.

–¿Sólo una? –En voz alta se dirigió a la monja–: Hermana, el periodista quiere hacerme una última pregunta.

–Me parece muy bien –dijo la hermana Françoise–. Pero si la respuesta es muy larga se va a quedar usted sin comer, Miralles. –Sonriéndome añadió–: ¿Por qué no vuelve por la tarde?

–Claro, joven –convino Miralles, jovial–. Vuelva por la tarde y seguiremos hablando.

Acordamos que volvería a las cinco, después de la siesta y de los ejercicios de recuperación. Con la hermana Françoise acompañé a Miralles hasta el comedor. «No se olvide del

12 **la interpretación ...** la interpretación la debe hacer usted – 24 **una clavícula** hueso del hombro – 36 **convenir** aceptar – 36 **jovial** alegre

tabaco», me susurró Miralles al oído, a modo de despedida. Luego entró en el comedor y mientras se sentaba a una mesa, entre dos ancianas de pelo blanquísimo que ya habían empezado a comer, aparatosamente me guiñó un ojo cómplice.

–¿Qué le ha dado? –preguntó la hermana Françoise mientras caminábamos hacia la salida. Como creí que se refería al paquete de tabaco prohibido, que abultaba en el bolsillo de la camisa de Miralles, me ruboricé.

–¿Darle?

–Se le veía muy contento.

–Ah. –Sonreí, aliviado–. Estuvimos hablando de la guerra.

–¿De qué guerra? –De la guerra de España.

–No sabía que Miralles hubiera hecho la guerra. Iba a decirle que Miralles no había hecho una guerra, sino muchas, pero no pude, porque en ese momento vi a Miralles caminando por el desierto de Libia hacia el oasis de Murzuch, joven, desharrapado, polvoriento y anónimo, llevando la bandera tricolor de un país que no es su país, de un país que es todos los países y también el país de la libertad y que ya sólo existe porque él y cuatro moros y un negro la están levantando mientras siguen caminando hacia delante, hacia delante, siempre hacia delante.

–¿Viene alguien a verle? –pregunté a la hermana Françoise.

–No. Al principio venía su yerno, el viudo de su hija. Pero luego dejó de venir; creo que acabaron de mala manera. En fin, Miralles tiene un carácter un poco difícil; le aseguro una cosa: su corazón es de oro. Oyéndola hablar de la embolia que meses atrás había paralizado el costado izquierdo de Miralles, me dije que la hermana Françoise hablaba como la directora de un orfanato tratando de colocarle a un cliente potencial un pupilo díscolo; me dije también que Miralles quizá no era un pupilo díscolo, pero seguro que era un huérfano, y entonces me pregunté al recuerdo de quién iba a aferrarse Miralles cuando estuviera muerto, para no morir del todo.

–Creímos que se nos quedaba en ésa –prosiguió la hermana Françoise–. Pero se ha recuperado muy bien: tiene una constitución de toro. Lleva muy mal lo del tabaco y lo de comer sin sal, pero ya se acostumbrará. –Al llegar al mostrador

5 **guiñó un ...** cerró un ojo para hacerme una seña de complicidad – 8 **abultar** hacer un bulto, notarse – 9 **ruborizarse** avergonzarse – 19 **tricolor** de tres colores (la bandera francesa: roja, blanca y azul) – 29 **un costado** lado – 31 **colocar** poner *aquí:* darle, entregarle. – 32 **un pupilo díscolo** niño rebelde – 36 **que se nos quedaba ...** que se moría de la embolia

de recepción hizo una sonrisa y me alargó la mano–. Bueno, le vemos por la tarde, ¿no? Antes de salir de la residencia miré el reloj: eran poco más de las doce. Tenía ante mí cinco horas vacías. Caminé un rato por la Route des Daix en busca de una terraza donde tomar algo, pero, como no la encontré –el barrio era un entramado de anchas avenidas suburbiales con casitas apareadas–, apenas vi un taxi lo paré y le pedí que me llevara de vuelta al centro. Me dejó en una plaza semicircular que se abría hasta acoger en su seno el palacio de los duques de Borgoña. Frente a su fachada, sentado en una terraza, me bebí dos cervezas. Desde donde me hallaba se veía un letrero con el nombre de la plaza: Place de la Libération. Inevitablemente pensé en Miralles entrando en París por la Porte-de-Gentilly la noche del 24 de agosto del 44, con las primeras tropas aliadas, a bordo de su tanque que se llamaría Guadalajara o Zaragoza o Belchite. A mi lado, en la terraza, una pareja muy joven se pasmaba ante las risas y los pucheros de un bebé rosado; gente atareada e indiferente cruzaba frente a nosotros. Pensé: «No hay ni uno solo que sepa de ese viejo medio tuerto y terminal que fuma cigarrillos a escondidas y ahora mismo está comiendo sin sal a unos pocos kilómetros de aquí, pero no hay ni uno solo que no esté en deuda con él». Pensé: «Nadie se acordará de él cuando esté muerto». Volví a ver a Miralles caminando con la bandera de la Francia libre por la arena infinita y ardiente de Libia, caminando hacia el oasis de Murzuch mientras la gente caminaba por esta plaza de Francia y por todas las plazas de Europa atendiendo a sus negocios, sin saber que su destino y el destino de la civilización de la que ellos habían abdicado pendía de que Miralles siguiera caminando hacia delante, siempre hacia delante. Entonces recordé a Sánchez Mazas y a José Antonio y se me ocurrió que quizá no andaban equivocados y que a última hora siempre ha sido un pelotón de soldados el que ha salvado la civilización. Pensé: «Lo que ni José Antonio ni Sánchez Mazas podían imaginar es que ni ellos ni nadie como ellos podría jamás integrar ese pelotón extremo, y en cambio iban a hacerlo cuatro moros y un negro y un tornero catalán que estaba allí por casualidad o mala suerte, y que se hubiera muerto de risa si alguien le hubiera dicho que estaba salvándonos a todos en

6 **un entramado** un conjunto, una estructura – 7 **casitas ...** casas pegadas unas a otras – 9 **seno** *aquí:* interior – 13 **Porte-de-Gentilly** una de las puertas de entrada a París – 17 **pasmarse** sorprenderse – 17 **un puchero** gestos infantil – 19 **tuerto** medio ciego – 22 **ni uno solo ...** todos le deben algo – 29 **abdicar** abandonar – 36 **integrar** formar parte

aquel tiempo de oscuridad, y que quizá precisamente por eso, porque no imaginaba que en aquel momento la civilización pendía de él, estaba salvándola y salvándonos sin saber que su recompensa final iba a ser una habitación ignorada de una residencia para pobres en una ciudad tristísima de un país que ni siquiera era su país, y donde nadie salvo tal vez una monja sonriente y espigada, que no sabía que había estado en la guerra, lo echaría de menos».

Comí en el Café Central, en la Place Grangier, muy cerca de donde había desayunado esa mañana y, después de tomar café y whisky en una terraza de la Rue de la Poste y de comprar un cartón de tabaco, volví a la Résidence des Nimphéas. Aún no eran las cinco cuando Miralles me hizo pasar a su habitación y advertí, no sin sorpresa, que no era la sórdida habitación de asilo que yo esperaba, sino un pequeño apartamento limpio, ordenado y con luz: de un solo vistazo abarqué una cocina, un lavabo, un dormitorio y una salita de paredes casi desnudas, con dos butacones, una mesa y un ventanal que daba a un balcón abierto al sol de la tarde. A modo de saludo le entregué a Miralles el tabaco.

–No sea bruto –dijo, desgarrando el envoltorio de celofán y sacando dos paquetes de cigarrillos–. ¿Dónde quiere que esconda este mamotreto? –Me devolvió el resto del cartón–. ¿Le apetece un nescafé? Descafeinado, por supuesto. El de verdad lo tengo prohibido. No me apetecía, pero acepté. Mientras lo preparaba, Miralles me preguntó qué me parecía el apartamento; le dije que muy bien. Me habló de los servicios (sanitarios, lúdicos, culturales, de higiene) que ofrecía la residencia, y de los ejercicios de rehabilitación que debía realizar a diario. Cuando terminó de preparar el nescafé, cogí las tazas para llevarlas a la sala, pero me atajó con un gesto: abrió un armario bajero y, con una flexibilidad de contorsionista, metió medio cuerpo dentro y sacó triunfalmente una petaca.

–Si no se le añade un poco de esto –comentó mientras echaba un chorrito en cada taza–, este caldo sabe a rayos.

4 **una recompensa** premio – 8 **donde nadie ...** pensaría en él cuando estuviera muerto – 12 **un cartón (de tabaco)** paquete con 10 paquetes de tabaco – 14 **sórdido** sucio, miserable – 15 **un asilo** residencia de ancianos – 16 **abarcar** alcancé a ver, conseguí ver – 21 **desgarrar** romper – 21 **un celofán** plástico que envolvía el cartón de tabaco – 23 **un mamotreto** *fam* cosa muy grande – 24 **un nescafé** café instantáneo – 31 **atajar** detener – 32 **bajero** *rar* bajo, a nivel del suelo – 32 **un contorsionista** artista de circo de enorme flexibilidad – 33 **una petaca** botella pequeña que se usa para llevar una bebida alcohólica – 35 **si no se le añade ...** sin un poco de alcohol el nescafé sabe horriblemente mal

Miralles devolvió la petaca a su sitio, y luego, cada uno con nuestra taza, nos sentamos en los butacones de la salita. Bebí un sorbo de nescafé: lo que Miralles le había echado era coñac.

–Bueno, usted dirá –dijo Miralles, divertido, casi halagado, arrellanándose en la butaca y revolviendo el nescafé–. ¿Seguimos con el interrogatorio? Le advierto que ya le he contado todo lo que sabía. De repente me dio vergüenza continuar preguntando, sentí ganas de decirle a Miralles que, aunque ya no tuviera ninguna pregunta que hacerle, también estaría allí, conversando y bebiendo nescafé con él, por un momento pensé que ya sabía todo lo que tenía que saber de Miralles, y, no sé por qué, me acordé de Bolaño y de la noche en que descubrió a Miralles bailando un pasodoble con Luz bajo la marquesina de su rulot y comprendió que su tiempo en el cámping había terminado. Fue todo uno pensar en Bolaño y pensar en mi libro, en *Soldados de Salamina* y en Conchi y en los muchos meses que llevaba persiguiendo al hombre que salvó a Sánchez Mazas y buscando el significado de una mirada y un grito en el bosque, buscando al hombre que bailó un pasodoble en el jardín de una prisión improvisada, sesenta años atrás, igual que Miralles y Luz habían bailado otro pasodoble o tal vez el mismo en un cámping proletario de Castelldefells, bajo la marquesina de su improvisado hogar. No pregunté; como si revelara un hecho desconocido dije:

–Sánchez Mazas sobrevivió al fusilamiento –Miralles asintió, paciente, saboreando su nescafé con coñac.

Añadí–: Sobrevivió gracias a un hombre. Un soldado de Líster.

Le conté la historia. Cuando hube acabado, Miralles dejó su taza vacía sobre la mesa e, inclinándose un poco, sin levantarse de la butaca abrió el ventanal del balcón y miró fuera.

–Una historia muy novelesca –dijo luego, en tono neutro, mientras sacaba un cigarrillo del paquete mediado de por la mañana. Me acordé de Miquel Aguirre y dije:

–Es posible. Pero todas las guerras están llenas de historias novelescas, ¿no?

–Sólo para quien no las vive. –Expulsó un penacho de humo y escupió algo que quizás era una hebra de tabaco –. Sólo para quien las cuenta. Para quien va a la guerra para contarla, no

6 **halagado** honrado, admirado – 6 **arellanarse** ponerse cómodo – 34 **mediado** medio vacío – 38 **un penacho** nube, una buena cantidad – 39 **escupir** spucken – 39 **una hebra** un hilo

para hacerla. ¿Cómo se llamaba aquel novelista americano que entró en París…?

–Hemingway.

–Hemingway, sí. ¡Menudo payaso!

Miralles se calló, abstraído: miraba las volutas de humo ondeando lentísimas en la luz detenida del balcón, a través del cual llegaba el rumor intermitente del tráfico.

–Y esa historia del soldado de Líster –empezó, volviéndose de nuevo hacia mí: la mitad derecha de su cara había recobrado su aspecto rocoso; en la izquierda había una expresión ambigua, que participaba de la indiferencia y de la decepción, casi del fastidio–, ¿quién se la ha contado? Se lo expliqué. Miralles asentía con la cabeza, la boca circunfleja, un poco burlona. Era evidente que el ánimo jovial con que me había acogido esa tarde se había disipado. Yo no sabía qué decir, pero sabía que tenía que decir algo; Miralles se me adelantó:

–Dígame una cosa. A usted Sánchez Mazas y su famoso fusilamiento le traen sin cuidado, ¿verdad?

–No le entiendo –dije, sinceramente.

Me buscó los ojos con curiosidad.

–¡Hay que joderse con los escritores! –Se rió abiertamente–. Así que lo que andaba buscando era un héroe. Y ese héroe soy yo, ¿no? ¡Hay que joderse! ¿Pero no habíamos quedado en que era usted pacifista? ¿Pues sabe una cosa? En la paz no hay héroes, salvo quizás aquel indio bajito que siempre andaba por ahí medio en pelotas... Y ni siquiera él era un héroe, o sólo lo fue cuando lo mataron. Los héroes sólo son héroes cuando se mueren los matan. Y los héroes de verdad nacen en la guerra y mueren en la guerra. No hay héroes vivos, joven. Todos están muertos. Muertos, muertos, muertos. –Se le quebró la voz; tras una pausa, mientras tragaba saliva, apagó el cigarrillo–. ¿Quiere otro mejunje de estos?

Con las tazas vacías fue a la cocina. Desde la salita le oí sonarse la nariz; cuando regresó, tenía los ojos brillantes, pero parecía calmado. Supongo que intenté disculparme por algo, porque recuerdo que, después de alcanzarme el nescafé y

4 **un payaso** comediante, bufón – 5 **una voluta** espiral – 12 **un fastidio** molestia – 13 **circunflejo** como un ˆ – 18 **traer sin cuidado** no importar nada – 24 **quedar en** ponerse de acuerdo – 26 **indio bajito …** se refiere a Mahatma Ghandi, líder político y espiritual en India, defensor de la idea de resistir sin violencia por medio de la deosbediancia civil (1869-1948). Medio en pelotas *fam* que significa medio desnudo. – 31 **se le quebró …** su voz perdió fuerza – 32 **un mejunje** *fam* mezcla, *aquí:* nescafé con coñac

arrellanarse de nuevo en su butaca, Miralles me interrumpió con impaciencia, casi irritado.

–No pida perdón, joven. No ha hecho nada malo. Además, a su edad ya debería de haber aprendido que los hombres no piden perdón: hacen lo que hacen y dicen lo que dicen, y luego se aguantan. Pero le voy a contar una cosa que usted no sabe, una cosa de la guerra. –Dio un sorbo de nescafé; yo di otro: a Miralles se le había ido la mano con el coñac–. Cuando salí hacia el frente en el 36 iban conmigo otros muchachos. Eran de Terrassa, como yo; muy jóvenes, casi unos niños, igual que yo; a alguno lo conocía de vista o de hablar alguna vez con él: a la mayoría no. Eran los hermanos García Segués (Joan y Lela), Miquel Cardos, Gabi Baldrich, Pipo Canal, el Gordo Odena, Santi Brugada, Jordi Gudayol. Hicimos la guerra juntos; las dos: la nuestra y la otra, aunque las dos eran la misma. Ninguno de ellos sobrevivió. Todos muertos. El último fue Lela García Segués. Al principio yo me entendía mejor con su hermano Joan, que era justo de mi edad, pero con el tiempo Lela se convirtió en mi mejor amigo, el mejor que he tenido nunca: éramos tan amigos que ni siquiera necesitábamos hablar cuando estábamos juntos. Murió en el verano del cuarenta y tres, en un pueblo cerca de Trípoli, aplastado por un tanque inglés. ¿Sabe? Desde que terminó la guerra no ha pasado un solo día sin que piense en ellos. Eran tan jóvenes... Murieron todos. Todos muertos. Muertos. Muertos. Todos. Ninguno probó las cosas buenas de la vida: ninguno tuvo una mujer para él solo, ninguno conoció la maravilla de tener un hijo y de que su hijo, con tres o cuatro años, se metiera en su cama, entre su mujer y él, un domingo por la mañana, en una habitación con mucho sol... –En algún momento Miralles había empezado a llorar: su cara y su voz no habían cambiado, pero unas lágrimas sin consuelo rodaban veloces por la lisura de su cicatriz, más lentas por sus mejillas sucias de barba.– A veces sueño con ellos, y entonces me siento culpable: les veo a todos, intactos y saludándome entre bromas, igual de jóvenes que entonces, porque el tiempo no corre para ellos, igual de jóvenes y preguntándome por qué no estoy con ellos, como si los hubiese traicionado, porque mi verdadero lugar estaba allí; o como si yo estuviese usurpando el lugar de alguno de ellos;

4 **aguantarse** conformarse con lo que se ha hecho, aceptar – 8 **Terrasa** ciudad catalana, cuarta en importancia – 13 **la otra** *aquí:* la segunda guerra mundial. – 24 **probar** disfrutar – 31 **unas lágrimas ...** las lágrimas caían rápido en la parte suave de la cicatriz – 37 **usurpar** robar

o como si en realidad yo hubiera muerto hace sesenta años en cualquier cuneta de España o de África o de Francia y estuviera soñando una vida futura con mujer e hijos, una vida que iba a acabar aquí, en esta habitación de un asilo, charlando con usted. –Miralles siguió hablando, más deprisa, sin secarse las lágrimas, que le caían por el cuello y le mojaban la camisa de franela–. Nadie se acuerda de ellos, ¿sabe? Nadie. Nadie se acuerda siquiera de por qué murieron, de por qué no tuvieron mujer e hijos y una habitación con sol; nadie, y, menos que nadie, la gente por la que pelearon. No hay ni va a haber nunca ninguna calle miserable de ningún pueblo miserable de ninguna mierda de país que vaya a llevar nunca el nombre de ninguno de ellos. ¿Lo entiende? Lo entiende, ¿verdad? Ah, pero yo me acuerdo, vaya si me acuerdo, me acuerdo de todos, de Lela y de Joan y de Gabi y de Odena y de Pipo y de Brugada y de Gudayol, no sé por qué lo hago pero lo hago, no pasa un solo día sin que piense en ellos. Miralles dejó de hablar, sacó un pañuelo, se secó las lágrimas, se sonó la nariz; lo hizo sin pudor, como si no le avergonzara llorar en público, igual que lo hacían los viejos guerreros homéricos, igual que lo hubiera hecho un soldado de Salamina. Luego, de un solo trago, se bebió el nescafé enfriado. Permanecimos en silencio, fumando. La luz del balcón era cada vez más débil; apenas se oían pasar coches. Yo me sentía a gusto, un poco ebrio, casi feliz. Pensé: «Se acuerda por lo mismo que yo me acuerdo de mi padre y Ferlosio del suyo y Miquel Aguirre del suyo y Jaume Figueras del suyo y Bolaño de sus amigos latinoamericanos, todos soldados muertos en guerras de antemano perdidas: se acuerda porque, aunque hace sesenta años que fallecieron, todavía no están muertos, precisamente porque él se acuerda de ellos. O quizá no es él quien se acuerda de ellos, sino ellos los que se aferran a él, para no estar del todo muertos». «Pero cuando Miralles muera», pensé, «sus amigos también morirán del todo, porque no habrá nadie que se acuerde de ellos para que no mueran.»

Durante mucho rato estuvimos charlando de otras cosas, entre nescafés, cigarrillos y largos silencios, como si no acabáramos de conocernos esa misma mañana. En algún

11 **llevar nunca el nombre ...** por el contrario, en Bilbao hay una calle que lleva el nombre de Sánchez Mazas. – 17 **sin pudor** sin timidez – 18 **guerreros ...** guerreros de Homero, poeta griego, autor de la Ilíada y la Odisea. – 22 **ebrio** borracho, bebido – 37 **con disimulo** a escondidas, sin querer que le viera

momento Miralles me sorprendió consultando con disimulo el reloj.

–Le aburro –se interrumpió.

–No me aburre –contesté–. Pero mi tren sale a las ocho y media.

–¿Tiene que marcharse?

–Me parece que sí. Miralles se levantó de su butaca, cogió el bastón. Dijo:

–No le he ayudado mucho, ¿verdad? ¿Cree que podrá escribir su libro?

–No lo sé –contesté, sinceramente; pero luego dije–: Espero que sí. –Y añadí–: Si lo hago, le prometo que hablaré de sus amigos. Como si no me hubiera oído, Miralles dijo:

–Le acompaño. –Señaló el cartón de tabaco que había sobre la mesa–: Y no se olvide de eso. Íbamos a salir de su apartamento cuando Miralles se detuvo.

–Dígame una cosa. –Habló con la mano en el picaporte: la puerta estaba entreabierta–. ¿Para qué quería encontrar al soldado que salvó a Sánchez Mazas? Sin dudarlo contesté:

–Para preguntarle qué pensó aquella mañana, en el bosque, después del fusilamiento, cuando le reconoció y le miró a los ojos. Para preguntarle qué vio en sus ojos. Por qué le salvó, por qué no le delató, por qué no le mató.

–¿Por qué iba a matarlo?

–Porque en la guerra la gente se mata –dije–. Porque por culpa de Sánchez Mazas y por la de cuatro o cinco tipos como él había pasado lo que había pasado y ahora ese soldado emprendía un exilio sin regreso. Porque si alguien mereció que lo fusilaran ése fue Sánchez Mazas. Miralles reconoció sus palabras, asintió con un amago de sonrisa y, acabando de abrir la puerta, me dio un golpecito con el bastón en el envés de las piernas; dijo:

–Andando, no vaya a ser que pierda el tren. Bajamos en ascensor a la planta baja; desde recepción pedimos un taxi.

–Despídame de la hermana Françoise –dije mientras caminábamos hacia la salida.

–¿Es que no piensa volver?

–No si usted no quiere.

–¿Quién ha dicho que no quiero?

15 **un picaporte** Türklinke – 28 **un amago** intento – 29 **envés** parte de atrás – 39 **oxidado** de color óxido, de color naranja

–Entonces le prometo que volveré. Fuera la luz estaba oxidada: era el atardecer. Aguardamos el taxi a la puerta del jardín, frente a un semáforo que cambiaba de luz para nadie, porque en el cruce de la Route des Daix y la Rue Combotte el tráfico era escaso y las aceras estaban desiertas. A mi derecha había un edificio de apartamentos, no muy alto, con grandes cristaleras y balcones desde los que podía verse el jardín de la Résidence des Nimphéas. Pensé que era un buen lugar para vivir. Pensé que cualquier lugar era un buen lugar para vivir. Pensé en el soldado de Líster. Me oí decir:

–¿Qué cree usted que pensó?

–¿El soldado? –Me volví hacia él. Con todo su cuerpo apoyado en el bastón, Miralles observaba la luz del semáforo, que estaba en rojo. Cuando cambió del rojo al verde, Miralles me fijó con una mirada neutra. Dijo–: Nada.

–¿Nada?

–Nada.

El taxi tardaba. Eran las ocho menos cuarto, y aún tenía que pasar por el hotel a pagar la cuenta y recoger mis cosas.

–Si vuelve tráigame algo.

–¿Además de tabaco?

–Además.

–¿Le gusta la música?

–Me gustaba. Ahora ya no la escucho: cada vez que lo hago me sienta mal. De repente me pongo a pensar en lo que me ha pasado, y sobre todo en lo que no me ha pasado.

–Bolaño me dijo que baila muy bien el pasodoble.

–¿Eso le dijo? –se rió–. ¡Jodido chileno!

–Una noche le vio bailando *Suspiros de España* con una amiga suya, junto a su rulot.

–Si convence a la hermana Françoise, a lo mejor todavía soy capaz de bailarlo –dijo Miralles, guiñándome el ojo de la cicatriz–. Es un pasodoble muy bonito, ¿no le parece? Mire, ahí tiene su taxi.

El taxi se detuvo en la esquina, junto a nosotros.

–Bueno –dijo Miralles–. Espero que vuelva pronto.

–Volveré.

–¿Puedo pedirle un favor?

–Pida lo que quiera.

Mirando la luz del semáforo dijo:

26 **jodido chileno** *fam vulg aquí:* maldito chileno

–Hace muchos años que no abrazo a nadie.

Oí el ruido del bastón de Miralles cayendo a la acera, sentí que sus brazos enormes me estrujaban y que los míos apenas conseguían abarcarle, me sentí muy pequeño y muy frágil, olí a medicinas y a años de encierro y de verdura hervida y sobre todo a viejo, y supe que ése era el olor desdichado de los héroes.

Deshicimos el abrazo y Miralles recogió su bastón y me empujó hacia el taxi. Entré, le di al taxista la dirección del Victor Hugo, le pedí que aguardara un momento, bajé la ventanilla.

–No le he contado una cosa –le dije a Miralles–. Sánchez Mazas conocía al soldado que le salvó. Una vez le vio bailando un pasodoble en el jardín del Collell. Solo. El pasodoble era *Suspiros de España.* –Miralles bajó de la acera y se arrimó al taxi, apoyó una mano grande en el cristal bajado. Yo estaba seguro de cuál iba a ser la respuesta, porque creía que Miralles no podía negarme la verdad. Casi como un ruego pregunté–: Era usted, ¿no? Tras un instante de vacilación, Miralles sonrió ampliamente, afectuosamente, mostrando apenas su doble hilera de dientes desvencijados. Su respuesta fue:

–No.

Apartó la mano de la ventanilla y le ordenó al taxista que arrancara. Luego, bruscamente, dijo algo, que no entendí (tal vez fue un nombre, pero no estoy seguro), porque el taxi había echado a andar y, aunque saqué la cabeza por la ventanilla y le pregunté qué había dicho, ya era demasiado tarde para que me oyera o pudiera contestarme, le vi levantar el bastón a modo de saludo último y luego, a través del cristal trasero del taxi, caminar de vuelta hacia la residencia, lento, desposeído, medio tuerto y dichoso, con su camisa gris y sus pantalones raídos y sus zapatillas de fieltro, achicándose poco a poco contra el verde pálido de la fachada, la cabeza orgullosa, el perfil duro, el cuerpo balanceante, voluminoso y destartalado, apoyando su paso inestable en el bastón, y cuando abrió la puerta del jardín sentí una especie de nostalgia anticipada, como si, en vez de ver a Miralles, ya le estuviera recordando, quizá porque en aquel momento pensé que no iba a volver a verle, que iba a recordarle así para siempre. A toda prisa recogí mis cosas en el hotel, pagué la cuenta y llegué a la estación justo a tiempo para

2 **estrujar** apretar – 3 **abarcar** *aquí:* rodear – 5 **desdichado** infeliz – 17 **una vacilación** duda – 19 **desvencijado** roto, estropeado – 28 **desposeído** pobre, sin nada – 29 **raído** viejo – 30 **achicarse** hacerse pequeño (con la distancia) – 32 **destartalado** roto

tomar el tren. Era también un tren hotel, muy parecido al que había tomado a la ida, o tal vez el mismo. Me instalé en mi compartimiento mientras lo sentía emprender la marcha. Luego, a través de vacíos pasillos enmoquetados de verde, fui al restaurante, un vagón con una doble hilera de mesas impecablemente dispuestas y mullidos asientos de cuero de color calabaza. Sólo quedaba uno libre. Me senté y, como no tenía hambre, pedí un whisky. Lo saboreé, fumando, mientras al otro lado del ventanal Dijon se desintegraba en el anochecer, muy pronto convertida en una veloz sucesión de cultivos apenas intuidos en la oscuridad creciente. Ahora el ventanal duplicaba el vagón restaurante. Me duplicaba: me vi gordo y envejecido, un poco triste. Pero me sentía eufórico, inmensamente feliz. Pensé que, en cuanto llegase a Gerona, llamaría a Conchi y a Bolaño y les contaría cómo estaba Miralles y cómo era esa ciudad que se llamaba Dijon pero cuyo nombre verdadero era Stockton. Planeé uno, dos, tres viajes a Stockton. Iría a Stockton y me instalaría en los apartamentos de la Rue des Daix, frente a la residencia, y pasaría las mañanas y las tardes charlando con Miralles, fumando cigarrillos en el banco escondido del jardín o en su apartamento, y más tarde quizá sin charlar, sin decir nada, sólo sintiendo pasar el tiempo, porque para entonces seríamos tan amigos que ya no necesitaríamos hablar para estar a gusto juntos, y por la noche me sentaría en el balcón de mi apartamento, con un paquete de tabaco y una botella de vino y esperaría hasta que viese que al otro lado de la Rue des Daix la luz del apartamento de Miralles se apagaba y entonces todavía continuaría un rato allí, a oscuras, fumando y bebiendo mientras él dormía o velaba enfrente, muy cerca, tumbado en su cama y recordando quizás a sus amigos muertos. Y me arrepentí de no haberle permitido a Conchi que me acompañara a Dijon y por un momento imaginé el placer de estar allí con ella y con Miralles y también con Bolaño, imaginé que entre los tres convenceríamos a Bolaño de que fuera a Dijon como quien va a Stockton, y Bolaño iría a Stockton con su mujer y su hijo, y los seis alquilaríamos un coche y haríamos excursiones por los pueblos de los alrededores y formaríamos una familia estrafalaria o imposible y entonces Miralles dejaría de ser definitivamente

2 **emprender** iniciar – 3 **enmoquetado** cubierto de moqueta (una alfombra pegada al suelo) – 6 **color ...** color naranja – 8 **desintegrarse** desaparecer – 9 **un cultivo** campos cultivado – 11 **duplicar** *aquí:* mostraba como un espejo – 36 **una excursión** breve visita turística

un huérfano (y quizá yo también) y Conchi sentiría una nostalgia terrible de un hijo (y quizá yo también). Y también imaginé que algún día, no muy tarde, la hermana Françoise me llamaría una noche a mi casa de Gerona y yo llamaría a Conchi a su casa de Quart y a Bolaño a su casa de Blanes y los tres partiríamos al día siguiente hacia Dijon aunque adonde llegaríamos sería a Stockton, definitivamente a Stockton, y tendríamos que vaciar el apartamento de Miralles, tirar su ropa y vender o regalar sus muebles y guardar alguna cosa, muy pocas porque Miralles sin duda guardaría muy pocas cosas, quizás alguna fotografía suya sonriendo feliz entre su mujer y su hija o vestido de soldado entre otros jóvenes vestidos de soldados, poca cosa más, quién sabe si algún viejo disco de vinilo con viejos pasodobles rayados que hacía siglos que nadie escuchaba. Y habría un funeral y luego un entierro y en el entierro música, la música alegre de un pasodoble tristísimo sonando en un disco de vinilo rayado, y entonces yo tomaría a la hermana Françoise y le pediría que bailara conmigo junto a la tumba de Miralles, la obligaría a bailar una música que no sabía bailar sobre la tumba reciente de Miralles, en secreto, sin que nadie nos viera, sin que nadie en Dijon ni en Francia ni en España ni en toda Europa supiera que una monja guapa y lista, con la que Miralles siempre deseó bailar un pasodoble y a la que nunca se atrevió a tocarle el culo, y un periodista de provincias estaban bailando en un cementerio anónimo de una melancólica ciudad junto a la tumba de un viejo comunista catalán, nadie lo sabría salvo una pitonisa descreída y maternal y un chileno perdido en Europa que estaría fumando con los ojos nublados de humo, un poco apartado y muy serio, mirándonos bailar un pasodoble junto a la tumba de Miralles igual que una noche de muchos años atrás había visto a Miralles y a Luz bailar otro pasodoble bajo la marquesina de una rulot en el cámping Estrella de Mar, viéndolo y preguntándose tal vez si aquel pasodoble y éste eran en realidad el mismo, preguntándoselo sin esperar respuesta, porque sabía de antemano que la única respuesta es que no había respuesta, la única respuesta era una especie de secreta o insondable alegría, algo que linda con la crueldad y se resiste a la razón pero tampo- co es instinto, algo que vive en ella con la misma ciega obstinación con que la sangre persiste en sus

7 **vaciar** sacar (las cosas del apartamento) – 13 **disco de vinilo** material parecido al plástico que se usaba para grabar y escuchar música – 13 **rayado** *aquí:* estropeado

conductos y la tierra en su órbita inamovible y todos los seres en su terca condición de seres, algo que elude a las palabras como el agua del arroyo elude a la piedra, porque las palabras sólo están hechas para decirse a sí mismas, para decir lo decible, es decir, todo excepto lo que nos gobierna o hace vivir o concierne o somos o son esa monja y ese periodista que era yo bailando junto a la tumba de Miralles como si en ese baile absurdo les fuera la vida o como quien pide ayuda para él y para su familia en un tiempo de oscuridad. Y allí, sentado en la mullida butaca de color calabaza del vagón restaurante, acunado por el traqueteo del tren y el torbellino de palabras que giraba sin pausa en mi cabeza, con el bullicio de los comensales cenando a mi alrededor y con mi whisky casi vacío delante, y en el ventanal, a mi lado, la imagen ajena de un hombre entristecido que no podía ser yo pero era yo, allí vi de golpe mi libro, el libro que desde hacía años venía persiguiendo, lo vi entero, acabado, desde el principio hasta el final, desde la primera hasta la última línea, allí supe que, aunque en ningún lugar de ninguna ciudad de ninguna mierda de país fuera a haber nunca una calle que llevara el nombre de Miralles, mientras yo contase su historia Miralles seguiría de algún modo viviendo y seguirían viviendo también, siempre que yo hablase de ellos, los hermanos García Segués –Joan y Lela– y Miquel Cardos y Gabi Baldrich y Pipo Canal y el Gordo Odena y Santi Brugada y Jordi Gudayol, seguirían viviendo aunque llevaran muchos años muertos, muertos, muertos, muertos, hablaría de Miralles y de todos ellos, sin dejarme a ninguno, y por supuesto de los hermanos Figueras y de Angelats y de Maria Ferré, y también de mi padre y hasta de los jóvenes latinoamericanos de Bolaño, pero sobre todo de Sánchez Mazas y de ese pelotón de soldados que a última hora siempre ha salvado la civilización y en el que no mereció militar Sánchez Mazas y sí Miralles, de esos momentos inconcebibles en que toda la civilización pende de un solo hombre y de ese hombre y de la paga que la civilización reserva a ese hombre. Vi mi libro entero y verdadero, mi relato real completo, y supe

5 **una especie de ...** repetición exacta de las palabras que usa Cercas la primera vez que cuenta el episodio de la mirada, en la segunda parte de la novela – 7 **como si en ese baile ...** como si su vida dependiese de ese baile – 8 **como quien ...** *aquí:* la mujer que encuentra en la iglesia de Dijon – 9 **acunado** movido suavemente – 10 **traqueteo** movimiento constante – 10 **torbellino** *aquí:* gran cantidad – 11 **un comensal** persona sentada a la mesa de un comedor – 19 **allí supe que ...** repetición de las palabras de Miralles – 34 **una paga** recompensa, premio – 36 **pasar a limpio** escribir una versión final

que ya sólo tenía que escribirlo, pasarlo a limpio, porque estaba en mi cabeza desde el principio («Fue en el verano de 1994, hace ahora más de seis años, cuando oí hablar por primera vez del fusilamiento de Rafael Sánchez Mazas») hasta el final, un final en el que un viejo periodista fracasado y feliz fuma y bebe whisky en un vagón restaurante de un tren nocturno que viaja por la campiña francesa entre gente que cena y es feliz y camareros con pajarita negra, mientras piensa en un hombre acabado que tuvo el coraje y el instinto de la virtud y por eso no se equivocó nunca o no se equivocó en el único momento en que de veras importaba no equivocarse, piensa en un hombre que fue limpio y valiente y puro en lo puro y en el libro hipotético que lo resucitará cuando esté muerto, y entonces el periodista mira su reflejo entristecido y viejo en el ventanal que lame la noche hasta que lentamente el reflejo se disuelve y en el ventanal aparece un desierto interminable y ardiente y un soldado solo, llevando la bandera de un país que no es su país, de un país que es todos los países y que sólo existe porque ese soldado levanta su bandera abolida, joven, desharrapado, polvoriento y anónimo, infinitamente minúsculo en aquel mar llameante de arena infinita, caminando hacia delante bajo el sol negro del ventanal, sin saber muy bien hacia dónde va ni con quién va ni por qué va, sin importarle mucho siempre que sea hacia delante, hacia delante, hacia delante, siempre hacia delante.

7 **una pajarita** corbata que normalmente llevan los camareros (Fliege) – 10 **y por eso no se equivocó ...** Cercas repite palabra por palabra la definición de héroe que le dio Bolaños cuando le hizo la entrevista la primera vez que se vieron – 24 **un desierto interminable ...** de nuevo Cercas repite palabras que ha utilizado antes. En este caso con alguna variación. Estas son las palabras que usa para describir la imagen que tiene de Miralles después de haber hablado con él

Javier Cercas

El autor y su obra

Javier Cercas (Ibahernando, Cáceres, 1962) es autor de cinco novelas que lo han consagrado como el narrador de mayor proyección de la literatura española reciente y como uno de los novelistas europeos más destacados de la actualidad: *El móvil, El inquilino, El vientre de la ballena, Soldados de Salamina* y *La velocidad de la luz.* Traducida a más de veinte lenguas, su obra, que ha obtenido numerosos premios nacionales e internacionales, consta también de volúmenes misceláneos, como *Relatos reales* y *Una buena temporada,* y *La verdad de Agamenón.*

Premios (selección)

- IV Gran Premio Qué Leer de los Lectores por *Soldados de Salamina*
- Premio de los Lectores Crisol
- Premi Lliberter 2001
- Premio Librería Cálamo
- Premio Salambó
- Premio de la Crítica de Chile
- Premio Ciutat de Barcelona
- Premio Ciudad de Cartagena
- Premio Extremadura
- Premio Grinzane Cavour
- Independent Foreign Fiction Prize 2004
- Athens Prize for literature 2008, finalista al premio IMPAC 2008 por *La velocidad de la luz*

Abreviaturas y símbolos

AmS = expresión típica del español de América del Sur
ang = anglicismo, palabra de origen inglés usada raramente en español
aprox = aproximadamente
aquí: = señala un significado específico de la palabra en el contexto
cat = catalán
coloq = coloquial
Chi = expresión típica del español de Chile
despect = despectivo
Esp = expresión típica del español de la Península Ibérica
f = femenino
fam = lenguaje familiar
fig = lenguaje figurativo
gal = galicismo, palabra de origen francés usada raramente en español
INF = infinitivo
lit = *literario*
loc = locución, giro idiomático
m = masculino
p ej = por ejemplo
pl = plural
rar = expresión de uso poco frecuente
s = singular
uc = una cosa, algo
up = una persona, alguien
vulg = *expresión vulgar*
≠ = contrario de
→ = remite a una palabra ya conocida